LE FILM VOLÉ

LE FILM VOLÉ

THRILLER

Traduit du coréen
par Han Yumi et Hervé Péjaudier

YOU SUN-DONG

Matin Calme

Ouvrage publié avec le soutien
de l'Institut coréen de la traduction littéraire (LTI Korea, Séoul).

Titre original : 도둑맞은 책 (*The Purloined Book*)
Couverture et maquette : Barbario
Photos : *Plat I* © Getty Images/Dex Image et © Getty Images/EyeEm ;
Plat IV © Anika Mikkelson/unsplash ; *Plats II et III* Collection Christophel
© AD406/Dasepo Club/DR

First published in Korea by Book in Hand, Korea.
This French edition is published by arrangement with by Book in Hand
through KL Management, Seoul, Korea.

ISBN 978-2-491-29042-9

www.matincalme-editions.com

Tous les personnages et les événements qui apparaissent dans ce roman sont fictifs.

Toute ressemblance avec des faits ou des gens du monde réel ne saurait être que pure coïncidence, hors de toute intention délibérée.

Ces précautions oratoires sont en tout état de cause à prendre pour ce qu'elles sont, à savoir un trompe-l'œil destiné à masquer l'hypocrisie de l'auteur.

PROLOGUE

Michel-Ange passa trois mois plongé dans la contemplation des six mètres de hauteur d'un colossal bloc de marbre. Lorsqu'il aperçut enfin le David qui s'y cachait, il n'eut plus qu'à empoigner marteau et ciseaux pour l'extraire de sa gangue.

La beauté absolue existe hors de toute contingence, telle qu'en elle-même la nature l'a créée.

La pièce est plongée dans l'ombre.

Tellement plongée dans l'ombre qu'on ne pourrait même pas dire de quel genre de pièce il s'agit, une chambre ou un hangar, sinon que l'on commence à percevoir au cœur des ténèbres la lueur blanc laiteux produite par l'écran d'un ordinateur portable. On devine peu à peu la silhouette d'un homme assis en tailleur, aussi immobile qu'un rocher. Ce qui nous apparaît de son visage à la lueur tremblotante de l'écran nous montre une peau tavelée et blafarde. Il arbore une broussaille de poils de barbe et de moustache évoquant un laisser-aller de longue date, ses lèvres sèches et gercées sont crevassées, et sa chevelure hirsute embroussaillée lui confère l'allure d'un clochard. Au bout des doigts que l'on découvre posés sur le clavier de son ordinateur, les ongles montrent des croissants de saleté brunâtre. Le spectacle qu'il offre n'est guère ragoûtant, et s'il ne clignait par intermittence des yeux on l'aurait volontiers pris pour un cadavre.

Depuis combien de temps se tient-il ainsi figé dans cette position ? Une semaine, deux semaines, un mois, ou bien trois mois, comme Michel-Ange ?

Justement.

Il fixe sur l'écran de son ordinateur le même genre de regard que Michel-Ange sur son bloc de marbre.

Un document vierge est ouvert, que pas le moindre caractère n'est encore venu déflorer. On voit juste un curseur figé qui clignote obstinément. Il n'existe pas de plus grande angoisse pour un écrivain.

Mais plus profonde est l'angoisse, plus il faut y plonger son regard.

C'est seulement ainsi qu'à notre insu le malaise se dissipera, que le passé apparaîtra, que le présent deviendra visible, et le futur audible.

L'heure alors sera venue d'empoigner marteau et ciseaux pour faire sauter la coque des contingences.

Pour dégager tel qu'en lui-même l'état de ce qui est de toute éternité, pour dévoiler telle qu'en elle-même l'histoire qui aura toujours existé.

Enfin, lentement, les doigts commencent à s'agiter sur le clavier. On aurait dit une vieille mécanique rouillée se remettant péniblement en marche et retrouvant peu à peu les gestes oubliés avec un grincement de ferraille.

LE-FILM-VO-LÉ

Il a tapé quatre syllabes.

Sans doute s'agira-t-il du titre du film.

Ce film, dont il est bien déterminé à ce qu'il soit le meilleur qu'il ait jamais écrit jusqu'à présent.

Il n'a pas le choix.

PREMIÈRE PARTIE

CONFESSIONS[1]

Tak !

Un petit claquement sec de *putter*[2] a propulsé le long du ruban de gazon artificiel la balle de golf, qui a terminé sa course en se logeant pile dans le *hole cup* chargé de la recueillir.

— Impeccable !

Le Président Choe n'a pas quitté son tapis de practice avant d'avoir fait entrer ses dix balles à la suite dans le trou. « *Good shot !* », c'est ça que j'aurais bien voulu m'exclamer d'un ton convaincu, mais j'ai manqué de timing, j'ai trop attendu, après c'était trop tard.

— Quand on s'exerce, c'est incroyable, ça marche toujours. Mais dans le golf, c'est comme dans le cinéma, quand c'est pour de vrai, il n'y a que les purs génies qui arrivent à jouer comme Tiger Woods. Tout le monde se donne à fond. Mais ça suffit pas, de se donner à fond.

C'est ce qu'il a expliqué, le Président Choe, en s'écroulant sur un sofa. Derrière son bureau trônait un diplôme honorant son accession au niveau *single* décerné par un club de golf

1. *Confessions* (2010) est un film de Tetsuya Nakashima. (*N.d.A.*) L'auteur donne à chaque section le titre d'un film, qu'il explicite ; sinon, sauf mention contraire, les notes sont des traducteurs.
2. Nous avons conservé les anglicismes qui parsèment le texte coréen.

de la province du Gyeonggi. Ça faisait environ cinq ans qu'il s'était mis au golf, mais seulement quelques mois qu'il avait pris la fâcheuse habitude de ramener tout ce qui concernait le cinéma à la lumière exclusive de la pratique du golf. Et d'ailleurs ça ne concernait pas seulement le cinéma. Les placements boursiers, les relations humaines et même les plans cul, rien n'échappait plus à sa rhétorique « golfistique ».

Lui, c'était Choe U-sik, et ce qu'il présidait, c'était une société de cinéma nommée Les Films de Goryeo[1] ; là, nous étions dans son bureau. J'avais fini par obtenir le rendez-vous qu'il m'accordait à ce moment-là au bout de la bagatelle d'un mois de tergiversations après que je lui avais envoyé ma énième dernière version recorrigée du scénario de *Son idéal de femme*, version 9.

— Alors... Le livre[2]... Vous avez eu le temps d'y jeter un œil ?

J'ai posé ma question avec toute la prudence possible. Le Président a sorti une cigarette, qu'il a glissée entre ses lèvres avant de me répondre.

— Je l'ai même lu, cher ami, et avec beaucoup d'attention. Il a pris du volume, c'est beaucoup mieux.

— Ah, vous voyez ? C'est aussi mon sentiment, je trouve que cette histoire tourne bien, maintenant.

Il m'a écouté, a froncé un sourcil et s'est caressé les trois poils de barbichette blanche hérissés sur son menton. C'était sa manière usuelle d'exprimer sa gêne ou son embarras.

— C'est beaucoup mieux... mais... comment dirais-je... Ça manque de bons coups de poing dans le plexus. Des effets *counterpunch*. Tu vois ce que je veux dire, non ? Les spectateurs coréens ont beau faire semblant de trouver ça un peu puéril, ils adorent s'en prendre plein la tronche quand ils sont dans une

---

1. État ayant dominé la péninsule entre les Xe et XIVe siècles, dont vient le nom de l'actuelle Corée.
2. Dans le monde du cinéma, pour désigner le scénario rédigé, on utilise le mot « livre ». (*N.d.A.*)

salle de cinéma. Ils sont comme ça, les Coréens, c'est dans leur mentalité, quand ils vont à un banquet, il faut qu'ils bouffent à s'en faire péter les boyaux, sinon ils ont le sentiment d'avoir rien becqueté. Eh bien, pour le cinéma, c'est pareil. Ils ont beau se plaindre qu'on en fait trop, en réalité c'est ça qu'ils adorent, les larmes faciles, les gags surjoués, le mélo grand style et tout le tralala, tu comprends.

Ce n'était certes pas la première fois que je me faisais bâcher avec mes scénarios, et cette fois je m'étais bien juré de rester impassible et de la jouer total *poker face*, mais je me suis vite aperçu que c'était beaucoup plus facile à dire qu'à faire. Bref, j'ai explosé.

— C'est pas vous, au départ, qui m'avez dit de travailler dans la dentelle ? De ne pas en rajouter, de faire dans l'esthétisme et tout le blabla ? Là, je vous sers un film complètement calé sur les canons européens ! Les festivals de cinéma vont a-do-rer ! C'est pas ça que vous m'avez demandé de faire ?

Quand les discussions prenaient cette tournure, le Président Choe, lui généralement si affable qu'il aurait fait passer le papy KFC[1] pour un ronchon, se fermait d'un coup et devenait un bloc de glace. C'est sans doute à ce talent qu'il devait d'avoir pu tenir plus de trente ans au sommet de ce marigot du divertissement sans se faner comme la fleur rouge qui ne dure, on le sait, que dix jours[2].

— Voyons, cher ami… Tu as vu ça où, toi, un producteur qui investit son argent juste pour faire plaisir aux festivals de films ? Je t'ai simplement dit que ce serait « pas mal » si on pouvait, aussi, concourir dans ces festivals, c'est tout. Si tu crois que ça m'amuse de devoir dire des choses comme ça à quelqu'un dont je sais bien toute la peine qu'il s'est donnée pour pondre son scénario… Toi et moi, c'est pas d'hier qu'on travaille ensemble, on n'a pas à s'en plaindre, non ? Le mieux c'est qu'on continue pareil, *straight*, d'accord ? Alors pour l'instant, ton

---

1. Le grand-père souriant à barbiche blanche de la marque Kentucky Fried Chicken, icône en Corée.
2. Allusion à un célèbre proverbe : « Aucune fleur rouge ne tient plus de dix jours, aucun pouvoir ne tient plus de dix ans. »

scénario, là, *Son idéal de femme,* on va le laisser de côté jusqu'à ce qu'on lui ait trouvé un réalisateur. De toute manière, quel que soit le type que l'on chargera de le tourner, il va vouloir tripatouiller l'histoire à sa sauce, comme d'hab, non ? Eh ben on n'aura qu'à attendre ce moment-là, comme ça on pourra opérer les retouches nécessaires en connaissance de cause. Je vais t'inviter un de ces quatre à boire un verre. T'as quand même beaucoup bossé.

Mon expérience m'a appris que si, à ce stade, on te dit qu'il faut attendre d'avoir trouvé le metteur en scène, c'est que le projet est mort et enterré. *Son idéal de femme,* je l'ai mitonné pendant plus d'un an, fait revenir aux petits oignons et cuit à l'étuvée. Arrivé à ce point où le résultat de tous mes efforts menaçait de tomber en ruine, mon instinct de survie m'a soufflé une réaction qui m'a surpris moi-même.

— Grand frère, puisque c'est comme ça, dites-moi où et comment je dois faire pour injecter de bons coups de poing ! Normalement, c'est pas trop mon truc, mais si je me décide vous savez que je le ferai à fond, pas vrai ?

Le Président m'a jeté un œil torve, il a froncé un sourcil en tiraillant les trois poils blancs qui se battaient en duel à la pointe de son menton. Il avait l'air aussi peu réjoui qu'un prof de maths en train de fermer son livre pour marquer la fin du cours et auquel un élève soumet tout à trac une équation particulièrement tordue à résoudre.

*

Le sujet de mon cours, aujourd'hui, ce serait : « Comment discuter avec un producteur ? » De retour de mon rendez-vous avec Choi, j'avais improvisé à la volée ce nouvel intitulé. J'ai listé au tableau les points suivants : 1. Pitchez votre scénario en vingt mots maximum. 2. Faites des références concrètes à des films existants. 3. S'il manifeste son intérêt, dites que vous êtes déjà en négociations informelles avec d'autres sociétés de production. 4. S'il n'est pas intéressé, évoquez aussitôt toutes les autres idées que vous avez.

Quand j'ai vu comment les étudiants m'écoutaient avec beaucoup plus de concentration que d'habitude, je n'ai pas pu m'empêcher d'avoir un petit ricanement désabusé. J'ai bien conscience du ridicule qu'il y a à énumérer de telles sornettes dans le cadre d'un enseignement supérieur, mais après tout, si je considère avec quel sérieux ils boivent mes paroles, je me dis que je ne dois pas être si mauvais que ça, non mais !

Il faut vous dire qu'aujourd'hui mon premier boulot, c'est enseignant, pas écrivain. Intervenant invité par la fac à officier au département scénario.

Dans notre société coréenne, une fois que vous êtes reconnu comme écrivain, vous êtes écrivain pour toute votre vie. Même si vous ne publiez rien pendant des décennies. Pareil que pour le Docteur Kim, qui restera Docteur Kim jusqu'à la fin de ses jours, ou le Patron Kim qui restera Patron Kim à vie quel que soit le nombre de ses faillites[1].

Évidemment, si j'avais obtenu un prix du meilleur scénario dans un festival du film après avoir décroché un diplôme reconnu, j'aurais sûrement pu me dégotter un poste de professeur titulaire dans une université pas trop mal classée. Mais là, étant donné la période de récession dans laquelle on était plongés, je ne pouvais qu'être reconnaissant à une fac, si modeste soit-elle, de m'avoir confié ce job. Au début je le prenais plutôt comme un travail d'appoint, mais je suis vite devenu dépendant de ce salaire qui rentrait régulièrement chaque mois. Ce n'étaient pas des sommes énormes, mais je me suis bientôt aperçu que la notion de « stabilité » qu'impliquait la pratique d'un emploi « stable » revêtait pour moi une importance bien plus grande que je ne l'aurais envisagé au départ. Peut-être souffrais-je du complexe d'infériorité de l'auteur qui n'a rien publié depuis un siècle, toujours est-il que le fait de me retrouver à enseigner à l'université a comblé mon immense besoin de consolation, en me procurant le sentiment de ne pas totalement perdre mes journées à ne rien faire. J'ai même vu des confrères

1. En Corée, on est très friand de ces appellatifs de fonction, juste suivis du nom propre.

auteurs tout miel me tourner autour dans l'espoir semi-avoué que si jamais, n'est-ce pas, par hasard, trop pris par mon œuvre, je n'avais plus le temps de me consacrer à l'enseignement, je n'hésite pas à faire appel à eux pour me remplacer, si cela pouvait me rendre service. Bien sûr, non mais sans blague, qu'est-ce qu'ils se figurent ! S'ils s'imaginent que je vais lâcher ça !

— Et la fois où l'actrice Kim, complètement bourrée, a balancé un cendrier à la figure du réalisateur Pak et qu'elle lui a sorti : « Co... co... co... comment osez-vous éviter un cendrier lancé par moi ? » Avec cette façon caractéristique qu'elle a de phraser, vous savez ?

Tempête de rires.

— Et la fois où l'actrice Choi machin-truc avait disparu du dîner de l'équipe avec le réalisateur Jeong. Le lendemain, sur le plateau, on l'a retrouvée assise sur ses genoux devant le *monitoring* où ils étaient en train de se repasser les scènes de la veille. « Oh, chéri, c'est génial, non ? Y a vraiment pas besoin de la refaire, tu vois ? » Ce genre, quoi.

Oooooh, et ensuite, qu'est-ce qu'il s'est passé ?...

C'est ainsi qu'au lieu d'arriver à bon port le cours s'est mis à dériver vers les méandres des coulisses de Chungmuro[1]. J'égrainais mes anecdotes en en faisant des tonnes, je contrefaisais les voix des starlettes Kim et Choi, et mes élèves se tordaient de rire. Il est assez difficile de ne pas se rengorger quand on voit devant soi tous ses étudiants passionnés par ce que vous leur racontez, ce doit être mon côté viscéralement *storyteller*. Dans des moments comme ça, je me rends bien compte à quel point ils préfèrent ce genre d'anecdotes vécues à des discours type « introduction – développement – rebondissement – conclusion ».

J'en étais là de mes réflexions quand j'ai vu un étudiant assis au fond de la classe qui dormait, la tête écroulée sur la table.

1. Quartier historique où est né le cinéma à Séoul.

Bon, en temps normal, je veux dire pendant un cours ennuyeux, je n'aurais pas fait de remarque. Mais là, alors que j'avais décidé de les faire rigoler, ah non ! Tu vois pas tous tes copains en train de se marrer ? T'es sourd ou quoi ? Ça te fait pas rire ce que je raconte ? Ça te fait pioncer ?

Ne pas parvenir à capter l'intérêt de son interlocuteur est toujours un sentiment désagréable. Je trouve ça très déplaisant. Voire horriblement vexant. Ça aussi, ce doit être mon côté *storyteller.* Je me suis interrompu d'un coup et suis resté là, l'air sévère, à le fixer d'un regard noir. Le silence est brutalement tombé sur la classe, les étudiants déroutés ont commencé à faire la tête genre « qu'est-ce qui se passe ? » et à se retourner dans la direction qu'indiquait mon regard, jusqu'à ce que le type qui roupillait au fond devienne le centre de l'attention générale. Son voisin a dû le secouer pour qu'il émerge et lève la tête. Il a regardé autour de lui avec des yeux pas réveillés et son regard a croisé le mien.

C'était un garçon d'environ vingt-cinq ans. Il avait un visage taillé à la serpe, et plutôt l'allure du mec qui surveille le tapin de la gamine à peau claire qu'il a flanquée sur le trottoir. En prime, des écouteurs vissés sur les oreilles. Mais son regard ne trahissait pas la moindre culpabilité. Au contraire, c'était plutôt lui qui semblait me demander de quel droit je voulais l'obliger à écouter des billevesées d'aussi peu d'intérêt.

— Et après, qu'est-ce qu'il s'est passé ?

Un étudiant assis au premier rang était manifestement frustré par l'interruption brutale d'une histoire qui s'annonçait si croustillante. Mais la présence de l'espèce de maquereau du fond m'avait définitivement coupé l'envie de continuer.

— La suite au prochain numéro.

*

Il fut un temps où je devais refuser d'innombrables propositions d'écriture. Où je me retrouvais avec deux ou trois scénarios à rendre en même temps. Période hélas éphémère.

Lorsque cinq scénarios que j'avais bouclés en trois ans se furent cassé la figure les uns après les autres, je me suis lentement mais sûrement retrouvé poussé à l'écart. Avant de me retrouver bientôt catalogué auteur d'« âge mûr ». Dans ce métier où ce qui compte avant tout est d'être à la pointe des tendances, l'étiquette « âge mûr » fait de vous un mec hors du coup. Et pour peu que vous ayez le profil « homme d'âge mûr qui n'a pas encore trouvé sa place », vous êtes mort. Qu'est-ce que je peux faire pour remédier à ça, à part me faire transfuser en dernier recours du sang de jeune garçon ?

— Les personnages sont fades, leurs mobiles inconsistants... Vous me reprochez ça à chaque nouvelle version. Mais si je continue de corriger, je crois que le peu qu'il y avait de bien dans le premier jet va finir par complètement disparaître. J'en ai assez d'apporter des modifications juste pour faire plaisir aux sociétés de production.

Elle parle très haut, cette fille, aujourd'hui. Je la comprends. Après tout c'est elle qui l'a pondue, cette dernière version.

Choi Ji-yang. Vingt-sept ans. Elle avait été mon étudiante il y a trois ans. Dès le premier cours, elle m'avait confié aimer les films de Wong Kar-wai[1] et vouloir écrire un scénario dans l'esprit de *Thelma et Louise*[2]. Son écriture manquait de vigueur, mais elle était très méticuleuse dans la recherche de documentation. Elle qui occupait un poste de secrétaire dans une grosse entreprise que je ne citerai pas mais dont chacun connaît le nom, elle avait eu suffisamment de cran pour donner sa démission afin de pouvoir réaliser « ce rêve qu'elle chérissait depuis l'enfance », m'avait-elle expliqué. Elle n'avait jamais manqué un

---

1. Réalisateur de Hong Kong. Parmi ses films, citons *Ashes of Time* (1994), *In the Mood for Love* (2000) *Chungking Express* (1994). Il enveloppe des histoires d'urbains solitaires dans des images d'une mélancolie sensuelle et a connu un énorme succès dans les années 2000, aussi bien en Corée que dans le monde entier. (*N.d.A.*)
2. Ridley Scott (1991).

seul de mes cours, ni même été une seule fois en retard. Elle était demeurée silencieuse durant tout le premier semestre du niveau débutant, et par la suite elle a dû commencer à se sentir plus à l'aise au niveau supérieur et s'est mise à me poser de temps à autre des questions. Nous avons fêté notre dernier cours en organisant une soirée copieusement arrosée, et là, quand je lui ai proposé que nous réalisions ensemble un projet, elle a timidement acquiescé en passant derrière ses oreilles ses cheveux coupés au carré. Elle n'avait pas un visage éblouissant de beauté, mais ses traits étaient joliment dessinés et sa timidité lui conférait un charme singulier, je ne vais pas nier que c'était une des raisons qui avaient compté lorsque j'avais décidé de l'intégrer à mon équipe.

Tout en écoutant Ji-yang se plaindre, j'observais les réactions de Yeong-rak, qui était assis juste en face. Les yeux baissés, il n'en perdait pas une miette.

Jo Yeong-rak. Trente-deux ans. Lui aussi avait été mon étudiant il y a trois ans, avec Ji-yang. Il était en quatrième année universitaire du cursus « Médecine traditionnelle chinoise », quand il avait soudain tout laissé tomber pour s'inscrire en études cinématographiques, et c'est comme ça que j'avais hérité de ce type insensé au département scénario. Lui, il voulait écrire des thrillers à la manière de *Seven*[1], mais à la vérité je pense qu'il était plutôt du genre *Forrest Gump*[2]. Même sa coiffure est celle de Forrest Gump. C'en est au point qu'on se demande quand il va chez le coiffeur, vu qu'il a toujours exactement la même coupe et la même longueur de cheveux. On le repère aussi à un autre signe distinctif, ses lunettes. Qu'est-ce qui peut passer par la tête

1. *Seven* (1995), réalisé par David Fincher. Scénario d'Andrew Kevin Walker. Acteurs principaux : Brad Pitt, Morgan Freeman. Histoire d'un policier qui poursuit un serial killer psychotique. (*N.d.A.*)
2. *Forrest Gump* (1994), réalisé par Robert Zemeckis. Scénario d'Eric Roth, d'après un roman original de Winston Groom. Acteur principal : Tom Hanks. Un drame humain émouvant qui raconte l'histoire moderne américaine vue par un jeune solitaire attardé. (*N.d.A.*)

d'un jeune homme d'aujourd'hui pour porter ces lunettes à grosses montures carrées en plastique noir à la Jo Young-nam[1] ? D'un caractère introverti, il n'ose pas fixer un interlocuteur dans les yeux mais écoute attentivement ce qu'il dit. Les gens trop silencieux ont parfois le côté un peu étouffant de ceux dont on se demande ce qu'ils peuvent bien penser, mais avec lui on n'a pas ce problème, vu qu'on se moque complètement de savoir ce qu'il pense. Principales qualités : la cuisine et le ménage. Principal défaut : dialoguiste nul. Sans que personne ne l'y ait contraint, Yeong-rak, dès que je l'avais intégré à mon équipe, s'était chargé de faire le ménage, la cuisine et la vaisselle. Et quand il s'en allait, il ne manquait jamais de descendre dans le local consacré les sacs-poubelle contenant les déchets de nos repas, comme si c'était sa mission attitrée. Je lui répétais à plusieurs reprises qu'il ne devait pas se sentir obligé de le faire, mais à la vérité j'ai assez vite pris l'habitude de ces prévenances qui m'allégeaient le quotidien, et j'ai même commencé à me permettre de lui demander de me rendre de menus services tout à fait en dehors du cadre de notre travail, comme d'aller m'acheter des cigarettes, passer au pressing, ou même prendre le volant à ma place. Pas une seule fois Yeong-rak n'a rechigné. Du coup, ses piètres qualités de dialoguiste devenaient plus supportables.

Tout en écoutant d'une oreille distraite Yeong-rak qui disait je ne sais quoi, je faisais tournoyer entre mes doigts mon stylo à plume et je l'ai laissé tomber sous la table de réunion. En me baissant pour le ramasser, j'ai profité d'une vue intéressante sur les jambes minces de Ji-yang qui sortaient de sous sa jupe. Les motifs de roses imprimés sur ses bas couleur café manquaient de distinction. Après avoir récupéré mon stylo, je me suis redressé et j'ai repris la parole :

— Je vous donne un exemple, imaginez que pour décrocher le financement un scénario doive franchir les 90. Pour dire les

1. Célèbre chanteur de variété, aux éternelles lunettes proches de celles de Nana Mouskouri.

choses plus simplement, le seuil d'admissibilité est à 90 points. Dans ce cas, pouvez-vous me dire quelle différence il y a entre un scénario qui aura obtenu 89 points et un autre, disons, 50 ?

Ji-yang a répondu avec un soupir de lassitude.

— Aucune.

— Euh... je vous l'ai déjà posée, c'est ça ?

— Oui, ça doit faire au moins trois fois, à vue de nez.

Bon, ça me gâchait un peu le plaisir mais quand on est lancé...

— Voilà. Aucune différence entre avoir 89 ou 50 points. Dans les deux cas, ils ne touchent pas un sou, on leur aurait flanqué un zéro que ce serait pareil ! Zéro, nul, néant ! Le *sunyata* bouddhique, le nirvana de la *loose* ! Mais ce coup-ci, on est tout près d'atteindre notre objectif. On a bossé plus d'un an, ce serait dommage de nous arrêter maintenant. On tente un tout dernier coup. C'est ce que j'ai négocié avec le Président. On va encore le rebosser, une unique et dernière fois, la toute dernière. Quoi corriger et comment, pas la peine de te le redire, n'est-ce pas, Yeong-rak ?

Je l'ai regardé en disant ça, lui il a regardé Ji-yang pour voir ce qu'elle en pensait, puis il a acquiescé sans conviction. Ji-yang a poussé un nouveau soupir de lassitude.

Voilà déjà deux ans que je les garde à mes côtés en les payant juste de quoi couvrir leurs frais de transport et les repas. Je leur ai promis de leur verser une part de l'acompte que je toucherai dès que le scénario sera accepté, et même de les inscrire comme coauteurs au générique. Mais s'il ne se vend pas, qu'est-ce que je peux y faire ?

Ils sont partis tous les deux à la fin de la réunion, et au bout d'une demi-heure Ji-yang est revenue toute seule. J'habite à Ilsan[1], et quand on doit se réunir Ji-yang fait l'aller-retour Séoul-Ilsan-Séoul dans la voiture de Yeong-rak. Sauf qu'aujourd'hui on avait décidé de passer la soirée tous les deux. Du coup, le trajet avec Yeong-rak se réduisait à un aller simple. Restait juste à se débarrasser discrètement de lui, ce qui n'avait pas été très facile.

1. Ville moderne à vingt-cinq kilomètres de Séoul.

— Je lui ai raconté que j'avais rendez-vous avec une copine, alors il a voulu savoir qui c'était et il tenait absolument à me déposer là où je devais la retrouver. Je lui ai dit que non merci, mais vous le connaissez. Il radote tout le temps le même truc. Il m'a tellement énervé que j'ai ouvert la portière et que je suis descendue en le laissant en plan. Maître[1], jusqu'à quand allons-nous continuer à nous voir comme ça ? Je n'en peux plus de devoir inventer n'importe quoi à chaque fois, c'est pas un gamin, quand même, il va bien finir par se douter de quelque chose.

Ji-yang était très agacée.

— Dès qu'on aura fini notre script, on lui dira tout.

— Ah, toujours la même chanson…

Avant qu'elle ait fini sa phrase, je lui avais fermé les lèvres en les recouvrant des miennes, interrompant ainsi sa complainte.

La liaison que j'entretiens avec Ji-yang a commencé environ deux mois après qu'elle a rejoint notre petite équipe d'auteurs. Un jour où Yeong-rak n'avait pas pu venir pour des raisons d'obligations familiales, le soir venu et la séance achevée, nous avons bu ensemble une bouteille de vin, puis nous avons tout naturellement passé notre première nuit ensemble. Ji-yang ne s'est pas dérobée à mes caresses. Peut-être même les attendait-elle. Depuis qu'elle suivait mes cours à l'université, il me semblait bien avoir remarqué que je l'attirais.

Quand j'enfonçais en cadence mon membre dans son intimité, elle demeurait les yeux clos et la bouche fermée. Chaque fois que je lui faisais l'amour, j'avais le sentiment qu'elle subissait mes assauts, comme si le fait qu'elle puisse éprouver du plaisir était une faute grave. J'ai eu beau lui expliquer qu'elle pouvait se détendre et se laisser aller en toute confiance,

1. Elle utilise un appellatif de fonction très formel, mais très usuel, le désignant comme « écrivain », d'où notre choix de « Maître » (qui après tout avait cours il n'y a pas si longtemps chez nous).

que cela m'exciterait même davantage, elle n'a pas changé d'un pouce.

— Maître… Vous ne croyez pas que vous devriez écrire vous-même la dernière version ?

C'était la première fois qu'elle ouvrait la bouche pendant que je m'activais. J'ai cru que le sang irriguant mon pénis allait faire demi-tour sur place. Qu'est-ce qui lui prend de me sortir ça au moment où j'étais bien en route sur le chemin de l'extase ? Est-ce qu'elle a cru que j'accepterais plus facilement vu l'urgence de la situation ?

— OK. Je vais le finaliser.

J'avais tellement peur que mon érection disparaisse que j'ai répondu en accélérant la cadence de mes reins comme pour chasser l'importune question. Du coup, Ji-yang a de nouveau fermé les yeux et les lèvres, et m'a serré fort dans ses bras. Puis elle a mis sa bouche contre mon oreille, elle a chuchoté d'une petite voix :

— Je vous aime.

Je me suis assis devant mon ordinateur portable, Ji-yang était derrière moi. J'ai ouvert le Word coréen. J'ai fumé trois cigarettes de suite en fixant d'un air ahuri le curseur qui clignotait et j'ai refermé l'ordinateur.

Je lui ai dit que je le finaliserais, mais que là, malheureusement, je n'étais pas en état de me mettre à écrire.

Un écrivain, ça doit souffrir d'un manque. Sinon on n'arrive pas à entretenir le feu sacré. Moi, je suis nanti d'un compte en banque au solde créditeur, d'une vie sexuelle satisfaisante, d'un grand bureau de quarante pyeongs dans un *officetel*[1] dont le prix ne cesse de grimper avec le cours de l'immobilier, d'une berline de luxe trois litres qui n'a que quatre ans, d'une carte d'abonnement à un club de golf de la côte ouest, d'une télé ultra-high-def

1. Mot-valise (*office hotel*) désignant un bâtiment polyvalent avec des unités résidentielles et commerciales. Quarante pyeongs équivalent à environ cent trente mètres carrés.

à écran 52 pouces, d'un vidéoprojecteur 4K et d'un home cinéma Bang & Olufsen. Je ne manque de rien, je n'ai envie de rien. Du coup, je n'arrive pas à entretenir le feu sacré.

J'ai besoin de stimulant.

*

Deux voyageurs se trouvent dans un train allant de Londres à Édimbourg. L'un dit à l'autre :

— Excusez-moi, monsieur, mais qu'est-ce que ce paquet à l'aspect bizarre que vous avez placé dans le filet au-dessus de votre tête ?

— Ah ça, c'est un MacGuffin.

— Qu'est-ce que c'est, un MacGuffin ?

— Eh bien, c'est un appareil pour attraper les lions dans les montagnes d'Écosse.

— Mais il n'y a pas de lions dans les montagnes d'Écosse.

— Dans ce cas, ce n'est pas un MacGuffin.

Cette histoire, qui ressemble à l'un de ces absurdes *nonsense*, a été racontée par le célèbre cinéaste Hitchcock pour définir ce qu'il appelle le MacGuffin et nous est rapportée dans un livre d'entretiens[1] par François Truffaut, autre célèbre cinéaste et fan absolu de Hitchcock. Pour le dire vite, il s'agit d'un événement ou d'un personnage dont la seule fonction est d'instaurer un climat de suspense, et qui va peu à peu s'effacer sans dommage au fur et à mesure que le film avance. C'est ça, le MacGuffin. Par exemple, c'est le magot dérobé dans *Psychose*, la mystérieuse valise dans *Pulp Fiction*, les microprocesseurs des *Infiltrés*, ou la patte de lapin de *Mission impossible*. Vous avez vu et revu ces films, mais vous ne gardez qu'un vague souvenir de ces choses, magot, valise, microprocesseur ou patte de lapin, ce qui signifie que le MacGuffin a parfaitement rempli son rôle.

1. François Truffaut, *Le Cinéma selon Alfred Hitchcock*, Robert Laffont, 1966.

Vous vous demandez pourquoi je me mets tout à coup à bavarder, avec mon histoire de MacGuffin ? Eh bien, si vous me trouvez bavard, tant pis pour moi. Parce que, pour un auteur de scénario, « être bavard », c'est fatal. Encore un peu de patience. Mon histoire va maintenant commencer pour de bon.

Je voulais juste vous faire comprendre ça : écrire, c'est le MacGuffin de ma vie. Ce suspense a réussi à me tenir en haleine jusqu'à l'âge de quarante-cinq ans, mais aujourd'hui je ne parviens plus à trouver grand sens à mon histoire.

Depuis que cet *appareil pour attraper les lions dans les montagnes d'Écosse* a disparu de mon existence, celle-ci a sombré dans un quotidien sombre et morose. Je ne sais pas où je vais, je n'envisage aucune destination, je tourne en rond sans rime ni raison. Le moment ne serait-il pas venu pour moi de me trouver un nouveau MacGuffin, là, maintenant ?

LA JALOUSIE EST MA FORCE[1]

— La structure. En anglais, *structure*. Pour le dire vite, c'est comme la charpente quand on doit construire une maison. Tous les débutants qui veulent rédiger un scénario s'en sortent plutôt bien jusqu'à environ la moitié, mais le dernier tiers leur est généralement fatal. C'est une question de défaut de construction, de faiblesse structurelle. Même si vos personnages ne sont pas exceptionnels et que vous n'êtes pas doué pour les dialogues, une structure bien charpentée aura toujours le pouvoir de capter l'attention du public. Pourquoi croyez-vous donc qu'un Robert Towne, celui qui a écrit ce chef-d'œuvre du film noir qu'est *Chinatown*, s'est cru obligé de déclarer à propos du scénario que les trois choses essentielles pour le réussir, ce sont d'abord la structure, ensuite la structure, et enfin la structure ?

Comme un bon orateur, j'ai marqué les trois temps en martelant à chaque fois le mot « structure ». Les étudiants ont tous acquiescé en même temps. Lorsque j'ai vu une fille du premier rang écrire soigneusement « la structure, la structure, la structure »,

---

1. 2003, scénario et réalisation de Park Chan-ok. Acteurs principaux : Bae Jong-ok, Park Hae-il, Mun Seong-geun. Le titre provient d'un poème du recueil *Une feuille noire dans la bouche* de Ki Hyeong-do, 1991. (*N.d.A.*) Ce film, le premier de sa réalisatrice, exporté sous le titre *Jealousy Is My Middle Name*, raconte une histoire qui n'est pas sans rapport avec celle du *Film volé*.

j'ai éprouvé un sentiment de fierté, comme si je venais de leur transmettre une grande révélation. Mais ce fut de courte durée.

— C'est William Goldman.

Une voix s'est élevée du fond, en direction de laquelle j'ai adressé ma question :

— Quelqu'un a dit quelque chose ?

— C'est pas Robert Towne, c'est William Goldman.

Pour le coup j'ai facilement identifié l'organe émetteur. Cela se trouvait être celui du type qui avait l'air d'un proxénète et qui roupillait dans mon cours avec ses écouteurs sur les oreilles. J'ai senti la sueur me mouiller légèrement les aisselles.

— Ah bon ? C'était William Goldman ? J'ai dû les confondre, ce sont tous les deux de très grands auteurs. William Goldman, c'est *Marathon Man, Butch Cassidy et le Kid,* tout ça. *Anyway,* le point clé, c'est « la structure, la structure, la structure ». Ne l'oubliez pas.

J'ai pris un marqueur et me suis tourné vers le tableau, en me disant intérieurement : « Je vois le genre, t'essaies de me dire que t'as déjà vaguement potassé des manuels d'écriture de scénarios, c'est ça ? Vu ton âge et ta dégaine, il faut bien que tu tentes de te donner l'air un peu intelligent, je peux pas t'en vouloir. »

Mais au moment où la pointe de mon marqueur allait toucher la surface du tableau...

— J'ai une question.

Sans avoir à tourner la tête, je savais qui avait parlé. C'était encore ce mec.

— À quel propos ?

Ma voix était calme, mais à l'intérieur ça commençait à bouillonner. La construction « introduction - développement - rebondissement - conclusion » n'est pas réservée aux seuls scénarios, elle fonctionne aussi dans les cours, et l'intervention de ce crétin était en train de me pourrir l'ambiance juste au moment où je m'approchais du *climax.*

— Quand je vous écoute faire votre cours, je peux pas m'empêcher de me dire ça. Que tout ce que vous nous racontez, ça vient de la théorie d'écriture du scénario telle qu'elle a été mise au point par Syd Field il y a trente ans[1]. Mais en trente ans, l'approche formelle du cinéma a beaucoup changé, et il me semble qu'on devrait adopter aujourd'hui une nouvelle manière d'écrire des films. Il faut voir par exemple ce qu'a fait un Charlie Kaufman[2], dès le début des années 2000, quand il a commencé à déstructurer les narrations dans le cadre de films grand public et à prendre en compte la nouvelle perception d'un public rompu aux jeux vidéo, aux *webdramas*, à YouTube. Les gens ne supportent plus les histoires qui n'en finissent pas, toute leur attention se concentre sur des séquences brèves pour y trouver un plaisir immédiat spontané, et en même temps ils sont parfaitement capables de se dépatouiller des histoires emmêlées de tous les personnages des sitcoms. Il faut savoir que de plus en plus ils ne regardent que les extraits qui circulent sur internet, autrement dit ils ne visionnent que des clips juxtaposant les moments clés, comme ça ils peuvent suivre l'histoire sans s'enquiquiner à s'envoyer le programme dans sa durée officielle, vous me suivez ? Donc, au vu de ces évolutions de tendance, ma question sera la suivante : si nous sommes de moins en moins tributaires du flux continu, et donc de la structure qui le porte, ne pensez-vous pas, cher Maître, que vos cours passent complètement à côté de cette mutation ?

Sa logorrhée coulait d'elle-même, comme s'il lisait un discours soigneusement préparé. L'orateur semblait calme et serein. Mais son regard pétillait d'arrogance, du genre « Là, mon vieux, tu vas morfler ». Le regard des étudiants passait alternativement de lui à moi. Comme s'ils assistaient à un sketch dans un cabaret. Dans la salle on sentait flotter une étrange tension.

— Rappelez-moi votre nom ?

— Je m'appelle Kim Yeong-hoe.

---

1. Syd Field (1935-2013). Principal ouvrage : *Screenplay: the Foundations of Screenwriting*, 1994.

2. Réalisateur et scénariste né en 1958, issu des comédies télévisées et de la sitcom. Ses œuvres principales : *Dans la peau de John Malkovich*, *Adaptation*, *Eternel Sunshine of the Spotless Mind*. (*N.d.A.*)

Kim Yeong-hoe... Kim Yeong-hoe... Voilà que tu as déjà réussi à graver durablement les trois syllabes de ton nom dans ma mémoire, toi qui n'avais jamais réussi à accéder à un semblant d'existence durant plus de la moitié du semestre. Si c'était ça que tu cherchais à obtenir, ton intervention méritait bien A+, non, allez, j'irai jusqu'à un A++.

— Monsieur Kim Yeong-hoe, je vois que vous êtes prêt à faire le cours. Voulez-vous prendre ma place ? Je dois vous prévenir que la rémunération n'est pas très élevée.

Tous les étudiants ont éclaté de rire, pas lui. Ça fait partie des coups que nous enseigne la rhétorique du discours. Si on traite le sérieux à la légère, cela allège le sérieux. Après avoir jeté un œil sur ma montre, j'ai déclaré :

— Cette discussion risque d'être longue, aussi je vais m'arrêter là pour aujourd'hui. Monsieur Kim Yeong-hoe, vous pouvez rester, que nous parlions un peu du présent et de l'avenir du cinéma. Les autres, vous pourrez partir après m'avoir déposé votre scénario pour le *workshop*.

C'était la première fois que je fumais une cigarette dans la salle de classe depuis que j'avais commencé à donner des cours. Les bouffées de nicotine que j'aspirais m'ont un peu calmé. Kim Yeong-hoe me regardait tirer sur ma cigarette en silence. En lui soufflant la fumée dans la figure, j'ai attaqué :

— Chaque année je me coltine un ou deux étudiants de ton acabit. Des espèces de frimeurs qui n'ont pas les moindres bases. Est-ce que tu as déjà lu la tragédie grecque, Sophocle, la *Poétique* d'Aristote ou les pièces de Shakespeare ? Ça fait des millénaires que le théâtre repose entièrement sur l'art du récit ! Tu veux déstructurer ? T'as pas besoin d'aller chercher Charles Kaufman ! Tout ça, Godard[1] l'a déjà fait dans les années 1960 ! Mais est-ce que ça signifie que c'est un courant majeur ? Absolument

1. Jean-Luc Godard. Réalisateur représentatif de la Nouvelle Vague. Premier film : *À bout de souffle*. Tout au long de sa vie, il a cherché à réaliser des films nouveaux et non

pas. C'est juste de l'art. Si tu veux faire de l'art, tu n'as pas besoin de suivre mon cours. Si tu veux jouer les artistes, t'as qu'à le faire tout seul dans ton coin ! Et si tu comptes recommencer à nous faire ton grand numéro, je préfère encore te rembourser tes frais d'inscription et que tu ne remettes jamais les pieds ici. Compris ?

Non mais c'est vrai, quoi, il n'y a pas que lui à bosser sur des manuscrits, dans mon cours.

Le sien était posé sur le dessus de la pile.

— Kim Yeong-hoe. Ton texte, je vais le lire avec la plus grande attention. Comme ça, je verrai si tu as l'étoffe d'un artiste ou pas. Tu peux partir.

Je pensais lui avoir cloué le bec. Il m'a adressé un petit signe de la tête, accompagné d'un vague ricanement grinçant. Cette manière de me saluer, c'était encore pire que le reste. Il s'est dirigé vers la porte, puis s'est arrêté. Il s'est retourné et m'a dit avec une grande fermeté :

— Vous savez, moi, si je suis venu ici, c'est pour écrire un scénario du genre *La Villa des damnés*. Un film qui échappe au sens commun et à la grammaire sclérosée. C'est ça que j'aurais voulu apprendre à faire.

Et il est parti en refermant la porte. Je suis resté un long moment à regarder la porte d'un air absent. J'avais l'impression que la nuque me brûlait.

*

La Villa des damnés. C'est le premier scénario que j'ai écrit, j'avais vingt-neuf ans. Comme le titre l'indique, il appartenait au genre des films d'horreur. Plus précisément à la catégorie des films de terreur dits *slasher*[1]. Un couple de psychotiques

---

conformistes ; il est apprécié à la fois comme penseur révolutionnaire et réalisateur ayant le plus fait évoluer le langage de cinéma. (*N.d.A.*)

1. Il s'agit d'une catégorie de films d'horreur centrés sur des crimes atroces commis par un *psycho-killer*. (*N.d.A.*)

vivant dans une villa perdue au cœur d'une immense forêt va tuer un par un les étudiants dépravés venus dans le coin participer à un stage intégration et survie, bref, une vraie série B. Dès sa sortie en salle, il a fait un bide complet. Mais ce qui m'a fait le plus souffrir, ce n'était pas tant le désastre commercial que le sentiment d'indifférence générale. Au bout d'une semaine, le titre avait disparu de tous les cinémas, et les critiques, dont le plus grand plaisir est en général de démolir les films, n'ont même pas daigné parler de ma *Villa des damnés*. Ils auraient quand même pu au moins en mentionner l'existence, non ? Pas une seule critique, même pas le moindre commentaire acerbe d'un internaute. Rien qui aurait permis de penser qu'avait un jour existé ce film dont pas une trace ne resterait. Ma *Villa des damnés* s'enfonçait dans un enfer où sa mémoire disparaissait à jamais.

Cet échec m'a poussé à essayer le genre comique. Au milieu des années 2000, la comédie était à son apogée. Ceux qui allaient les voir ne se privaient pas de dénigrer ces films, considérant comme du cinéma bas de gamme et moins que rien ces comédies de gangsters, de sexe, et autres branquignolades burlesques. Et ceux qui ne prenaient même pas la peine de se déplacer pour aller les voir n'en démontraient pas moins à quel point il s'agissait bien de films bas de gamme et moins que rien. Bref, c'était un coup à tenter. Je préférais encore être traité par le mépris que d'être juste ignoré. M'asseoir sur mon orgueil d'auteur n'était pas bien compliqué. Après tout je n'avais jusque-là écrit qu'un seul scénario, pas de quoi avoir un ego boursouflé. De toute manière, si on veut se draper dans son orgueil blessé, encore faut-il avoir un public en face de soi si on veut que ça ait un peu de gueule.

J'ai torché en un mois une petite comédie familiale que j'ai tout de suite réussi à vendre, qui est sorti en salle, et qui a au moins récupéré l'investissement initial. Du coup, une autre société de production m'a commandé un produit similaire, que j'ai pondu, et même si le film a été traité de « résidu bas de gamme », il a fait plus d'entrées que le premier. La production m'a alors demandé de faire le second volet, que j'ai pondu itou, et même si les pires critiques lui sont dégringolées dessus, il a rapporté encore plus que le précédent. Par un étrange effet pervers, plus la critique démolissait ces films, plus les spectateurs accouraient pour les voir.

L'engouement pour la comédie n'a eu qu'un temps. Après, on a eu les thrillers. Mais moi, j'étais catalogué professionnel de la comédie.

Comment aurais-je pu imaginer entendre mentionner *La Villa des damnés* par un type comme Kim Yeong-hoe, plus de dix ans après sa sortie ? Je me demande pourquoi le fait que quelqu'un ait pu se souvenir de mon tout premier film m'a donné un tel sentiment mitigé, de joie, un peu, mais surtout d'énorme honte, comme si je m'étais retrouvé tout seul, tout nu, en plein jour, au beau milieu du carrefour devant la station Gangnam[1] !

*

Ce jour-là, après mon cours, j'avais rendez-vous avec des collègues du milieu du cinéma autour d'un verre.

Celui qui offrait le pot était Jeong Nam-hun, avec qui j'avais écrit *La Villa des damnés*. Après quoi nous avions collaboré sur mes cinq scénarios suivants. Au fond, les cinq années que nous avons passées à travailler ensemble auront été mon âge d'or en tant qu'auteur. À part *La Villa des damnés*, tous les autres films avaient atteint ou dépassé leur point d'équilibre, deux d'entre eux nous ayant même rapporté de jolis dividendes, jusqu'au double du prix de vente du scénario. Ensuite, nous avions décidé de voler chacun de nos propres ailes, et depuis je me suis retrouvé catalogué « auteur d'âge mûr n'ayant pas réussi à trouver sa place », tandis que lui, ce salopard, a connu trois énormes succès de suite, est devenu un personnage important du milieu, et a même fait la une d'un magazine de cinéma de référence. Il a fini par monter sa propre structure, la Jeong

1. Quartier huppé de Séoul, célèbre pour son *Gangnam Style*.

Pictures, et a récolté sept milliards[1] d'aides pour produire son premier film. Voilà pourquoi il peut offrir à ses confrères une soirée bien arrosée pour fêter l'événement.

Je sentais la torpeur de l'ivresse m'envahir, la fumée qui noyait la salle m'étouffait, et la vision de Jeong Nam-hun en train de hurler de rire en écoutant des blagues nulles m'a dégoûté. J'ai décidé de sortir me rafraîchir les idées et fumer une cigarette tranquille, mais ledit Jeong Nam-hun m'a emboîté le pas.

— Alors, comment ça se passe, ton travail ? Tu en mets du temps à nous sortir ta nouvelle œuvre !

Il a pris la cigarette que j'avais entre mes lèvres pour allumer la sienne avec. Pour qu'elle prenne mieux, il a pompé dessus avidement, le dégoût qu'il m'inspirait ne s'arrangeait pas.

— C'est pour m'humilier que tu m'as invité ce soir après des années de silence ?

— Salaud, t'es dur. Tu veux me faire regretter de t'avoir demandé de venir pour savoir comment tu vas, depuis tout ce temps ?

— Toi t'as une super bonne mine, depuis que tu es devenu Président. T'es tout gras et luisant.

— Je sens comme un fond d'amertume dans tes paroles, mon pote.

Un ange un peu gêné est passé, on a continué chacun à fumer sa cigarette en envoyant vers le ciel nos panaches de fumée blanche.

Notre collaboration ne s'était pourtant pas mal terminée, c'était une séparation tout à fait à l'amiable. Alors, depuis que chacun avait décidé de suivre sa propre voie, comment expliquer à quel point notre relation s'était modifiée ? Si j'avais rencontré autant de succès que lui, aurait-elle été meilleure ? Est-ce que ce rejet que j'éprouvais n'était pas le simple reflet de ma mauvaise conscience ?

Il a repris la parole après avoir inhalé une bouffée de tabac.

---

1. Environ 5,3 millions d'euros.

— Seong-mi va bien.

L'enfoiré, qu'est-ce qui lui prend de me sortir soudain ce nom ?

— Pourquoi tu me dis ça ?

— Pour rien. Au cas où tu voudrais savoir.

Pause. Il faut que je vous en dise un peu plus sur ce qui s'est passé entre Jeong Nam-hun et moi. On ne s'est pas quittés en mauvais termes, mais depuis que notre collaboration s'est interrompue, les choses n'ont pas été en s'arrangeant, c'est le moins qu'on puisse dire. Seong-mi, celle dont il a parlé, c'est mon ancienne épouse, Bae Seong-mi. Quand nous étions mariés, nous recevions souvent Jeong Nam-hun, qui était célibataire. Après notre divorce, ils ont continué à se voir et presque aussitôt ils sont sortis ensemble. Monsieur Salaud et Madame Salope, de beaux dégueulasses. Un an plus tard, ils ont voulu se marier. Et l'autre, il est venu me demander mon consentement. Il voulait savoir s'il pouvait lui demander sa main. Du coup, je lui ai répondu : « Je suis ton futur beau-père, ou quoi ? Qu'est-ce que tu viens foutre ici ? » Alors lui, il m'a dit qu'il était désolé, qu'il se sentait obligé de me demander mon autorisation. Je lui ai dit qu'il fasse ce qu'il veut, qu'il l'épouse ou qu'il la concubine, ou qu'il la baise et la jette, ils n'avaient qu'à se débrouiller, c'étaient des adultes, merde. Finalement il l'a épousée, et quand je voyais les succès professionnels qu'il glanait, il m'arrivait parfois de me demander s'il ne m'avait pas volé mon porte-bonheur. Mais à quoi bon les regrets aujourd'hui ? La vérité, il faut bien que je la regarde en face. Je suis jaloux de ce mec à m'en vriller les intestins. Et plus le temps passe, plus cette intolérable haine suppure.

— Tu sais ce qu'on raconte dans les boîtes de prod ? Que c'est toi qui as écrit tout seul les scénarios qu'on a faits ensemble.

Et je n'étais pas entièrement de mauvaise foi, c'étaient des trucs qu'on m'avait vraiment rapportés. Jeong Nam-hun est devenu tout rouge et il m'a demandé d'un air sérieux :

— Quelles boîtes de prod ? CJ ? Show Park ? Ou New ?

— Aucune importance. Comment tu expliques que des histoires comme ça circulent ?

— Hé, Dong-yun. Tu sais très bien que je suis pas comme ça. Mais venant d'eux, tout est possible. Depuis qu'on s'est séparés toi et moi, t'as pas réussi à caser un seul scénario qui passe en production. Du coup, ça leur fait un bon sujet de vacheries à sortir entre mecs bourrés qui se gargarisent de ragots.

Il n'avait pas la tête d'un gars en train de mentir. Et puis, ce qu'il disait n'était pas faux non plus. Même si je n'étais pas prêt à l'entendre. Il a posé ses mains sur mes épaules en approchant son visage du mien ; ça aussi ça me dégoûtait grave.

— Dong-yun. Je ne sais pas comment tu prends les choses, mais si je t'ai demandé de venir ce soir, c'est parce que je voulais te remercier. Sans tout ce temps que nous avons passé à travailler ensemble, je n'en serais pas là où j'en suis aujourd'hui. Et moi, je te souhaite vraiment le meilleur. Si tu as un scénario qui te paraît pas mal, apporte-le-moi donc à la boîte. On s'entendait bien, non ?

L'ivresse aidant, il me soufflait tout ça dans la figure, sans se gêner. D'un côté je me trouvais un peu désolé de sa sentimentalité, voire reconnaissant pour son offre, mais ce que je sentais surtout bouillir en moi, c'était l'irritation. Un instant j'ai pensé à lui fourguer le scénario de *Son idéal de femme* en cours de négociation avec le Président Choe, ah, si seulement je lui avais montré à ce moment-là, mais non, mon orgueil me l'a immédiatement interdit.

Saloperie d'ego de merde.

*

Je suis rentré à Ilsan en taxi, tarif de nuit. Je me suis écroulé sur mon lit, mais j'avais tellement picolé que mon crâne qui cognait m'interdisait de dormir. J'ai branché le câble, zappé comme d'habitude sur toutes les chaînes, avant finalement d'éteindre la télé. Vautré sur mon canapé, mon regard est tombé sur la pile de scénarios posée sur un tabouret, ceux du *workshop*, que j'avais rapportés de la fac. Celui de Kim Yeong-hoe occupait toujours le dessus de la pile.

— Espèce de gros connard d'enfoiré.

J'ai pris le tapuscrit et regardé la couverture. Ça s'appelait *Andante Cantabile.*

— Et puis quoi encore ! C'est déjà nul dès le titre.

En ricanant d'avance, j'ai ouvert la première page.

Après je n'ai plus bougé avant d'avoir tourné la dernière.

Face à la fenêtre, j'ai glissé une cigarette entre mes lèvres. La puissance bleutée de l'aube irradiait la pièce tout autour de moi. Je sentais mon estomac se contracter et me brûler furieusement. D'avoir fumé à jeun n'était pas la seule raison.

Le scénario de Kim Yeong-hoe.

Balayant tous mes a priori, son *Andante Cantabile* s'était dressé devant mes yeux de la première à la dernière scène, comme si le film se déroulait devant moi.

Sous ses habits de thriller, le scénario construisait un drame psychologique, entrecroisant des thèmes sérieux et lisibles, avec des caractères bien vivants et très originaux, et, comme si ça ne suffisait pas, les répliques qui tuent fusaient de toutes parts, avec là où il fallait les moments d'humour et les blagues qui permettent de relâcher un peu la tension, le tout organisé dans une structure si bien agencée qu'à aucun moment on ne décrochait ! Il restait bien un peu de ces maladresses qui laissaient deviner le débutant. Mais ça participait à un certain charme « primitif », que nous autres, les aînés, sommes incapables d'imiter.

Oserais-je l'avouer ? C'était LE film que j'avais toujours voulu écrire, celui que je n'avais jamais réussi à écrire. Je ne pouvais pas l'admettre, mais c'était un fait, c'était lui et nul autre, LE film : *Andante Cantabile.*

J'ai repensé à ce Kim Yeong-hoe en train de me toiser d'un air cynique. Pour un chantre de la déstructuration, elle avait plutôt une sacrée charpente, sa structure. Bon, d'accord, je reconnais. Je veux bien en parler avec toi, tu le mérites. Mais pourquoi tu t'es conduit d'une manière aussi agressive ? On voit bien que toi aussi, tu es un partisan du récit structuré, alors quoi, tu voulais juste faire ton intéressant ? Ou tu me prenais pour un guignol à qui t'allais en faire baver ?

Tout à coup me sont revenues en tête les phrases prononcées par le Président Choe. Pour le cinéma comme pour le golf, c'est pareil, seuls les génies parviennent à réussir. Tu pourras toujours t'acharner autant d'années que tu voudras, cinq ans, dix ans, ça ne servira à rien si tu n'as pas ça.

Je me trouvais infiniment médiocre. Dans une détresse sans fond.

Sans que je m'en aperçoive, les contours bleutés de l'aube s'étaient mordorés jusqu'à devenir flamboyants. J'ai ouvert en grand les rideaux et plissé brutalement les paupières.

*

— Oh, Maître, vous avez passé une nuit blanche ?

À 10 heures du matin, Ji-yang et Yeong-rak ont débarqué à l'appartement. Question nuit blanche, je venais en effet d'en passer une sacrée. Ce jour-là, nous avions prévu de plancher sur de nouvelles corrections à apporter à *Son idéal de femme* que voulait proposer Yeong-rak. Était-ce dû au manque de sommeil ou à l'abus de café, toujours est-il que j'étais à cran. Ils l'ont bien senti et se méfiaient de mes réactions.

— On arrête.

Je n'avais aucune envie de me lancer dans des discussions sans fin.

— Pardon ?

Aussi surpris l'un que l'autre, ils avaient réagi ensemble.

— Je vous dis qu'on arrête.

Ils se sont regardés, interdits. Le silence a commencé à peser.

— Je suis désolé, je sais que vous vous êtes donné beaucoup de mal. Mais on va mettre ça en pause.

Ji-yang a fini par ouvrir la bouche. Son regard était suppliant.

— Mais enfin, Maître, ça fait plus d'un an qu'on travaille dessus.

— Raison de plus. Il faut arrêter de perdre notre temps.

— Et si vous acceptiez de retoucher vous-même une dernière fois le texte, vous ne croyez pas que…

Yeong-rak avait beau avoir parlé avec beaucoup de prévenances, je n'ai pas pu me retenir de lui hurler dessus.

— À quoi ça servirait, de le retoucher ! Tout ça n'a aucun sens ! T'as quoi dans le cerveau ? Un thème à la con, une structure à la con, des dialogues à la con, et par-dessus le marché des personnages à la con ! Il n'y en a pas un pour rattraper l'autre ! Tu le vois pas, ça ? Tu sais pas écrire, mais tu sais quand même regarder, non ?

Et pour ponctuer ma diatribe, je suis sorti du bureau en claquant la porte. Yeong-rak, bien embêté, regardait Ji-yang, qui elle-même se cachait le visage entre les mains pour pleurer.

Au fond, *Son idéal de femme* n'est pas un scénario si nul que ça. Mais dans ce milieu impitoyable, « pas si nul que ça », ce n'est pas une référence suffisante pour être repêché. Dans le monde, il n'existe que deux types de scénarios. Celui qui aboutit à un film, et celui qui n'y arrive pas. Et pour ceux qui n'y arrivent pas, qu'il soit « pas si nul que ça » ou « plutôt quasi nul », qu'il ait 89 ou 50 points, c'est du pareil au même.

À peine j'avais claqué la porte que je regrettais mon comportement. Quand je les avais vus, j'étais encore sous le choc de la lecture d'*Andante Cantabile*. Je n'avais ni mangé ni fermé l'œil, et mon estomac me brûlait. J'aurais dû annuler la séance. J'aurais dû attendre d'avoir retrouvé mes esprits avant de les voir. Encore que… je les aurais rencontrés plus tard, le résultat aurait été le même.

C'est ainsi, au cours de cette ultime séance, que prit fin l'aventure de cette équipe qui avait travaillé trois ans ensemble.

LA MAISON DES TÉNÈBRES[1]

Kim Yeong-hoe manqua mon cours pendant les deux semaines suivantes. Aurait-il décidé de ne plus y assister, après notre altercation « structurelle » ? Aurait-il pris au pied de la lettre ma remarque l'encourageant à cesser de venir si c'était pour nous enquiquiner avec ses polémiques stériles ? Était-il convaincu que je n'avais plus rien à lui apprendre ? Il ne restait plus que deux cours avant la fin du semestre.

Pendant que je déroulais mes évaluations critiques de leurs scénarios, je ne pouvais m'empêcher de tourner de temps à autre mon regard vers la place vide, au fond, celle où Kim Yeong-hoe aurait dû se trouver. À la fin du cours, j'ai demandé à la cantonade si quelqu'un savait pourquoi ledit Kim Yeong-hoe était absent, mais personne ne m'a répondu. Le délégué de classe s'est approché de moi juste avant de sortir pour me dire que ce Kim Yeong-hoe n'avait jamais participé à aucune réunion des étudiants de la promotion, et que de toute manière il n'adressait la parole à personne. Vu son expression et le ton sur lequel il en parlait, il n'avait manifestement pas une très bonne opinion du garçon.

---

1. *La Maison des ténèbres* (*Don't Breathe*, 2016), réalisé par Fede Alvarez, scénario de Fede Alvarez et Rodo Sayagues. Acteurs principaux : Jane Levy, Dylan Minnette. (*N.d.A.*)

— Tu peux me donner les coordonnées d'un étudiant nommé Kim Yeong-hoe ?

Je suis passé dans la salle des assistants pour obtenir ce renseignement. Je me préparais à une question du genre « Vous en avez besoin pourquoi ? », mais non, mon assistant a tout de suite trouvé un numéro de téléphone, qu'il m'a noté, efficace et poli.

Je n'avais pas en tête de l'appeler pour parler de quoi que ce soit avec lui, mais j'éprouvais l'obscur pressentiment qu'un jour ou l'autre, et peut-être plus proche que je ne le pensais, j'aurais besoin d'avoir ce numéro.

— Tiens, monsieur Seo ! Ça fait longtemps qu'on ne s'est pas vus. Je voulais justement vous appeler.

En sortant du bureau des assistants, je suis tombé sur le professeur Pak. Il est à la fois professeur titulaire et directeur du département écriture de scénarios. Il m'a proposé de venir prendre un café dans son bureau personnel. Je n'ai pas souvent l'occasion de m'y rendre, sinon pour lui remettre les petits cadeaux usuels en début d'année, ou en fin d'année, ou les jours de fête nationale, ou bien juste pour marquer le début du semestre. Nous ne sommes pas suffisamment intimes pour que je puisse me permettre de passer au débotté échanger trois plaisanteries. Autant dire que rarissimes sont les occasions d'être invité à venir prendre le café dans son bureau en tête à tête. Tout en sirotant son mug, il s'adonnait à un bavardage insipide, évoquant les tendances récentes de l'industrie du divertissement, m'interrogeant sur les films intéressants que j'avais pu voir ces derniers temps : « C'est vrai que ce film a eu de bonnes critiques », « On se demande pourquoi un mélo pareil remporte un tel succès », etc. Moi, plus ça allait, plus je me persuadais que des choses désagréables n'allaient pas tarder à suivre. Et de fait, lorsqu'il a eu fini les dernières gouttes de café qui restaient au fond de sa tasse, il est entré dans le dur.

— Monsieur Seo, ne le prenez surtout pas mal, mais il faut que je vous informe de la situation de notre département. Comme vous le savez, ces derniers temps, on a assisté à l'ouverture de nombreuses sections en études théâtrales et cinématographiques, alors que le nombre d'étudiants inscrits ne cesse de décroître. Comme notre université est bien obligée de rendre des comptes de sa gestion, mes supérieurs s'inquiètent. Ils n'arrêtent pas de me dire que je devrais recruter comme professeur un scénariste, euh, plus connu, qui a son nom dans les médias, que cela nous redonnerait de la compétitivité. Moi, vous imaginez, je vous ai défendu autant que je pouvais, je leur ai dit que vous étiez un excellent professeur, que vos étudiants vous adoraient mais, vous savez ce que c'est, ils n'arrêtent pas de me tanner, du coup c'est moi qui finis par me retrouver dans une position gênante. Là-haut, on se demande pourquoi je vous défends comme ça, on commence à trouver ça louche. Bon sang... C'est toujours sur moi que ça tombe, d'annoncer les nouvelles pénibles.

« On va devoir changer de professeur invité », cette phrase aurait suffi, au lieu de quoi le voilà qui se perd dans une réplique interminablement filandreuse, on ne croirait pas avoir affaire à un professeur titulaire du département écriture.

— C'est bon, j'ai compris. Ce sont des choses qui arrivent. Vous avez déjà choisi l'auteur qui va me remplacer ?

J'ai posé la question. Il avait toujours le même air désolé. Il m'a observé du coin de l'œil avant de finir par me répondre :

— Il m'a dit qu'il vous connaissait bien. C'est Jeong Nam-hun.

*

Tout être vivant est doué d'un instinct animal de survie. Une bombe atomique explose, les rats, les cafards, mais aussi les hommes savent se débrouiller pour survivre. Donc, même moi, membre éminent de la tribu des *Homo sapiens,* je parviendrais à survivre à cette putain de merde de situation. Tous les moyens seraient bons, fallût-il en recourir au cannibalisme.

Sans cesser de tripoter la cuisse de l'accorte hôtesse assise à mes côtés dans le bar, je m'abandonnais au tourbillonnement de pensées aussi fugaces que niaiseuses concernant la notion de

« survie ». Je ne savais pas combien de verres je m'étais déjà envoyés dans le mufle, ce qui ne m'a pas empêché de me servir un grand godet bien tassé de Balantine vingt et un ans d'âge tout en maudissant intérieurement la ribambelle de mes pires cauchemars tels que me les désignait mon instinct de survie : mon ex-femme, mon ex-job, ma réputation pourrie, ce salopard de Jeong Nam-hun qui me dépouille petit à petit de tout ce que je possède, les ordures des boîtes de production qui me refusent mes scripts, les chiens de la critique qui descendent mon travail en vingt mots qu'on dirait rédigés par un élève du primaire, les saloperies de spectateurs qui pensent que le mec qui a écrit une telle merde – ils parlent de moi – ferait aussi bien d'aller crever la gueule ouverte, sans oublier d'y adjoindre le Président Choe, ce vieux débris qui se tient assis en face de moi, juste là, ici même, et qui continue à me demander de corriger encore une fois l'histoire.

— Tu vois, ces filles, là, c'est elles, notre vrai public. Notre boulot à nous c'est de connaître le genre de films qu'elles ont envie de voir, ces filles. C'est pas juste pour descendre de l'alcool hors de prix qu'on vient là.

Le Président Choe a posé sa main sur l'épaule de sa voisine, en soulignant lourdement que ce *room salon*[1] était bel et bien une boîte « hors de prix ». Quand j'avais renoncé au projet de *Son idéal de femme,* il m'avait promis d'organiser une petite soirée comme ça, pour me consoler et me remonter le moral. Sachant que sa société ne lui rembourse rien qui dépasse les six mille wons[2], il me fait bien sentir la valeur de son invitation, cet enfoiré.

— Dis donc, ma petite, t'as vu quoi récemment comme film qui t'a plu ?

Il s'était tourné vers sa voisine pour lui poser la question.

— Comme films coréens ? ou comme films étrangers ?

---

1. Espace de salons privés où l'on se divertit autour d'alcools, de karaoké, et parfois d'hôtesses.
2. Environ 4,50 euros. Autant dire que les notes de frais de bouche ne lui autorisent qu'un bol de nouilles au snack du coin.

— Eh, salope, on a des gueules à tourner des films étrangers ?

La fille, ça n'avait pas l'air de la déranger plus que ça de se faire traiter de salope.

— Ah ouais, un film coréen, alors ? Qu'est-ce que j'ai vu de bien... Ah oui ! *Mademoiselle* ! Terriblement érotique ! J'adore Jo Jin-woong ! Il est trop sensuel ! Chéri, tu veux pas faire un film avec Jo Jin-woong[1] ?

— Dis donc, ma salope, tu serais pas un peu perverse, toi ? S'il te plaît tant que ça, va donc essayer de te foutre dans son casting !

Et Choe a saisi dans la soucoupe une poignée de lamelles de seiche séchée pour les balancer sur sa partenaire, ce qui a fait éclater celle-ci de rire, je ne sais pas pourquoi. Pendant que je les regardais batifoler, j'ai soudain senti monter la nausée. J'avais dû boire trop vite. J'ai poussé la fille qui était à côté de moi sur la banquette et me suis précipité aux toilettes. J'ai vomi longtemps, la tête dans l'urinoir.

Quel gâchis de devoir dégueuler autant d'alcool hors de prix... Au moment où cette pensée stupide me venait, des maux de tête atroces se sont mis à me labourer le crâne. La terreur m'a pris, j'étais persuadé que si ça continuait mon crâne allait se fendre en deux, et j'ai serré instinctivement mes deux mains contre mes tempes le plus fort possible. Je vacillais sur place en essayant de ne pas relâcher mon effort. Combien de temps s'est-il écoulé ainsi ? À un moment donné, un grand vide a envahi ma tête et tous les bruits qui m'avaient envahi se sont tus en même temps. Les maux de tête disparus, je restais ainsi un bon moment, debout, cramponné au lavabo, lorsque soudain un grand frisson m'a parcouru l'échine.

Là, au-dessus du lavabo, le moi du miroir me regardait. Le moi du miroir ne chancelait pas, il n'était même pas bourré. Il me regardait d'un air apitoyé.

— Qu'est-ce que tu me veux ?

---

1. *Mademoiselle* (2016), film de Park Chan-wook. Thriller érotique au scénario très pervers. Jo Jin-woong, célèbre acteur quadragénaire, y joue un escroc brillant.

Le moi du miroir est demeuré impassible.

— Bordel, pourquoi tu me regardes comme ça ?

Et là j'ai commencé à me parler tout seul, on aurait dit Robert De Niro dans *Taxi Driver*.

— Putain de merde, je suis Seo Dong-yun... Moi je suis un auteur qui a décroché des à-valoir dès son premier film en Corée du Sud ! Vous allez voir ce que vous allez voir, vous tous, bande de salopards, vous savez pas qui je suis ! Je ne lâcherai rien...

C'est à cet instant que le moi du miroir m'a souri.

— Écoute-moi.

En m'appuyant sur le lavabo, je l'ai regardé en écarquillant les yeux.

— Je vais te raconter une histoire incroyable, du jamais vu... ça t'intéresse ? Une histoire-absolument-palpitante !...

Pour le coup, je n'ai pas pu m'empêcher de ricaner. Ça n'existe pas, ce genre de choses. Toutes les histoires sont du pareil au même. Elles ont toutes déjà été vues quelque part.

— Et alors ? Tu ne me crois pas ? Si je commence à te la raconter, tu ne voudras jamais que je m'arrête.

J'ai haussé légèrement les épaules. Si tu en es si sûr, eh bien vas-y, essaye. Alors il s'est mis à me raconter son histoire, d'une voix très douce, comme s'il voulait m'hypnotiser.

— Tout commence au cœur d'une montagne où souffle une tempête de neige. Au loin, perdus dans ces immenses espaces d'une blancheur aveuglante, on aperçoit deux hommes, qui sont comme deux petits points. Tu t'approches et tu découvres que l'un des hommes pointe son pistolet sur l'autre. Ils ont tous les deux le visage couvert de sang, mais celui qui tient le pistolet semble être au bord des larmes, tandis que l'autre sourit, il a l'air soulagé. Question : qu'a-t-il bien pu se passer entre ces deux-là ?

Mouais... Comme scène d'ouverture, c'est pas trop mal. Ça excite notre curiosité. Mais attention, j'ai juste dit « pas trop mal ». Et puis, cette histoire, je l'ai déjà vue quelque part... Je viens te le dire : c'est toujours du pareil au même. Mais bon, soit. Allez, raconte la suite.

Alors il a poursuivi son récit, et moi je faisais le va-et-vient entre le réel et la fiction. Par moments je me sentais exalté comme si j'étais en train de vivre cette aventure, à d'autres moments j'éclatais de rire comme un simple spectateur.

— Alors, qu'est-ce que tu en penses ? Ça fonctionne bien, non ?

— Allez, raconte la suite ! Dépêche-toi un peu, c'est vrai ça, quoi, on s'impatiente !

Reprenant soudain mes esprits, je me suis aperçu alors que mon auditeur n'était autre que le Président Choe. Comment... ? Qu'est-ce qu'il s'est passé... ? Pourquoi c'est moi qui suis en train de raconter ? Quand est-ce que je suis remonté des toilettes pour m'affaler sur la banquette ? Un moment désarçonné, je me suis vite ressaisi quand j'ai vu en face de moi les yeux de Choe pétillants de curiosité, et j'ai déclenché mon instinct de *storyteller* pour lui raconter la suite de cette « histoire-absolument-palpitante ».

Je n'avais pas l'esprit très clair et je me mélangeais un peu. Quand je ne savais plus bien, j'improvisais au point que, plus j'avançais, moins je savais ce qui était de l'original et ce qui était de mon cru. Je ne me souviens plus aujourd'hui comment j'ai réussi à terminer cette histoire. Ce dont je me souviens, c'est qu'une fois achevé le récit j'ai continué à boire, que j'ai vomi sur la table du *room salon*, et que c'est ainsi que s'acheva ce pot.

Mais il est un point dont je me souviens parfaitement et qui a surnagé au milieu de ce maelström. C'est qu'aussi bourré que j'ai été, aussi capable de raconter tout et n'importe quoi hors de contrôle, jamais, au grand jamais, je n'ai laissé sortir de ma bouche le nom de Kim Yeong-hoe, dont *Andante Cantabile* était la version originale de cette « histoire-absolument-palpitante ».

LE TALENTUEUX MONSIEUR RIPLEY[1]

J'ai sorti du réfrigérateur la bouteille d'eau à moitié remplie et j'ai bu directement au goulot. Une demi-bouteille n'a pas suffi à humecter ma langue tant elle était râpeuse. Un vertige m'a obligé à me rattraper à la poignée du frigo. Merde, qu'est-ce que j'ai picolé. Comment j'ai fait pour rentrer jusqu'à mon appart ?

Mon portable bipait quelque part pour m'annoncer l'arrivée d'un texto. J'ai fini par le trouver dans la poche de la veste que je portais hier, le message venait du Président Choe.

Salut l'artiste ~ Pas encore levé ? Appelle-moi dès que t'es debout ~ ~ Le scénario hier soir c'était pas mal ~ N'en parle à personne !!! Tu sais que je t'adore, l'artiste ?^^ Quand t'émerges, passe me voir, qu'on soigne ensemble notre gueule de bois ~ ~ !

Les émoticons, les petites vaguelettes, les points d'exclamation, tout me dégoûtait. Pendant mon sommeil, il m'avait appelé cinq fois. Comme il tombait tout le temps sur mon répondeur, il avait fini par m'envoyer un texto.

1. *The Talented Mr. Ripley* (1999), écrit et réalisé par Anthony Minghella. Acteurs principaux : Matt Damon, Gwyneth Paltrow, Jude Law. D'après un roman de Patricia Highsmith. Le film de René Clément *Plein Soleil* (1960) était tiré du même roman, avec les acteurs Alain Delon, Marie Laforêt, Maurice Ronet. (*N.d.A.*)

Comme un puzzle en vrac, je découvrais éparpillés des morceaux de souvenirs qui finiraient plus ou moins par s'assembler. Bon sang, qu'est-ce qui m'avait pris, hier ? Mon visage devint brûlant d'un coup. Je devais absolument réfléchir au moyen de rattraper le coup avant d'être dépassé par les conséquences, cette pensée m'a flanqué un nouveau vertige. J'ai fermé les yeux. D'abord, il faut dormir un peu. Je ne pourrai pas réfléchir avant que mon cerveau ne soit de nouveau opérationnel. Il m'est soudain revenu que j'avais eu la bonne idée de faire installer d'épais rideaux occultants même s'ils m'avaient coûté assez cher comme ça.

*

J'ai cherché le numéro de portable de Kim Yeong-hoe, que j'avais enregistré dans le mien. Avant d'enclencher l'appel, j'ai respiré profondément, plusieurs fois. Puis j'ai appuyé sur la touche.

— Allô ?

Une voix féminine.

— Ce n'est pas le téléphone de Kim Yeong-hoe ?

J'entendais un vacarme épouvantable derrière elle.

— Hé ! Un peu de calme !

Elle avait dû masquer le téléphone pour gueuler, mais ça ne changeait pas grand-chose.

— Oui oui, c'est bien le sien, qui est à l'appareil ?

Sur le coup, il m'a semblé que cette voix grave était asexuée.

— Pourrais-je lui parler ?

— Pour le moment ça ne va pas être facile... C'est de la part de qui ?

Après un moment d'hésitation, j'ai répondu.

— J'enseigne l'écriture de scénario à l'université où étudie Kim Yeong-hoe.

— Ah, vous êtes monsieur Seo, l'auteur.

D'où elle me connaît ? Sa voix s'est un peu adoucie. Bon, « monsieur Seo, l'auteur » n'a pas l'air de lui avoir fait trop mauvaise impression.

— Et c'est à quel sujet ?

— J'aurais voulu parler un peu avec lui. Puisqu'il ne vient plus à mes cours depuis un bon moment.

— Je ne sais pas si je peux vous dire ce qu'il fait. Il risque de m'en vouloir.

Elle a fait une courte pause, mais elle a poursuivi.

— Il est à Hongdae[1], dans un club qui s'appelle le Ripley. Si vous y passez après 21 heures, vous pourrez le trouver. Faites comme si vous le rencontriez par hasard. Essayez de lui dire des choses encourageantes.

Avant de raccrocher, j'ai entendu le vacarme qui reprenait de plus belle. On aurait dit qu'un groupe de rock jouait en live chez elle.

J'ai noté. Hongdae, club Ripley.

Sa dernière phrase résonnait encore à mes oreilles. Dites-lui des choses encourageantes... Qu'est-ce qu'elle voulait dire par « des choses encourageantes » ?

Lorsque je suis arrivé à Hongdae, il était déjà 23 heures passées. Malgré l'heure tardive, la rue grouillait de jeunes gens à la mode arborant des tenues et des coiffures extravagantes. Après avoir garé ma voiture sur la colline, juste en face du Petit Théâtre Sanullim, j'ai lancé la recherche du club Ripley sur le GPS de mon smartphone. Je me suis trompé une fois de ruelle, mais en gros c'était facile à trouver.

Dès les escaliers on percevait à fort volume le rythme obsédant et répétitif de sons électroniques. Le sas d'insonorisation à peine ouvert, un tombereau de musique sauvage vous dégueulait ses décibels directement dans les tympans, avec l'objectif avoué de vous les déchiqueter. L'intérieur du club était de style moderne, avec une déco à dominante acier. Les projecteurs de lumières fluo, plantés un peu partout au petit bonheur la chance, gratifiaient les clients de teintes irradiantes.

1. Quartier étudiant de Séoul, très animé et branché.

À travers la cohue des gugusses qui se trémoussaient en rythme, j'ai aperçu Kim Yeong-hoe. Il préparait un cocktail en secouant hardiment un shaker derrière le comptoir du bar, et sa chemise blanche qui avait viré au violet par la grâce des projecteurs fluo était si éblouissante qu'elle faisait mal aux yeux. Il bougeait la tête en suivant la cadence de la musique et, à chaque pulsation, sa frange lui balayait le front, tandis que ses lèvres s'étiraient en un bien mystérieux sourire, une vraie Mona Lisa. À le regarder préparer ses cocktails, il ne me donnait plus l'impression d'être le marginal qui dormait au fond de ma classe. Je le contemplais se mouvoir avec une telle élégance, se fondre avec une telle aisance dans des musiques et des lumières oniriques, tendre au client son cocktail habilement préparé avec un sourire avenant, que je l'ai immédiatement associé à l'adjectif « beau ». Ne vous méprenez pas. Je suis tout ce qu'il y a d'hétéro.

— Prépare-moi un *sex on the beach.*

Je l'ai interpellé en grimpant sur une des chaises hautes faisant face au comptoir. Il m'a tout de suite reconnu, a eu l'air stupéfait, puis s'est mis à ricaner. J'essayais de lui parler mais je devais crier. La musique était tellement forte qu'il fallait plutôt hurler si on voulait communiquer.

— C'est le seul nom de cocktail que je connaisse.

— Pour faire croire qu'il s'agit d'une pure coïncidence, il va falloir y mettre du sien, non ?

Il m'a dit ça depuis son côté de comptoir, en s'approchant de moi.

— Jusqu'à trois coïncidences, ça peut passer. Mais au-delà les spectateurs n'y croient plus.

Ça l'a fait rire. Un vrai bon rire, pas ce petit rire cynique que je lui connaissais à la fac.

— En ce moment, je suis accro à un cocktail, vous voulez goûter ? C'est le *salty dog.*

— *Salty dog* ?

Si on veut absolument traduire, ça donnerait quoi, un « chien au sel », un « chien salé » ? Drôle de nom pour un cocktail. Kim

Yeong-hoe s'est retourné, a tendu le bras et empoigné sur l'étagère une bouteille de vodka, de la Smirnoff. Pour la préparation du cocktail, il a enchaîné avec fluidité les mouvements d'une chorégraphie bien au point, lançant le shaker en l'air et le rattrapant derrière son dos. La performance a même fait pousser des cris admiratifs à une cliente assise elle aussi au bar. À la fin, il a déposé le « chien salé » devant moi. J'ai levé mon verre et j'en ai bu une gorgée, savourant la texture qui imprégnait ma langue.

— Pas mal, non ?

Il m'observait avec douceur en guettant ma réaction.

— Hmm… Le goût est aussi bizarre que le nom…

— *Salty dog,* c'est comme ça qu'on appelait les matelots anglais, à ce qu'on m'a dit. Quand on navigue en mer, le corps finit par s'imprégner de sel, enfin, c'est ce qu'on raconte. Vous prenez une base de vodka, vous ajoutez un peu de jus de pamplemousse. Vous décorez d'une tranche d'orange. Et vous faites une couronne de sel autour du bord du verre. Si vous ne mettez pas de sel, vous avez un *tailless dog*. Un « chien sans queue ». Ce que vous buvez là, c'est un « chien sans queue ».

Il me raconte tout ça, mais je ne lui ai rien demandé. Depuis quand sommes-nous assez intimes pour qu'il se permette de m'importuner avec ces billevesées ? Mais bon, il fait preuve de bonne volonté, après tout, soyons aimable.

— Alors comme ça, tu t'y connais bien, en cocktails ?

— C'est depuis que j'ai vu *Cocktail,* quand j'étais petit.

— Ah oui, avec Tom Cruise.

— Oui, c'était super. J'étais complètement tombé sous le charme, je me suis acheté un bouquin où il y avait plein de cocktails et j'ai appris les recettes par cœur. Sans avoir aucun des ingrédients. À l'époque, ça m'amusait. Mais maintenant c'est mon gagne-pain, du coup ça m'amuse moins.

Sans doute était-ce dû à l'ambiance qui régnait dans ce club ? Kim Yeong-hoe me parlait comme s'il bavardait avec un de ses potes. Moi qui croyais que ce garçon jouissait de son cynisme et de sa solitude en dressant entre lui et le monde une barrière infranchissable, je le voyais désormais sous un tout autre jour. Je me rends compte aujourd'hui que personne en ce bas monde ne peut jouir d'être reclus dans la solitude. Quand on est abandonné de tous, on s'efforce juste de jouir quand même de la vie, c'est tout.

— Je t'ai appelé et je suis tombé sur une fille. C'est ta petite amie ?

J'ai secoué mon « chien sans queue », et les glaçons se sont mis à aboyer en clapotant.

— Ah d'accord, c'est comme ça que vous êtes arrivé là.

— Pourquoi c'est ta copine qui répond sur ton portable ?

— C'est elle qui me l'a offert, mais comme personne ne m'appelle jamais, ça m'embêtait de le garder avec moi pour rien... Du coup, j'ai préféré lui rendre, pour qu'il serve à quelque chose.

Il m'a regardé sous le nez, puis il a posé sa question :

— Et qu'est-ce que vous me voulez, pour m'appeler et me relancer jusqu'ici ?

— Pourquoi tu ne viens plus en cours ?

— Ben c'est vous qui m'avez demandé de ne plus venir, non ?

Il m'a observé à nouveau, puis a ajouté d'un ton malicieux :

— Je reviens la semaine prochaine. Là, je remplaçais un collègue qui avait un empêchement. Moi, je ne travaille que le week-end, normalement.

Puis il a poursuivi, l'air intrigué :

— C'est pour me demander ça que vous êtes venu jusqu'ici ?

Bien sûr que non, crétin. Mais pour aborder le vif du sujet il est encore beaucoup trop tôt. Au sens propre comme au sens figuré.

— Non, en fait... Je voulais en profiter pour voir quelque chose avec toi. Si tu veux, on pourrait aller boire un verre ailleurs ?

— Dites, juste pour savoir...

Kim Yeong-hoe a froncé les sourcils.

— Vous seriez pas gay par hasard ?

Tu délires ou quoi ?

— Non, je vous dis ça parce que c'est plutôt les gays qui me proposent d'aller boire un verre, d'habitude. Attendez-moi un moment.

Il est allé trouver un autre barman avec lequel il a échangé quelques mots, il devait lui demander s'il pouvait partir plus tôt, ce à quoi l'autre a acquiescé d'un vigoureux hochement de tête.

BLACK RAIN[1]

La pluie tombait derrière les vitres du restaurant de grillades.

— Patron ! Un *like a virgin* !

Kim Yeong-hoe a gueulé sa commande au patron d'une voix pâteuse.

— Un *like a virgin,* ben oui, quoi, faites-nous péter une Première Fois[2] !

Nos voisins de table ont lancé un regard peu amène à ce garçon bruyant. Un type si jeune, se permettre de sortir une vanne si éculée ! J'avais honte pour lui. Alors que Kim Yeong-hoe, lui, ça le faisait marrer tout seul, comme s'il y avait de quoi ! Je me demandais si ce type assis en face de moi était bien le même qui avait écrit ce petit chef-d'œuvre *hard boiled, Andante Cantabile.*

En moins de deux heures, on en était déjà à notre sixième bouteille chacun. En exagérant un peu, je pourrais dire qu'on avait passé plus de temps à remplir et à vider nos verres qu'à

---

1. *Black Rain* (1989). Réalisé par Ridley Scott, scénario de Craig Bolotin et Warren Lewis, avec Michael Douglas et Andy Garcia. (*N.d.A.*)

2. Le *like a virgin* est un cocktail sans alcool, et La Première Fois est le nom d'une marque de soju, alcool emblématique coréen : d'où ce jeu de mots vaseux, dans un bar à soju.

discuter ! Kim Yeong-hoe se jetait sur l'alcool comme un mort-de-faim sur un bol de riz. Il s'envoyait ses godets cul sec et les rechargeait aussitôt ; ce gars-là était comme la nature, il avait horreur du vide. Et si je ne réagissais pas assez vite pour le resservir, il prenait la bouteille lui-même. À ce rythme-là, j'avais déjà allégrement franchi mes limites personnelles d'absorption.

En le regardant se bidonner tout seul, je me suis dit qu'il allait être grand temps de rentrer dans le vif du sujet.

— J'ai lu ton scénario. C'est remarquable.

Son rire s'est figé net, il m'a regardé, soudain sérieux.

— C'est vrai ?

J'ai acquiescé de la tête.

— Quel honneur de vous entendre me faire un compliment.

— Tu te moques, c'est ça ?

— Vous entendez toujours de travers tout ce que je dis. Mais bon, c'est de ma faute. Dès le début j'ai mal construit mon personnage, ha, ha, ha.

Et il a recommencé à rigoler.

— Cher Maître ! Je peux bien vous le dire, vu que je suis saoul à cent pour cent, je suis votre plus grand fan. Le DVD de *La Villa des damnés*, je l'ai visionné plus d'une centaine de fois. Je vous jure que c'est vrai ! Je connais toutes les scènes par cœur. C'est le scénario que je rêverais d'écrire. Mais c'est surtout celui que je n'arriverai jamais à écrire. Voilà, pour moi, c'est ça, *La Villa des damnés*. Donc, c'est bien un honneur. De pouvoir boire avec vous, en tête à tête.

Son émotion était sincère. J'étais troublé. Nos perceptions du travail de l'autre étaient totalement symétriques !

— Je vais t'intégrer dans mon équipe d'auteurs.

Son rire s'est à nouveau figé net.

— Dans... votre équipe, c'est ça ?

— On va rédiger un scénario ensemble !

Son visage s'est crispé, et puis il m'a demandé :

— Mais... pourquoi ? Pourquoi... est-ce qu'on devrait écrire ensemble ?

— Tu sais ce qu'on dit, une feuille blanche il vaut mieux la tenir à deux, si on réfléchit ensemble on a deux fois plus de chances de trouver de bonnes idées. Ils ne travaillent pas autrement, à Hollywood, pour les films ou les séries. Et si tu te joins à nous, tu gagneras un petit salaire, pas grand-chose, mais ce sera toujours ça.

C'était exactement dans les mêmes termes que j'avais recruté Ji-yang et à Yeong-rak trois ans plus tôt. Je n'avais pas changé une virgule. Je ne voyais pas pour quelle raison il refuserait mon offre.

— Ça me fait pas envie.

Quoi ? Comment ça, « pas envie » ?

— Vous me connaissez. Je suis incapable de m'intégrer dans une équipe.

Sa réaction m'a surpris, et un peu agacé. J'ai haussé le ton sans m'en apercevoir.

— Réveille-toi, mon garçon ! Écrire bien tout seul dans son coin, ça ne suffit pas pour devenir un bon auteur ! Ce boulot-là, c'est d'abord du relationnel ! Tu dois bosser avec des réalisateurs, avec des producteurs, avec des investisseurs, tu piges, tête de nœud ? C'est de la communication ! Il va falloir que tu te rentres ça dans ton petit crâne de piaf !

Plus ou moins convaincu, il a baissé la tête comme s'il réfléchissait.

— Toi, t'es persuadé d'être bourré de talent, c'est ça ? J'étais pareil à ton âge. Mais c'est là, maintenant, que tu dois réagir ! Tu te crois malin parce que tu te dis que ce que t'as griffonné c'est le chef-d'œuvre du siècle, mais tu verras ça, d'ici deux ou trois ans, comment il défile, le temps ! Les mecs comme toi, c'est en se faisant démolir, en se faisant complètement fracasser, qu'ils deviennent vraiment des auteurs. Tu peux me croire sur parole !

Je débitais comme une machine toutes ces ignobles phrases que j'avais tant détesté entendre sortir de la bouche de mes aînés quand j'étais jeune. L'autre qui m'écoutait toujours tête basse a ouvert la bouche :

— Pardon.

Par...don ? Il n'a rien compris ou quoi... Cet enfoiré est encore en train de se payer ma tête ?

— Tu refuses, c'est ça ? C'est pas toi qui m'as dit à quel point c'était important d'apprendre avec moi ? Hein ? C'est pas toi qui m'as dit que ton rêve était d'écrire un scénario comme celui de *La Villa des damnés* ?

Je recommençais à hausser le ton.

— Ben oui, c'est vrai... Je ne sais pas. Et si je ne sais pas, c'est que je sais que c'est non. Allez, j'ai beaucoup trop bu. Il faut qu'on rentre, cher Maître.

Ah non alors, on ne va pas rentrer comme ça, il n'en est pas question ! Je ne comptais pas jouer dès le premier soir ma carte maîtresse, mais là j'allais « lui faire une offre qu'il ne pourrait pas refuser[1] ». Comme Vito Corleone dans *Le Parrain*.

— Écoute ! D'entrée de jeu : Seo Dong-yun ! Kim Yeong-hoe ! En haut de l'affiche, les coauteurs ! Tu sais à quel point c'est compliqué d'accéder au statut d'auteur, n'est-ce pas ? Eh bien d'emblée, tu deviens auteur. C'est moi qui vais te dépuceler.

Il a eu l'air de dessaouler d'un coup.

— On va écrire un scénario ensemble ?

Et voilà ! Il a mordu à l'hameçon. Bien décidé à carrément tirer un bon coup sur la ligne, j'ai continué à vociférer en moulinant des bras.

— On va travailler tous les deux ! On va commencer par faire des réunions pour trouver le thème ! De bons thèmes, c'est pas ça qui manque, pas vrai ? Tiens, par exemple, celui d'*Andante Cantabile*...

À peine je me suis entendu dire « *Andante Cantabile* », j'ai senti un frisson me parcourir l'échine, avec une sensation glacée qui m'a saisi du sommet du crâne jusqu'aux bouts des orteils. Ça m'a réveillé d'un coup. Quel con, j'aurais jamais dû parler

1. « *I'm going to make him an offer he can't refuse.* » Réplique de Marlon Brando dans *The Godfather* (1972). (*N.d.A.*)

de ça. Il fallait attendre qu'il soit entré dans l'équipe. Merde... L'alcool m'était monté au cerveau.

Pour le coup, Kim Yeong-hoe était vraiment dessaoulé. Il s'est adressé à moi sur un ton d'extrême politesse.

— Je vous remercie pour la viande, j'ai délicieusement mangé. Nous allons nous en tenir là. Je vois que vous aussi avez un peu abusé de l'alcool.

Il s'est levé en titubant. En gagnant la sortie, il a murmuré pour lui-même :

— Bordel, il m'a gâché le repas.

Je me suis précipité pour payer, mais quand je suis sorti Kim Yeong-hoe ne m'avait pas attendu. Je l'ai cherché des yeux, tournant la tête à gauche et à droite. Au milieu du rideau de pluie qui recouvrait tout, je l'ai enfin aperçu de dos, qui s'éloignait là-bas le long d'une ruelle.

— Hé ! Kim Yeong-hoe ! Attends-moi, enfoiré ! Tu vas t'arrêter !

Je hurlais en courant dans sa direction. La pluie incessante éclaboussait les pavés gorgés d'eau. Il n'était pourtant pas allé bien loin, mais j'étais à bout de souffle quand je suis arrivé à sa hauteur, pris de vertige. J'ai dû me rattraper à son épaule, et j'en ai profité pour l'obliger à pivoter vers moi.

— Je t'ai dit de t'arrêter, espèce de crétin ! T'es sourd ou quoi ?

— Vous avez quelque chose à ajouter ?

La pluie lui dégoulinait sur le visage.

— Explique-moi. Qu'est-ce qui ne te plaît pas dans ce projet ? Qu'est-ce qui ne te plaît pas à ce point ?

— Ça me fout la honte. C'est pas comme si je montrais ma bite à la terre entière, mais quasiment.

— Mais c'est justement pour ça que je te propose qu'on le retravaille ensemble !

Kim Yeong-hoe s'est vigoureusement essuyé le visage en faisant gicler des gouttes d'eau. Il a fait la moue, puis m'a adressé ce petit sourire ironique bien à lui.

— Il y a quelque chose qui m'échappe. Vous êtes en train de me dire que vos autres étudiants se sont laissé avoir, juste avec un bon repas, une vague promesse de salaire, et un titre de co-auteur ? Et que comme ça vous avez pu leur piquer leurs meilleures idées ? Vous faites ça à chaque fois ?

Sa voix tremblait. Ses paupières étaient mouillées, mais il était difficile de savoir si c'était à cause de la pluie ou des larmes. Il a haussé le ton d'un coup, avec un grand cri.

— Ha ! Tu comprends rien ! Si j'ai commencé à écrire, c'était pour devenir comme toi ! Et toi, pourquoi tu fais ça ? Pourquoi tu fais tout pour briser mes illusions ? Hein, pourquoi ? Oh, si t'arrives pas à écrire, t'as qu'à prendre des vacances... Qu'est-ce que ça représente, « écrire », pour toi ? Pourquoi tu tiens tant à écrire, hein ? Ça sert à quoi, d'écrire ?

J'en avais ras le bol de l'écouter pérorer. Je me contrôlais plus, j'ai serré le poing. *Pok !* Je lui ai flanqué un direct en plein dans la pommette gauche et il s'est écroulé dans une flaque bourbeuse.

— Petit merdeux... Tu te prends pour qui, d'oser venir me faire la leçon ?

Il a tenté maladroitement de se redresser, il a chancelé et basculé sur le dos. Il gisait dans la vase, saignant des lèvres et du nez.

— Ha, ha, ha...

Il a commencé à ricaner sur son sort. Cette bouche rigolarde au milieu d'un visage plein de sang présentait un aspect étrange. Il s'est mis à rire franchement.

— Ha, ha, ha ! Qu'est-ce que ça a pu me faire mal ! De te voir dégringoler si bas. Pourtant t'étais pas comme ça, n'est-ce pas ? J'ai tort ?

Il s'est relevé, a tourné son étrange figure vers moi, et a murmuré d'une voix grave :

— Ah, toi... Toi qui as vendu ton âme... Qu'est-ce que tu as gagné au change ? As-tu seulement obtenu ce que tu désirais ?

Je me suis senti soudain la tête entièrement vide, je ne pouvais rien lui répondre. Il avait frappé juste. Une chute interminable. Pour obtenir de l'argent et de la reconnaissance, j'écrivais des scripts sans consistance, mais qu'est-ce que j'y gagnais vraiment ? Je croyais avoir vendu mon âme à un bon prix, mais tout ce qui me restait entre les mains, ce n'était ni de l'argent ni de la reconnaissance, c'était juste de la vanité. Si je voulais m'accaparer ce Kim Yeong-hoe, c'était sans doute parce que, ce soir-là, sous la pluie qui ne cessait de me tremper, je voulais à tout prix me débarrasser de ce sentiment de vanité.

Me laissant à mon hébétude, il m'a planté là et a repris sa route. Jusqu'à ce que je l'aie perdu de vue, j'ai perçu son ricanement qui s'éloignait.

Les essuie-glaces peinaient à repousser le rideau de pluie qui inondait le pare-brise de ma voiture. Je roulais sans savoir où j'allais. Peu m'importait. La seule urgence était de fuir le plus vite possible ce lieu.

Les boutiques de part et d'autre de la ruelle que je suivais étaient toutes fermées et plongées dans les ténèbres, aucune autre voiture ne circulait. Ce décor désert et silencieux avait un côté fantastique.

J'ai mis ma paume devant ma bouche et j'ai soufflé dedans. Ça puait l'alcool. J'aurais évidemment dû faire appel à un « conducteur désigné », mais je ne voulais pour rien au monde partager avec qui que ce soit l'intimité de ma voiture. Surtout je n'avais aucune envie de montrer à ce « qui que ce soit » le visage même de l'humiliation.

Ce que m'avait balancé Kim Yeong-hoe me tournait dans la tête. Ses mots comme autant de coups de poignard avaient réveillé au fond de moi ma cruauté naturelle qui avait été depuis trop longtemps ensevelie dans les limbes du temps qui passe. Comme c'est le cas lorsque l'on retourne d'un grand coup de fourche une meule de fumier, ça empestait dans la voiture. J'ai baissé la fenêtre et avalé une goulée d'air frais. Rien qu'à penser à un retour possible de Kim Yeong-hoe en cours, j'étais terrorisé. Pour la première fois de ma vie, j'ai souhaité la mort de quelqu'un. Juste à ce moment-là.

— Eh, tu vas où, comme ça ?

Une voix avait surgi du siège arrière.

— Y a quelqu'un ?

Stupéfait, j'ai regardé dans le rétroviseur. Et là, je *l*'ai vu. L'autre moi-même du miroir, celui que j'avais déjà rencontré dans les toilettes le jour où j'ai raconté au Président Choe *Andante Cantabile*. Il était bien campé sur la banquette arrière, avec l'allure arrogante du patron de conglomérat raccompagné par son chauffeur. D'une certaine manière, j'étais plutôt rassuré que ce soit lui et pas quelqu'un d'autre, mais un peu contrarié tout de même de le voir faire intrusion dans mon véhicule. J'avais très envie de décharger sur lui ma colère, de lui reprocher le fait que j'avais merdé dans les grandes largeurs avec *Andante Cantabile* quand j'en avais parlé à Choe, et puis ce soir, tout ça à cause de sa foutue « histoire-absolument-palpitante ».

— Tu t'es fait passer un savon par un gamin, pas vrai ? Eh ouais, c'est ça ton problème. Tu es incurablement passif.

Le type du rétroviseur avait l'air profondément désolé de devoir me dire ça.

— Qu'est-ce que tu veux dire ? Tu voulais que je me jette à ses genoux pour le supplier ? S'il vous plaît, écrivez-moi un scénario ?

Il se foutait de ma gueule, avec ses conseils bidon. Je n'avais aucune envie de l'entendre. J'étais juste écœuré.

— De quoi tu te mêles, hein ? C'est à cause de toi, à cause de ce foutu scénario que tu m'as fait raconter, que je me suis fait piéger et humilier, tu captes ?

Pendant que je lui balançais ses quatre vérités, le type du rétroviseur m'observait en silence. Il a attendu que je me calme un peu, puis il a repris :

— Tu as déjà deviné, pas vrai ? Le moyen de faire de ce film « le-film-qui-t'appartient-pour-toujours ».

Quoi... ? Ce film... ? Quel film... ? *Andante Cantabile*, qui m'appartiendrait ? Pour toujours ?

— Il est 4 heures du matin. La ville est déserte. Et en plus il tombe des cordes. Tu te rappelles ? Quand tu es venu, tout à l'heure, dans la ruelle que tu as prise pour aller au club, ces travaux abandonnés depuis des années, tu saisis ? Eh oui ! C'est de ce côté-là que Kim Yeong-hoe s'est éloigné. Le plan parfait. Toutes les circonstances sont réunies pour se débarrasser de ce petit fumier !

Quoi ? Tuer ? Kim Yeong-hoe ? Pas question.

— Tu es fou ! On comprend mieux pourquoi t'as jamais réussi dans les thrillers. Tu crois vraiment que tuer un homme c'est comme tuer un chien pour se faire une bonne soupe ? Il y a une foule de témoins qui pourront déclarer que je connaissais ce type ! Sa copine, l'autre barman du club, le patron du restaurant, tout ça ! Tu en fais quoi ?

— Mais bien sûr. Tu as toujours été le roi des bonnes excuses. Et tu continues. Mais tu dois bien savoir une chose. Si tu rentres chez toi sans rien faire, tu vas te retrouver avec ton moi d'avant. Celui qui marine dans la jalousie, la rancœur, la haine de soi et des autres.

Ce salaud s'était penché vers le siège conducteur pour me susurrer à l'oreille ses sarcasmes. Je n'avais plus la patience d'en supporter davantage. J'ai appuyé un grand coup sur l'accélérateur. *Uuuuung !* La voiture a bondi, elle filait sous la pluie battante.

— Ferme ta gueule ! Je suis parfaitement capable d'écrire ! Je m'en fous que ce fumier soit là ou pas ! Je peux très bien me débrouiller tout seul...

Je hurlais ça en m'adressant au rétroviseur, lorsque soudain une silhouette noire a émergé devant la voiture. Avec la nuit et l'orage, je l'ai vue trop tard. J'ai eu le réflexe d'écraser le frein, mais je sentais bien que le timing n'était pas bon. *Tung !* La chose a roulé sur le capot, heurté le pare-brise, et a fait un vol plané avant de retomber à côté de la voiture. Je suis resté prostré contre le volant, puis j'ai lentement relevé la tête.

— Bordel...

J'ai ouvert la portière, je suis descendu. J'ai découvert à la lueur des phares la forme étendue d'un chien de berger au pelage sombre. C'était un grand chien, qui me serait bien arrivé à la hauteur des cuisses s'il avait pu se tenir sur ses pattes. Mais là, il baignait dans son sang, que la pluie délavait sur l'asphalte. Il ne donnait aucun signe de vie, et lorsque je lui soulevais la tête elle retombait aussitôt, inerte. Il avait dû être tué sur le coup, les cervicales ou la colonne vertébrale brisées net par la collision.

J'ai regardé autour de moi. Les boutiques étaient toutes éteintes, aucune voiture ne se profilait à l'horizon, ni aucun passant, personne. La seule chose qui manifestait son existence dans ces parages était la pluie qui n'arrêtait pas de tomber.

J'ai reposé doucement le corps du chien sur l'asphalte trempé. Puis je suis remonté dans ma voiture, et j'ai remis le contact. La voiture est passée devant le cadavre, puis s'est éloignée dans un chuintement de pneus.

J'éprouvais un certain sentiment de culpabilité, mais, à quoi bon, ce n'est pas ça qui ferait revenir ce chien à la vie. J'avais un peu honte de prendre les choses comme ça, mais il faut quand même reconnaître que l'un dans l'autre j'avais passé une journée pourrie. Je n'avais qu'une seule envie, c'était de me retrouver chez moi. Et de me glisser sous ma bonne vieille couette qui n'était pas passée à la machine depuis un moment.

*

Kwang, kwang, l'interphone carillonnait à tout va, jusqu'à ce que j'ouvre un œil. L'expérience m'a appris qu'on est rarement réveillé par un vacarme pareil sans que la journée ne s'annonce exécrable. Le réveil marquait 10 heures. J'aurais donc dormi cinq heures ? Les sourcils froncés, je suis allé décrocher.

— Qui est là ?

— Nous sommes du commissariat.

Je distinguais sur l'écran deux hommes qui se tenaient devant ma porte. L'un des deux, âgé d'une trentaine d'années, a montré à l'objectif sa carte de policier.

Merde, quelqu'un a dû me dénoncer. Ou alors ils ont vérifié les caméras CCTV.

Une fois que j'ai déverrouillé la porte d'entrée, les deux inspecteurs sont montés jusqu'à mon appartement. Ils se sont présentés, inspecteur O et inspecteur Tcha, et m'ont expliqué qu'ils s'étaient déplacés pour me voir parce que je ne répondais pas au téléphone.

— Vous êtes auteur de scénario, c'est bien ça ? Ah, je rêvais de devenir acteur quand j'étais môme.

C'est l'inspecteur O, celui qui avait la trentaine, qui m'a confié ça. L'inspecteur Tcha, âgé d'environ quarante-cinq ans, estimant peu utiles ses digressions, lui a lancé un regard courroucé avant de prendre à son compte l'interrogatoire.

— Vous vous êtes couché tard, cette nuit, on dirait ?

Je lui ai répondu en me dirigeant vers la cuisine.

— J'ai eu une soirée passablement arrosée, qui a fini tard, en effet. Voulez-vous du café ? Si je n'en bois pas un litre au réveil, mon cerveau refuse de se mettre en route.

— Volontiers.

L'inspecteur Tcha m'approuvait. J'ai glissé une capsule dans la machine expresso, puis je l'ai enclenchée. Pendant que la boisson coulait, l'inspecteur O regardait les affiches de films accrochées dans le salon.

— Oh ! C'est aussi vous qui avez écrit le scénario de celui-ci !

Il se tenait devant l'affiche de la suite de *Campus Baby*. C'était une petite comédie érotique sortie quatre ans plus tôt et qui avait remporté un succès mitigé.

— Vous l'avez pas vu, inspecteur Tcha ? C'est super marrant.

L'autre a eu beau lui adresser une grimace lui intimant de la boucler un peu, l'inspecteur O n'en démordait pas, il fallait qu'il nous fasse partager ses émotions.

— L'actrice qui jouait là-dedans, ah dis donc, quelle silhouette ! Une tuerie.

Il s'y croyait encore, ça se voyait à son sourire sournois. Puis il a bougé d'un pas et s'est placé devant une autre affiche.

— Ah ouais, celui-là aussi, il était pas mal.

Il commençait à m'agacer. Il n'allait quand même pas nous commenter les affiches une par une.

— Il est mort ?

J'avais voulu faire diversion. Les deux inspecteurs ont échangé un regard, étonnés par ma question.

— Comment le savez-vous ?

Le plus vieux m'a demandé ça et je lui ai répondu en enfilant la troisième capsule de café.

— C'est-à-dire que j'ai bien eu l'impression qu'il était mort sur le coup. Je n'aurais sans doute pas dû quitter les lieux comme ça, j'en suis désolé. De toute manière, je suis prêt à trouver un accord à l'amiable pour dédommager l'autre partie.

Ils ont échangé un nouveau regard, cette fois nettement embarrassé. Quelque chose clochait.

— Je vais pas aller en prison pour ça, quand même ?

— Il faut voir. Vous pouvez ramasser entre dix ans et la perpétuité. Parfois les juges se fâchent, ça peut aller jusqu'à la peine de mort.

L'air impassible dont le cadet a sorti ça m'a paru du dernier mauvais goût.

— Eh, ça va aller, avec vos blagues nulles, non ?

Du coup, l'autre a franchement changé de ton.

— Après avoir commis un meurtre, tout ce que vous trouvez à dire c'est qu'il faut négocier un accord à l'amiable, c'est ça ? Et c'est moi le blagueur ?

Le peu de sommeil qui restait en moi s'est envolé d'un coup.

— Vous avez dit quoi ? Un... un meurtre ?

— Cette nuit, Kim Yeong-hoe, avec qui vous avez bu toute la soirée, a été assassiné en rentrant chez lui.

L'inspecteur Tcha a dit ça très calmement.

L'ÉCHANGE[1]

— À 5 h 30 ce matin, un livreur de journaux l'a découvert. Il a été sauvagement roué de coups de barre de fer, assénés sur le crâne et la figure. Il était méconnaissable. On a même continué à le battre après qu'il est mort. Un beau fumier. Qu'est-ce qu'il y a comme cinglés en circulation.

Du coup, je n'ai pas eu le temps de savourer ma tasse de café, j'ai dû m'habiller vite fait et les suivre pour être confronté à un témoin. Tout en conduisant, l'inspecteur O m'a fait le point sur l'affaire. Il jetait de fréquents coups d'œil au rétroviseur, comme s'il observait mes réactions.

Depuis qu'on m'avait annoncé la mort de Kim Yeong-hoe, j'avais la tête vide, comme si c'était moi qui avais pris un coup de barre sur le crâne. Qu'est-ce qui avait bien pu se passer ? Juste après m'avoir quitté, un tel drame lui était arrivé ? Je revoyais la scène dans ses moindres détails. La tristesse de cette ruelle où tombait une pluie incessante, son visage ensanglanté tourné vers moi, son regard et son rire moqueurs, lui qui me tournait le dos et s'éloignait d'une démarche lourde.

1. *Changeling* (*L'Échange*, 2008), film de Clint Eastwood, écrit par Joseph Michael Straczynski. Actrice principale : Angelina Jolie. Le sens donné par le dictionnaire est : 1) Dans un conte, lorsqu'une fée enlève un enfant, elle laisse en échange un autre enfant ; 2) Modification d'un état initial. (*N.d.A.*)

— On est presque arrivés, dites-nous où c'était exactement.

L'inspecteur O me fixait droit dans les yeux. Avant de nous rendre au commissariat, je leur avais demandé que l'on passe d'abord à l'endroit où tôt ce matin j'avais heurté le chien de berger. Je me suis dit que cela me permettrait de leur prouver que j'avais un alibi. Ce n'était d'ailleurs pas un grand détour. Je leur ai indiqué le chemin que j'avais suivi depuis le restaurant de grillades jusqu'à ma voiture, puis la rue que j'avais prise au volant. Je les ai fait arrêter à l'endroit où avait eu lieu l'accident. J'ai vérifié tout autour, c'était bien là, mais il n'y avait aucune trace d'aucun cadavre de chien de berger. Il n'y avait pas non plus la moindre flaque de sang. Mais ça, avec la pluie qui n'avait pas arrêté de tomber, ce n'était pas étonnant.

— Donc, vous maintenez avoir, ici même, heurté un chien avec votre voiture, c'est bien ça ?

L'inspecteur Tcha a dit ça avec un grand calme, mais je commençais à voir dans son regard pointer comme un doute. Pendant ce temps, l'inspecteur O interrogeait les commerçants pour savoir s'ils avaient trouvé un grand chien mort dans la rue ce matin, mais personne n'avait rien vu. L'inspecteur Tcha en a profité pour passer plusieurs coups de fil, pour s'enquérir d'éventuelles déclarations de disparition d'un chien de ce genre, ou des dénonciations d'accident avec délit de fuite. Comme si tout le monde s'était passé le mot pour bien verrouiller la même version, personne n'avait entendu parler du moindre chien retrouvé écrasé, ni du moindre chauffard aperçu en train de s'enfuir. Et pourtant, c'était bien là que l'accident avait eu lieu... C'était exactement là... La chaleur de l'asphalte dégagée par le soleil me remontait à la gorge, une migraine lancinante commençait à m'enserrer les tempes.

Aussitôt arrivés au commissariat, les inspecteurs ont adopté un ton de voix nettement plus autoritaire. Il faut dire qu'ils avaient l'avantage du terrain. L'un d'eux me posait des questions et rédigeait simultanément son rapport en tapant mes réponses sur son ordinateur.

— Nous disions donc que vous avez appelé hier au téléphone Jang Bo-yun, l'épouse de Kim Yeong-hoe.

Son épouse ? Son épouse, pas sa petite copine ? Si jeune et déjà marié ?

— Je voulais savoir où je pouvais trouver Kim Yeong-hoe.

— Ensuite vous vous êtes rendu à Hongdae, au club où il est employé à temps partiel, vous me confirmez ?

— Oui.

Je tenais à la main le gobelet de café que l'inspecteur O m'avait apporté, mais je ne buvais pas. Il se tenait à côté de son collègue en sirotant le sien et m'observait avec un sourcil interrogateur.

— Et pourquoi vous vouliez tant le rencontrer, ce Kim Yeong-hoe ?

— C'est un de mes étudiants, qui sèche mes cours depuis un moment. Donc.

Comme ils attendaient tous les deux que je poursuive ma phrase après « donc », ils sont restés comme ça un moment à me regarder. Enfin, comme rien ne venait, l'inspecteur Tcha a repris la main.

— Vous voulez dire que vous êtes allé le voir pour lui demander de revenir en cours, c'est ça ?

— Absolument.

— Vous faites ça souvent, je veux dire d'aller personnellement rencontrer un par un vos étudiants absentéistes ?

— Si c'est un étudiant que j'apprécie, oui. De toute manière, Kim Yeong-hoe n'a pas de téléphone.

— « Kim Yeong-hoe n'ayant pas de téléphone, je me suis déplacé personnellement… »

L'inspecteur Tcha a noté la phrase dans son rapport, puis m'a posé la question suivante.

— Selon les dires du patron du restaurant de grillades, vers 4 heures du matin, monsieur Seo Dong-yun, vous vous êtes mis à hausser la voix, après quoi Kim Yeong-hoe a pris ses affaires et vous a laissé là. Il avait l'air plutôt furieux, d'après le patron. Pouvez-vous me dire quel était votre sujet de discorde ?

Moi, d'habitude, on m'appelle « Maître », alors m'entendre appeler « monsieur Seo Dong-yun » par ce type, ça m'irritait prodigieusement.

— Yeong-hoe avait beaucoup trop bu. Moi aussi. À partir d'un certain degré d'ivresse partagée, des mecs peuvent bien se mettre à parler fort pour un oui ou pour un non, pas vrai ? Dans le milieu du cinéma c'est comme ça, ça nous arrive souvent, de parler trop fort dans le feu de la discussion. De l'extérieur, les gens peuvent tout à fait avoir l'impression qu'on est en pleine engueulade.

Je ne leur ai surtout pas expliqué que Kim Yeong-hoe venait de rejeter mon offre de collaboration. On a l'instinct de survie ou pas. Je me doutais bien qu'il valait mieux la boucler. Sans parler de mon poing dans sa gueule à la sortie du restaurant.

L'inspecteur O, muet jusque-là, a pris le relais.

— Selon vos dires, vous étiez ivre mort, vous avez quand même pris le volant, vous avez heurté un chien de berger et pris la fuite, mais il se trouve que personne n'a trouvé de chien de berger mort dans cette rue et que l'accident dont vous parlez a eu lieu à trois minutes du restaurant. Cela revient à dire, monsieur Seo Dong-yun, que vous étiez non loin du lieu où Kim Yeong-hoe a été roué de coups de barre de fer, à l'heure approximative où cela s'est produit. Nous sommes d'accord ?

Ils attendaient de voir ce que j'allais bien pouvoir répondre à ça, et leurs regards étaient tranchants. Je voyais dans leurs yeux la lame brandie prête à me lacérer la peau du visage et à l'arracher jusqu'à découvrir le vrai visage qu'elle masquait.

— Vous m'accusez ?

Sans reculer, je leur ai rendu leur regard.

— Ne le prenez pas mal !

L'inspecteur Tcha a opéré une marche arrière stratégique, avant de reprendre plus doucement :

— Au début d'une enquête, il faut bien que nous laissions ouvertes toutes les pistes. Vous qui êtes scénariste, vous comprenez bien ça, n'est-ce pas ?

Son air douceâtre m'exaspérait encore plus que tout le reste. Cette manière de resserrer sa prise et de la relâcher me paraissait une insulte à mon intelligence. S'il n'avait pas entendu des dizaines ou des centaines de fois des types lui sortir des platitudes du genre « Vous m'accusez ? », c'est qu'il les avait entendues des milliers de fois.

— Si vous me considérez comme suspect, je ne répondrai plus à une seule question. Voyez avec mon avocat.

— Aujourd'hui, on va s'arrêter là. Inutile de prendre ça si à cœur. Vous savez, dans une affaire de meurtre, la clé, c'est le mobile, mais vous, monsieur Seo Dong-yun, vous n'en avez aucun. N'est-ce pas ?

Le mobile ? Alors là, si, franchement, j'avais une excellente raison de vouloir tuer Kim Yeong-hoe. Sauf que je ne l'ai pas fait.

— Ah, vous êtes arrivée ! Venez par ici.

L'inspecteur O avait agité la main pour saluer quelqu'un qui se trouvait derrière moi. Par réflexe, j'ai tourné la tête. Une femme âgée de vingt-cinq ans environ approchait. Elle avait les cheveux coupés très court et portait un ensemble ajusté tee-shirt et pantalon noirs qui faisait valoir sa silhouette. Enfin, quand je dis « faisait valoir sa silhouette », cette femme n'avait rien de très affriolant, avec son corps androgyne tout menu. Mais étrangement cette minceur n'évoquait pas la faiblesse, au contraire elle respirait la confiance en soi, et même dégageait un certain charisme.

— Asseyez-vous, madame Jang Bo-yun. Je vous présente monsieur Seo Dong-yun. Vous vous êtes déjà parlé une fois, c'est bien ça ?

La fille a enlevé ses lunettes noires et m'a regardé. Ses yeux se sont plissés un instant. Elle savait que j'étais la dernière personne à avoir vu son mari vivant, à part le meurtrier. Et peut-être me soupçonnait-elle de l'avoir tué.

Elle m'a salué d'une légère inclination de tête, que je lui ai rendue. Pour quelqu'un qui venait de perdre son mari, elle faisait montre d'un grand calme. Mais à voir ses yeux rougis on se doutait à quel point cette journée était dure à vivre pour elle.

Quelques jours plus tard, nous nous sommes revus. Dans le columbarium.

LA JEUNE FILLE ET LA MORT[1]

La voix basse de l'officiant psalmodiant ses prières résonnait dans le columbarium. La photographie du défunt qui nous montrait un Kim Yeong-hoe souriant avec beaucoup de candeur juvénile ne concordait pas du tout avec la tragédie qui l'avait emporté et la douleur des proches qui étaient présents. Face à la violence dramatique d'un tel deuil, on peut imaginer à quel point l'ambiance funèbre qui régnait dans ce columbarium était effroyablement glacée. La trentaine de personnes présentes se tamponnaient les yeux avec leur mouchoir ou étouffaient de lourds sanglots.

Pourtant Jang Bo-yun, debout au premier rang, se montrait aussi calme et sereine que je l'avais vue au commissariat. Si tranquille même que son attitude aurait pu être mal interprétée par la famille du défunt – cette pensée stupide m'a traversée un instant l'esprit.

Tandis que l'officiant poursuivait ses prières, je jetais à la dérobée, paupières mi-closes, de petits coups d'œil sur elle. Elle était très pâle. Les yeux rivés sur le portrait de Kim Yeong-hoe, elle avait l'air d'exécuter intérieurement son propre rituel destiné

1. *Death and the Maiden* (1994), film de Roman Polanski, scénario de Rafael Yglesias et Ariel Dorfman d'après la pièce de Rafael Yglesias. Acteurs principaux : Sigourney Weaver, Ben Kingsley. (*N.d.A.*)

à apaiser l'âme du mort et l'aider à partir en paix. Je ne sais pas ce que les autres pensaient d'elle, mais pour moi c'était une certitude. Qu'elle l'aimait de tout son cœur. Je l'ai envié. Lorsque je serai mort, aurai-je la chance qu'il se trouve une personne pour porter sur moi un aussi beau regard ? Même si c'était contraire aux convenances, je ne pouvais m'empêcher de la regarder. Était-ce parce que je la trouvais belle ? Bon, je ne vais pas nier ce point. Mais plus que sa beauté, ce qui me fascinait, c'était l'aura étrange qui en émanait. Le destin tragique d'une veuve venant de perdre l'être cher, la volonté d'une femme de parvenir à surmonter le deuil, et le désir absolu d'un être saisi de l'ivresse de se sentir toujours du côté des vivants, tout cela qui se mêlait en elle concourait à lui conférer un halo de mystère.

J'ai laissé mon regard descendre. Je regardais son profil, sa nuque blanche que dégageaient ses cheveux courts, sa robe noire d'où sortaient ses jambes gainées de bas noir, jusqu'aux pieds chaussés d'escarpins noirs. Sa robe ajustée moulait son corps menu et ne descendait pas plus bas que les genoux. Il me semblait qu'elle avait des jambes extraordinairement longues. Sans doute était-ce un effet de sa minceur. J'étais en train de me dire que cette petite robe toute simple était tout de même un peu courte par rapport aux normes en vigueur dans ce genre de cérémonies funéraires, lorsque soudain...

... j'ai senti peser sur moi le regard particulièrement désagréable de quelqu'un qui était en train de m'observer en douce. C'était l'inspecteur O. Il me scrutait comme je scrutais Jang Bo-yun. Avec un demi-sourire sournois qui lui retroussait les commissures. Comme si mes mensonges venaient d'être percés à jour, je m'empourprais de honte. Je me suis empressé de fermer enfin les yeux et de me joindre à la prière en cours.

— C'est un peu gênant de dire ça, mais tout de même cette pauvre femme, se retrouver toute seule, c'est un drôle de gâchis, non ? Elle est encore très jeune, non ?

À la fin de la cérémonie, l'inspecteur O, qui s'était approché de moi tandis que je fumais une cigarette près d'un massif de glycines, m'avait abordé. Et ce qu'il m'avait dit m'avait semblé particulièrement déplacé au vu des circonstances. Mon premier désir était de me débarrasser de lui, mais je ne voulais pas non plus lui donner l'impression que j'essayais de le fuir. D'ailleurs c'était à peu près la seule personne que je connaissais ici.

Non loin de moi, Jang Bo-yun était en train de recevoir les condoléances de trois types en deuil, tous plus tape-à-l'œil les uns que les autres. Il y en avait un aux cheveux dégoulinant sur les épaules, un autre à la crinière teinte en rouge, un dernier avec les narines percées d'anneaux, ils avaient à peu près le même âge qu'elle et devaient être ses amis. Tous étaient habillés en noir, mais on ne peut pas dire qu'il s'agissait d'un type de vêtement approprié à ces lieux. Le pantalon de cuir noir du chevelu luisait comme si on venait de lui passer une couche de vernis, et les chaînes qui ornaient le blouson en cuir de Nez-Percé produisaient un bruit de ferblanterie au moindre de ses gestes. Les plus âgées des personnes présentes les dévisageaient avec une moue réprobatrice. Ceux-là, apparemment, étaient des membres de la famille côté paternel de Kim Yeong-hoe. À la manière cossue dont ils étaient vêtus, on sentait une certaine opulence, bien éloignée de ce que l'on pouvait deviner du milieu dont était issue Jang Bo-yun. Bien sûr, comment sinon un pauvre apprenti écrivain inconnu aurait-il pu assurer le train de vie d'un ménage ?

Le regard toujours fixé sur la veuve, l'inspecteur O a poursuivi.

— Elle est musicienne, à ce qu'il paraît. Il semblerait que son groupe se soit fait une petite réputation dans le quartier Hongdae. Je ne sais plus comment s'appelle la formation, on me l'a dit mais j'ai oublié aussi vite. Les gens de notre âge, question chanteuses, on en est resté à *Girl's Generation*[1], ce genre.

Du coup, j'ai compris le sens de la catastrophe vestimentaire que représentaient nos trois terroristes des condoléances.

---

1. *Girls band* ultra-célèbre de K-pop créé en 2007. À côté du rock progressif du groupe de la veuve, c'est de la variété commerciale.

C'étaient les musiciens. Le groupe. Je me suis alors souvenu du vacarmc qui se déchaînait en fond lorsque je l'avais appelée au téléphone.

— Alors, votre enquête, elle avance ?

Il fallait bien que je lui pose la question.

— Heureusement, nous avons pu mettre la main sur un témoin. Selon ses déclarations, il aurait aperçu un homme aux cheveux légèrement frisés, d'une taille comprise entre un mètre soixante-quinze et un mètre quatre-vingts... C'est marrant, non ? Parce que, maintenant que je vous regarde, la description pourrait aussi bien s'appliquer à vous, cher Maître !

Qu'est-ce qu'il ne fallait pas supporter ! Il avait quoi derrière la tête, cette ordure galonnée, pour me sortir ça ?

— Bon, je vais bientôt devoir vous reconvoquer au commissariat, ne vous éloignez pas trop.

Et en plus il me dit ça avec son petit air narquois exaspérant.

Je m'apprêtais à le fixer dans les yeux sans lui répondre, mais déjà Jang Bo-yun était à nos côtés.

— Merci d'être venus.

— Je vous souhaite bon courage. Nous ferons tout pour arrêter le coupable, soyez-en certaine.

L'inspecteur O avait l'air convaincu.

— Oui, je compte sur vous.

Elle parlait d'une voix calme et ferme. Son regard passait de l'inspecteur O à moi. Moi, pour le coup, je ne savais pas où regarder. Ni quoi lui dire. Comment situer notre relation dans cette configuration tordue : de veuve à ancien prof du défunt ? Ou d'épouse de victime à principal suspect ? De quelque manière qu'on tourne la chose, je n'avais pas de quoi me sentir à l'aise. Heureusement, c'est elle qui a parlé la première.

— Merci d'être là.

— Toutes mes condoléances.

C'était la seule chose qui me soit venue.

*

Sitôt la cérémonie terminée, je suis rentré à Séoul, les heures de pointe étaient passées et le boulevard des Jeux-Olympiques roulait bien. Pris d'une soudaine inspiration, j'ai décidé de changer de lieu de destination. C'est ainsi que j'ai débarqué à l'improviste chez Ji-yang et que j'ai sonné à la porte de son studio. J'ai bientôt deviné sa présence derrière la porte.

— Qui est-ce ?

— C'est moi.

Elle a ouvert.

— Maître, qu'est-ce qui se passe ?

En guise de réponse, je lui ai fourré ma langue dans la bouche. Elle a été plutôt surprise, mais elle a aussitôt fermé les yeux et accueilli ma langue. Tout en maintenant l'activité de nos deux bouches emmêlées, je m'activais à lui retirer ses vêtements. Rien de compliqué, elle portait juste un tee-shirt trop grand et un short. Lorsque je l'ai fait basculer sur le lit, elle était déjà toute nue.

— Maître, s'il vous plaît, attendez...

Ji-yang a tenté de plaquer une main pudique pour voiler son entrecuisse, mais elle n'a pas résisté plus de trois secondes à ma poigne solide. Lorsque j'ai vu étinceler sa toison pubienne, mes parties génitales se sont alourdies d'un coup. Dans une position rendue incommode par le pantalon baissé sur les cuisses qui m'entravait, je lui ai enfourné ma queue bien raide. Elle a poussé un gémissement. Comme elle n'était pas encore assez mouillée, ça a dû lui faire mal au moment où je l'ai foutue à fond. La grimace qui tordait son visage, après tout, c'était peut-être autant de la douleur que du plaisir ? Mais je n'avais guère le temps de me poser la question, tout acharné que j'étais à la baiser à grands coups de reins, comme une bête en rut. Je bandais vraiment super bien, et j'avais tout à fait la sensation que mon gland lui pilonnait le fond de la matrice. En un instant mon sperme arrivait déjà et Ji-yang glissait ses mains sous ma chemise pour me griffer le dos à me faire saigner. J'ai senti mon sperme monter sans fin et cette sensation m'a encore davantage excité. J'ai fermé les yeux, je me suis concentré sur ma jouissance. Je la frappais de plus en plus en profondeur, comme si ma queue était un gourdin. En temps normal, j'aurais juste craché la purée et je me serais écroulé sur le côté, mais là, aujourd'hui, ce n'était pas la même chose.

Les gémissements de Ji-yang étaient de plus en plus puissants. Elle hurlait presque. Mais quand j'ai voulu plaquer ma main sur sa bouche et que j'ai vu son visage, ce n'était plus elle, c'était Jang Bo-yun ! Cette image a brutalement décuplé mon érection et j'ai cru que ma queue allait lui exploser dans le vagin. Au lieu de fermer la bouche de Ji-yang, j'ai glissé mon pouce dans celle de Jang Bo-yun. Sa salive était gluante et brûlante. Je lui frottais la langue avec mon pouce. Elle a sucé goulûment mon pouce et l'a mordu lorsqu'elle a joui. Simultanément j'ai déversé en elle tout mon sperme jusqu'à la dernière goutte, le dos arqué en arrière. Il y en avait tellement que j'ai eu trois ou quatre soubresauts. J'avais mal aux reins.

Ah... c'est bien comme ça que ça doit être. À la vérité je dois avouer que cela faisait bien longtemps que je n'avais pas éprouvé une telle sensation de soulagement à me vider les bourses, ni un tel sentiment d'explosion dans la jouissance !

Ji-yang s'est endormie la tête appuyée sur mon bras. Des séances pareilles, ça vous exténue. Pourtant je ne me sentais pas vraiment physiquement apaisé, il s'en serait fallu de peu que je ne m'excite à nouveau. La moindre caresse m'aurait aussitôt remis en érection.

Et ce n'était pas seulement physique. Je sentais des bouffées de fraîcheur m'envahir l'esprit, comme si on lui avait vaporisé du menthol. Et c'est comme ça que malgré moi des réactions en chaîne se sont déclenchées dans mon cerveau, où se sont accumulées simultanément des dizaines de questions et de réponses, empilées les unes sur les autres comme des chemises propres bien pliées dans un tiroir.

J'ai délicatement retiré mon bras sans réveiller Ji-yang. Je me suis dépêché de me rhabiller. Il ne fallait pas que cette sensation s'évapore. Je ne devais surtout pas perdre le fil. Avant que ce que je venais d'éprouver ne se dissipe comme la fumée d'une cigarette, je devais m'y cramponner et ne pas le laisser disparaître. Je devais regagner au plus vite mon bureau. Mon cœur palpitait. Je souriais sans même m'en apercevoir. Depuis combien de temps n'avais-je éprouvé cette excitation joyeuse ?

— Vous partez ?

Ji-yang à moitié endormie se frottait les yeux.

— Je ne voulais pas te réveiller. Je file.

— Mais il est déjà 3 heures du matin. Ça fait très tard, vous n'avez qu'à dormir ici.

— Je dois aller travailler un peu.

— À cette heure-ci ?

— Dors. Ne te lève pas.

— Vous êtes bien bizarre, aujourd'hui, Maître.

Avec un léger rire, je lui ai déposé un bisou sur le front et je suis parti.

NUITS BLANCHES[1]

Sitôt arrivé dans mon bureau, j'ai cherché *Bitches Brew* de Miles Davis pour le glisser dans le lecteur de CD. Ça faisait un moment que je ne l'avais pas écouté, du coup j'ai mis un peu de temps à le retrouver. Il n'était pas dans son boîtier et j'ai dû essuyer la couche de poussière qui recouvrait sa surface. Autant de crasse, ça montre bien à quel point je me laisse aller depuis trop longtemps. Parce que ce disque, c'est celui que j'écoute quand je bosse sur mes scénarios. Il n'y a dedans aucune chanson qui viendrait déranger ma concentration, juste de la pure musique que je peux laisser tourner en boucle sans jamais me lasser. Par-dessus tout cela me permet de rêver que l'atmosphère magique qui enveloppe tout l'album déclenche en moi des stimuli spirituels tels qu'ils se propageraient jusqu'au bout de mes doigts et se communiqueraient au clavier pour se transformer en texte.

Donc, ce fut cette nuit-là, je devrais plutôt dire ce matin-là. Que j'ai éprouvé le besoin que je n'avais pas ressenti depuis

---

1. Titre original : *White Nigths* (1985), réalisé par Taylor Hackford. Scénario de James Goldman et Eric Hughs. Distribution : Mikhail Baryshnikov, Gregory Hines, Isabella Rossellini. (*N.d.A.*) Dans un curieux mélange entre réalité et fiction, c'est ce même titre que choisira le narrateur pour son film volé (dont le titre français est par ailleurs *Soleil de nuit*).

longtemps de m'abandonner à la magie de Miles Davis. Le premier morceau, « Pharaoh's Dance », qui dure plus de vingt minutes, commence sur un rythme lancinant de batterie. Avant que ne viennent se fondre successivement dans cette pulsation les claviers oniriques et la guitare électrique de John McLaughlin. Cet entrecroisement de dissonances et de cellules rythmiques complexes incessamment reprises se fond progressivement en un ensemble où l'on entend s'élever les prières d'un chœur païen. Et lorsque le rituel atteint son apogée et que le grand sacrificateur Miles Davis souffle ardemment dans sa trompette, alors je n'ai plus qu'à me prosterner et à m'abandonner à la glossolalie.

*

Après avoir pris une profonde aspiration, je me suis attablé en face d'*Andante Cantabile.*

Page de titre. *Andante Cantabile.* Je raye le titre de deux beaux traits bien gras, bien gros. Un titre pareil, pour un thriller, ça ne le fait pas du tout. À la rigueur, ça pourrait être un nom possible si on parlait d'un film musical ou d'une comédie romantique. Le titre, c'est la première image qu'on a du film. Son visage, si on veut. Il faut que ça percute tout de suite, clair et net. Si je ne le fais pas moi-même, de toute manière, ce sera le producteur ou le financeur qui exigeront qu'on le change.

Première page. La présentation est assez verbeuse. Cette partie est essentielle, c'est elle qui permet de situer les personnages et l'arrière-plan, mais il faut que ce soit le plus concis possible. Il faut laisser respirer le lecteur. Et ne pas oublier que ce n'est pas, à cet instant, destiné aux futurs spectateurs. Ceux qui lisent ça, ce sont des réalisateurs, des comédiens, des producteurs, des financiers... Les personnages sont trop nombreux. Même si c'est amusant d'inventer plein de seconds rôles, il faut savoir tailler, tant pis si ça fait mal. Il vaut mieux synthétiser ces petites figures éparpillées en un seul personnage, on gagnera en densité. Sans compter que ça facilitera le casting.

Scène 16. Amalgamer avec la scène précédente. Inutile de multiplier les séquences, ça casse la continuité...

Scène 36. Les dialogues sont redondants. Pas la peine de surligner le message avec de longs discours. Et ils sont trop écrits : à reprendre en oralisant, que les comédiens puissent l'avoir bien en bouche...

Scène 54. Commentaires explicatifs à virer. Rien de plus mortellement chiant que le blabla superfétatoire...

Scène 72. Trop symbolique, décollée du cours du récit. Est-ce que c'est William Goldman ou Robert Towne, je ne sais plus... en tout cas c'est un scénariste majeur qui l'a dit dans une interview : si on peut virer une scène sans que ça change quoi que ce soit à l'histoire, alors il faut la virer. Et il dit aussi autre chose. Quand vous aurez réussi à éliminer la scène et les dialogues auxquels l'auteur se cramponne le plus, alors le scénario sera enfin abouti. Donc, scène 72, on bazarde, et ça marche très bien.

Scènes 97 et 98. Le découpage alterné perturbe un peu la fluidité narrative. Mais bon, le réalisateur arrangera ça au montage. De toute manière, les réalisateurs sont tous issus de la même ethnie, celle qui pense qu'on peut se permettre de tripatouiller les scénarios n'importe comment sans éprouver le moindre sentiment de honte...

Scène 109 et suivantes. Le climax et la chute. Le bien est récompensé, les méchants sont punis. C'est gentil, même si ça pisse pas loin. Le film va reposer sur le contraste des ombres et des lumières. Ça devrait pouvoir rouler comme ça...

*

Le solo déchaîné d'un Miles en pleine impro m'a réveillé d'un coup. Je m'étais endormi à mon bureau, la tête sur le clavier de mon ordinateur portable. La pendule m'a appris que l'on était le matin du deuxième jour, très tôt. Les rideaux opaques m'empêchent de mesurer le passage du temps quand je suis plongé dans mon travail. Je n'avais pas mangé, je n'avais pas dormi, à peine si j'étais allé deux ou trois fois aux toilettes.

Et puis, après avoir tapé le mot « FIN » sur la dernière page, j'avais perdu connaissance.

La nuque, les épaules, le dos, pas une seule partie de mon corps qui ne m'ait semblé tout à fait étrangère à ma personne. Lorsque je me suis étiré, les quatrième et cinquième lombaires autrefois endommagées se sont rappelées à mon bon souvenir. J'avais mal partout mais j'étais d'excellente humeur.

Mon paquet de cigarettes était vide. Faute d'autre chose, j'ai récupéré dans le cendrier le mégot qui m'a paru le plus long, j'en ai secoué la cendre et l'ai glissé entre mes lèvres. C'était le plus long, mais ça n'empêchait pas qu'à peine allumé j'aurais atteint le filtre le temps de tirer une bouffée.

Au milieu du nuage de fumée qui s'est élevé, j'ai vu se dessiner le visage de Kim Yeong-hoe. Hé, mon garçon, si tu avais pu lire cette version, qu'est-ce que tu en aurais pensé ? Tu te serais fichu en rage parce que je m'étais permis de tripoter ton boulot ? Ou tu te serais réjoui de le trouver aussi bien amélioré ?

Je ne veux pas essayer de me trouver des excuses, mais un créateur a des devoirs. Et parmi ces devoirs, le principal est de toujours donner le meilleur de lui-même pour approcher de la perfection absolue. À partir du moment où tu as découvert son existence, laisser *Andante Cantabile* dans son jus primitif serait une mauvaise action. C'est comme ça que ça s'est passé pour le projet inachevé de Kubrick, *A.I.*, achevé par Spielberg, ou le scénario posthume de Kurosawa, *Après la pluie*, terminé par son assistant Takashi Koizumi.

Tu trouves que c'est un peu écrasant, comme références ? Mais cette œuvre, *Nuits blanches*, ébauchée par toi et finalisée par moi, je suis persuadé qu'elle tient parfaitement la comparaison. Ah oui, au fait, elle s'appelle *Nuits blanches*, maintenant. J'ai changé le titre. J'espère que ça te plaira, mon bon Kim Yeong-hoe. Je ne sais pas ce que tu aurais bien pu en penser, mais personnellement je trouve que pour une première collaboration, c'est une belle réussite. Mais comme tu ne pourras malheureusement jamais me répondre, j'aimerais beaucoup que quelqu'un d'autre le fasse à ta place.

Et ce quelqu'un, ce n'est pas n'importe qui, c'est Jang Bo-yun. C'est à elle qu'il revient de m'accorder le bon à tirer avant que ce script ne fasse ses premiers pas dans le monde. Sans son imprimatur, je ne laisserai pas sortir ce texte. Si je me suis donné à fond à ce point, c'est pour elle. Je suis très pressé de lui montrer maintenant. Si ça lui plaît, ça me suffit. Et tant pis si je ne pourrai jamais décemment me considérer comme l'authentique auteur de *Nuits blanches*.

J'ai cliqué sur l'icône « imprimer ». La première page du fichier intitulé « Nuits blanches » a commencé son transfert.

THE PLAYER[1]

— Salut. Maintenant, *Playtime.*

Après cette pour le moins brève introduction de Jang Bo-yun, le mec à crête rouge que j'avais déjà vu au columbarium a agité ses baguettes au-dessus de sa batterie. Les spectateurs ont commencé à s'exciter.

Jang Bo-yun, comme si elle entrait en prière, a enveloppé de ses deux mains le micro et a fermé les yeux. Maquillage ténébreux sur les paupières, robe flottante façon hippie, bas résille troués de partout, bottes de cuir fauve. Bizarrement cet accoutrement disparate donnait une sensation d'harmonie. Debout à côté de son guitariste, qui n'était autre que Nez-Percé, elle a laissé passer l'intro, puis a approché le micro de sa bouche. Les yeux fermés, elle a commencé son chant.

Moi je dis qu'aujourd'hui je me suis ennuyée grave
Hier c'était pareil, demain ce sera pareil
Si je vis c'est malgré moi, c'est qu'un prétexte
Pour oublier que je vais crever

1. *The Player* (1992), film de Robert Altman. Scénario de Michael Tolkin. Acteurs principaux : Tim Robbins, Greta Scacchi. (*N.d.A.*)

Alors j'ai mordu un chien
Je voulais que tout le monde me voie
Avec mes lèvres tachées de sang
Mais les gens s'en foutaient, ils sont passés sans me regarder

Moi je te dis qu'aujourd'hui tu m'as ennuyée grave
Hier c'était pareil, demain ce sera pareil
Mais cette nuit c'était pas si mal
J'avais besoin de quelqu'un contre qui frotter ma chair

Alors je t'ai mordu toi
Je voulais te déchirer
Avec mes lèvres tachées de ton sang
Tu m'as dit on se revoit demain
En m'empoignant par les cheveux

Le titre de la chanson était « Mordre un chien ». Les vrais fans l'appelaient « Morchien », je ne sais pas pourquoi ils avaient adopté ce raccourci. Peut-être pour le rapprochement phonétique avec on ne sait quels « chiens de la mort » ?

De toute manière, c'était un intitulé qui sonnait bien dans l'esprit de ces groupes indé. Lorsque j'avais découvert en faisant une recherche sur le groupe Playtime comment s'appelait leur morceau phare, ça m'avait fait plutôt rigoler, mais maintenant que j'avais écouté la chanson, je trouvais que ce n'était pas si mal, dans son genre. J'avais l'impression que la chanteuse de Sonic Youth, Kim Gordon, chantait avec Radiohead ! Il y avait à la fois le côté désespéré de Radiohead et la sensibilité exacerbée de Sonic Youth. Ne me faites pas dire qu'ils avaient le niveau de ces groupes exceptionnels ! Que ce soit le texte ou la musique, il y avait incontestablement un côté puéril. Pourtant, avec le souffle de nihilisme et de décadence que leur insufflait Jang Bo-yun, se dégageait de l'ensemble une énergie intense qui compensait largement toutes leurs lacunes, et les spectateurs réagissaient avec frénésie aux moindres mimiques et aux moindres gestes de la chanteuse.

Le groupe Playtime dit « Morchien » a encore interprété cinq chansons, et c'est avec leur concert que s'est conclue la soirée Club Day.

Tandis que les derniers spectateurs quittaient la salle, je me suis dirigé vers les coulisses où j'ai trouvé les membres de Playtime en train de ranger leur matériel.

— Eh ben ma petite J-Jang, elle était mortelle, ta voix, ce soir.

C'était Nez-Percé qui félicitait Jang Bo-yun en rangeant sa guitare dans son étui. J-Jang, ça devait être son petit surnom.

— J'ai senti. Je sais pas pourquoi, mais c'était spécial, ce soir. J'avais les boules. J'ai cru que j'allais chialer.

Le chevelu, qui jouait de la guitare basse, l'a aussi complimentée. Elle lui a répondu avec un petit rire :

— Bien chanter, chez moi, c'est naturel, vous saviez pas ?

— Hé, faut pas trop lui faire de compliments ! Ça lui monte à la tête !

C'est Crête-Rouge, le batteur, qui a dit ça en rigolant. Ce qui les a tous fait rigoler, jusqu'à ce qu'ils s'aperçoivent de ma présence. Nez-Percé, le Chevelu et Crête-Rouge ont arrêté net de rire et m'ont regardé d'un air méfiant. Jang Bo-yun, qui me tournait le dos, a suivi leur regard et m'a découvert.

— J'ai bien aimé votre concert.

Je pouvais leur dire ce que je voulais, pas un ne se détendrait. Jang Bo-yun, surprise, m'a répondu.

— Merci. Mais, qu'est-ce qui vous amène...

— Je voudrais vous donner quelque chose.

Les autres avaient recommencé à ranger leur matériel, mais ne perdaient pas une miette de ce qu'on racontait.

— Vous voulez me donner quoi ?

— Si ça ne vous ennuie pas, on pourrait peut-être discuter un moment ?

Elle a bien compris que la présence de ses musiciens me gênait. Elle les a regardés, et puis elle m'a demandé :

— Vous pouvez m'attendre un moment dehors ?

Tous les membres de Playtime, leurs sacs sur le dos, ont fini par franchir la porte pour quitter le Live Club. Là, une dizaine de fans les attendaient pour se ruer sur eux. Ils en connaissaient manifestement plusieurs et ils échangeaient des paroles amicales tout en signant des autographes et en se soumettant au rituel des selfies. Les fans de Jang Bo-yun représentaient la majorité, pour la plupart des filles. Mais ils n'étaient pas si nombreux pour que cela s'éternise outre mesure, et bientôt ils se furent égaillés une fois leur compulsion satisfaite.

Les membres se quittaient en échangeant des saluts, et Nez-Percé s'est approché pour dire un mot à Jang Bo-yun en me jetant un regard en coin, moi qui attendais tranquillement à quelques mètres d'eux. Et il lui a parlé à haute et intelligible voix, histoire d'être sûr que je capte le message.

— Si tu as le moindre problème, surtout tu m'appelles.

Et avec un ensemble parfait, les trois mecs se sont tournés vers moi pour me lancer un regard genre « toi, on ne t'aime pas », avant de tourner les talons. Jang Bo-yun s'est approchée de moi.

— Je ne vous ai pas fait attendre trop longtemps ?

— Tout va bien. Où est-ce que vous voulez aller ?

— C'est-à-dire...

Elle a précisé sa pensée en me regardant, mais c'était comme si elle se parlait à elle-même.

— Il semblerait que vous soyez sur la liste des suspects, je me demande si c'est une bonne idée qu'on se voie comme ça, tous les deux...

— Si vous avez peur, libre à vous de vous en aller.

Elle a réfléchi un moment, puis elle s'est mise en route.

— Venez, je connais un endroit pas loin.

— C'est moi la première qui ai demandé à Yeong-hoe de sortir avec moi. Il faisait le barman dans un club où je chantais. Ça faisait déjà deux mois, mais c'était à peine si on se saluait de loin. C'est ce côté timide et introverti qui m'a plu. Je ne me sens pas à l'aise avec les types exubérants, super à l'aise, qui deviennent tout de suite pote avec n'importe qui, je les supporte mal, je ne sais pas pourquoi. Peut-être parce qu'ils se sentent obligés d'afficher en permanence un grand sourire, même s'ils se sentent mal ou s'ils sont en colère. Être avec un type comme ça, c'est être forcée de sourire en permanence.

Elle a bu une gorgée de bière directement à sa bouteille d'Indica, et a repris.

— Avec Yeong-hoe, je n'entretenais pas de relation vraiment intime. Quand on a commencé à être ensemble, les amis ne s'en sont pas aperçus, il a fallu qu'on leur dise. On se parlait pas beaucoup non plus. Mais on se connaissait par cœur l'un l'autre. Il faut dire qu'on se ressemblait à un point que je finissais par trouver ça saoulant. Imaginez un peu. Moi et mon double.

J'ai dû passer une serviette en papier à Jang Bo-yun. En souriant, elle a essuyé ses yeux humides.

— Mais ça avait ses bons côtés, aussi. Il m'acceptait telle que j'étais et je pouvais me montrer à lui sous mes pires jours sans qu'il me rejette. Lorsque je souffrais, il devenait fou parce que ça le faisait souffrir encore plus que moi. Ça résume bien notre relation. On se détruisait en nous dévastant mutuellement, et le lendemain on s'aimait comme si de rien n'était et on se consolait l'un l'autre. Je crois bien que plus jamais je ne pourrai connaître un amour aussi fou. De toute manière, je n'en ai aucune envie.

Jang Bo-yun a vidé le fond de sa bouteille d'Indica.

— Une autre ?

Elle a acquiescé d'un léger signe de tête. J'ai pris la bouteille et je l'ai agitée en direction du patron du bar.

— Mais je ne parle que de moi. Vous posez une question et vous vous contentez d'écouter la réponse, c'est la maladie professionnelle des écrivains, c'est ça ? Allez, professeur, à vous de parler un peu. De ce que vous voulez.

— Que vous m'appeliez « professeur », ça me gêne un peu. Vous n'êtes pas mon étudiante, autant que je sache !

Je m'adressais à elle en évitant à la fois le style honorifique guindé et le tutoiement trop familier. Cela semblait lui convenir.

— Dans ce cas, comment je dois vous appeler, « Maître » ?

— Euh... Si vous m'appeliez juste « monsieur », ça vous paraîtrait bizarre ?

— Ce sera toujours mieux que « grand frère » !

Le patron est venu déposer sur notre table une autre bouteille bien frappée d'Indica et il est reparti avec la vide.

— Vous êtes marié ?

Elle m'a demandé ça tout en faisant sauter la capsule.

— Je l'ai été, fugacement.

— Divorcé ? Pourquoi ?

Elle a aussitôt semblé regretter d'avoir posé sa question. Qu'elle a remplacée par une autre.

— Ça ne vous ennuie pas que je vous demande ça ?

Je lui ai répondu avec un haussement d'épaules, comme si je m'en fichais.

— Oh, elle me trompait.

— Aïe. Ça doit faire souffrir, ça.

— J'ai moins souffert qu'elle, en fait. Puisque c'est moi qui avais commencé. Et pas qu'une fois. Quand elle l'a appris, elle a voulu me rendre la pareille, se venger, quoi. Les mâles ont un fonctionnement assez simpliste. Quand ils trompent l'autre, ça ne leur fait ni chaud ni froid, mais si c'est l'inverse alors ils n'en peuvent plus de douleur. Du coup, c'est moi qui ai demandé le divorce, avant de me raviser trois mois plus tard, mais là elle m'a dit qu'elle partait avec mon meilleur ami.

Le lecteur aura reconnu l'histoire de mon ex-femme Bae Seong-mi et de mon ex-meilleur ami Jeong Nam-hun.

— Vous voyez, c'est tout à fait le genre d'histoire qui pourrait passer dans les pires émissions de télé genre « Guerre et amour : la clinique du couple[1] ».

— C'est triste.

Jang Bo-yun a levé sa bouteille pour trinquer avec moi. *Gling !* Les deux bouteilles se sont entrechoquées au-dessus de la table avec un bruit cristallin. Pendant que j'avalais ma gorgée,

1. Cette émission existe à la télévision coréenne. Il s'agit d'un feuilleton hebdomadaire à partir de l'histoire vraie de couples en plein divorce, confrontés à des experts conjugaux chargés d'analyser leurs problèmes et de les aider à « redécouvrir les joies du mariage ». Comme si c'était un *drama*, leurs rôles sont tenus par des acteurs.

une question m'a traversé l'esprit. Comment se fait-il que cette fille me déballe sans aucune gêne sa vie privée ? Et comment j'ai fait pour lui raconter ma pitoyable histoire de cocuage, moi qui en temps normal évite soigneusement d'aborder le sujet, même avec des proches ? Je n'en avais aucune idée, mais pour moi une chose devenait claire. C'est qu'il était temps d'entrer dans le vif du sujet.

— Est-ce que Yeong-hoe vous faisait lire ce qu'il écrivait ?

— Vous voulez parler de son scénario, c'est ça ?

Elle a éclaté de rire.

— Pas du tout. Pas une ligne. Il ne me l'a jamais montré. Il m'avait promis de me le montrer dès qu'il serait terminé, et puis une fois qu'il en est venu à bout, il n'a plus voulu, il m'a dit qu'il en avait honte. Il était ultra-perfectionniste, et il verrouillait chacun de ses dossiers avec un code secret différent. Je le comprends. Moi aussi j'écris, je compose, et je n'ai jamais rien montré à Yeong-hoe en cours de boulot. Comment dire. C'est gênant quand on est si proches, on voudrait que l'autre ait de nous une image de perfection. Il découvrait toujours nos nouvelles chansons dans les salles de concert.

Ah, sacré Kim Yeong-hoe, on peut dire que tu auras été un phénomène ! Tu étais encore plus coincé et bloqué que je ne l'aurais imaginé. Je dois dire qu'en l'occurrence je bénis ta parano.

J'ai sorti une grande enveloppe et je l'ai tendue à Jang Bo-yun.

— Voilà. C'est ce que je voulais vous donner.

Elle l'a ouverte et en a sorti une liasse de feuilles format A4 imprimées. Sur la première page, en haut à gauche était écrit « scénario » en corps assez petit, et au beau milieu s'étalait en gros caractères le titre, *NUITS BLANCHES*. Jang Bo-yun a incliné la tête.

— Pourquoi vous me donnez ça à moi ?

— Pour écrire ce texte, j'ai beaucoup discuté avec Yeong-hoe. Disons qu'il m'a pas mal influencé. Je voulais qu'il soit le premier à le lire dès que je l'aurais terminé, hélas le sort en a décidé autrement et j'ai souhaité vous le remettre, à vous. Acceptez-le comme un hommage rendu au défunt, avec l'expression de tous les remerciements que je lui dois.

Elle m'a regardé avec beaucoup de gentillesse.

— Merci. Je vais le lire avec beaucoup d'intérêt.

Ses yeux s'étaient à nouveau mouillés. J'ai failli tendre la main pour essuyer ses larmes, mais je me suis retenu à temps.

Dès que je l'ai quittée, je suis revenu chez moi et j'ai aussitôt allumé mon ordinateur. J'ai ouvert le dossier nommé « Nuits blanches » et j'ai ajouté au beau milieu de la première page, juste en dessous du titre : « Scénario de Seo Dong-yun ».

*

Mon portable a sonné. Ça m'a réveillé et j'ai regardé la pendule. Elle marquait 4 heures du matin. Il y a cinq ans, le téléphone avait sonné à cette heure-ci, c'était pour m'annoncer le décès de ma mère, mais jamais depuis. Sur l'écran, on m'annonçait « Jang Bo-yun ». Elle m'appelle à peine cinq heures après qu'on s'est quittés. Je me suis raclé la gorge et j'ai répondu d'une voix enrouée.

— Oui, Seo Dong-yun.

Rien de l'autre côté. J'ai continué.

— Allô ?... Allô ?...

Toujours rien. J'ai tendu l'oreille, il m'a semblé percevoir une faible respiration.

— Bo-yun ?

Une fois que j'ai dit son prénom, elle m'a répondu d'une voix chevrotante.

— J'ai tout lu. Le scénario.

— Ah bon. Vous avez fait vite.

Encore rien pendant un bon moment.

— Qu'est-ce qui vous arrive ?

Je m'inquiétais.

— Pourquoi t'es venu me voir ?

Elle a sorti ça d'une voix blanche.

— Pardon ?

Elle ne m'a pas laissé le temps de réfléchir et s'est mise à hurler.

— Pourquoi t'es venu me voir, hein ? Pourquoi tu m'as donné ce-pu-tain-de-scé-na-rio ?

Elle m'a foutu les jetons. Elle se taisait, mais dans ma tête ses cris résonnaient encore. J'ai respiré un bon coup et j'ai tenté de la raisonner.

— Voyons, Bo-yun, calmez-vous...

— Comment t'as fait pour connaître toute notre histoire ? Réponds-moi ! Tout de suite !

— Où êtes-vous ?

— Moi je commence à peine à faire mon deuil, et toi, tu débarques et tu me fous ton couteau dans la plaie !

— Il faut qu'on se voie, il faut qu'on parle de tout ça. Où êtes-vous ?

Mais elle n'écoutait rien, elle continuait à me hurler dessus. Elle était complètement bourrée. Elle avait dû rentrer chez elle, lire tout le manuscrit, et se remettre à picoler. Elle ressassait sans fin la même chose. Elle m'a même gratifié d'injures innommables. Il n'était plus question que j'aille me recoucher. Si je la laissais toute seule dans cet état, je craignais qu'elle ne fasse des bêtises. Avant qu'elle finisse par m'indiquer son adresse, il aura fallu que je répète et répète encore et toujours la même question. Bref, elle habitait du côté du quartier Yeonnam[1].

Dans l'air frais du petit matin flottaient encore les fatigues de la nuit noire.

*

Elle habitait dans un lotissement de maisons individuelles au-dessus de Yeonnam. J'avais passé beaucoup de temps et descendu beaucoup de godets dans ce quartier, mais je découvrais

1. Petit quartier du centre de Séoul devenu branché.

l'existence, juste derrière la « rue de la faim » que j'avais tant fréquentée, de cet îlot résidentiel assez dense de baraques style années 1980 ou 1990.

Arrivée devant chez elle, j'ai trouvé la porte en ferraille rouillée ouverte. Me faufilant dans un espace que je ne pourrais guère appeler une cour tellement c'était microscopique, je me suis retrouvé devant un petit bâtiment par une fenêtre duquel on voyait trembloter un néon blafard.

— Bo-yun ?

Pas de réponse. J'ai tourné la poignée de la porte d'entrée, qui n'était pas verrouillée, et poussé le battant. Ce que je discernais était plongé dans la pénombre.

— Bo-yun ?

Toujours pas de réponse. La maison était enfumée, l'air était presque irrespirable. Je me suis approché de la pièce où j'avais vu un néon allumé, et j'ai ouvert la porte.

Jang Bo-yun était assise par terre contre le lit qui occupait un coin de la chambre. Ses cheveux étaient hérissés, son visage d'une pâleur extrême. La cigarette qu'elle tenait était consumée jusqu'au filtre, elle allait bientôt lui brûler les doigts. Le sol était jonché de canettes de bière vides et concassées.

— Désolée. Ça m'arrive parfois.

J'ai ouvert les fenêtres et je me suis approché d'elle. Je lui ai retiré le mégot, que j'ai écrasé dans un cendrier. Tandis que de ses mains qui tremblaient comme celles d'une droguée en manque elle saisissait machinalement une nouvelle cigarette dont elle approchait la flamme du briquet, je l'ai saisie par le poignet. L'air surpris, elle m'a fixé un moment avant de commencer à parler.

— Votre scénario, il est super. Si Yeong-hoe en avait écrit un, je suis sûr qu'il aurait été un peu comme ça. Ça m'a rendue jalouse, et un peu triste, aussi. Dedans, j'ai retrouvé des échanges qu'on avait eus autrefois, c'est pour ça que...

Ses épaules tremblaient. La digue qu'elle avait construite pour se protéger de ses émotions avait été rompue par la lecture du script. J'ai tendu les mains vers elle pour lui serrer les épaules. Elle ne les a pas repoussées.

— Si Yeong-hoe n'avait pas été là, je n'aurais jamais pu mener à bien ce scénario. Je suis désolé de vous avoir infligé une telle peine. Mais je devais absolument vous le montrer.

Elle a levé la tête pour me regarder. Voir ce visage dans sa fragilité naturelle, sans maquillage, si près de moi, a réveillé mon instinct de protection. J'ai fini par lui poser la question qui me tenaillait, en parlant lentement, en insistant sur chaque mot.

— Ce que le scénario révèle de votre intimité avec Yeong-hoe... Accepteriez-vous de le voir transposé au cinéma ?... Si cela vous fait trop souffrir, on ne le fera pas, je m'en fiche.

Elle avait les larmes aux yeux.

— Lui... Vous croyez que ça lui plairait ?

Quelle tête pouvais-je bien faire à ce moment-là ? Pour ma part j'hésitais sur ce que je devais dire, mais de son côté elle a dû interpréter mon hésitation comme une réponse affirmative. Je l'ai serrée davantage au creux de mes bras, et aussi incongru que cela puisse paraître au vu des circonstances, mes parties génitales ont commencé à s'échauffer. J'avais des palpitations, je transpirais. Et elle, blottie entre mes bras, elle les entendait, les battements affolés de mon cœur ? J'ai baissé la tête et me suis approché de son visage. Elle avait les yeux fermés. S'était-elle déjà endormie ? Sa bouche dégageait une odeur d'alcool sucré. Au moment où j'allais poser mes lèvres sur les siennes, elle a ouvert les yeux. J'étais on ne peut plus proche d'elle et je plongeais dans ses yeux, mais son regard m'est demeuré totalement indéchiffrable.

— Vous devriez rentrer.

Et elle s'est libérée de l'étreinte de mes bras.

Après un temps de gêne, je me suis dirigé vers la porte d'entrée, et j'ai remis mes chaussures. Au moment de sortir, je me suis tourné vers elle.

— Je pourrai te revoir, n'est-ce pas ?

Elle m'a regardé d'un air toujours aussi insaisissable jusqu'à ce que j'aie refermé la porte.

POUR LE MEILLEUR ET POUR LE PIRE[1]

Tout s'est passé à la vitesse de l'éclair, c'est le moment ou jamais d'utiliser cette expression.

Trois heures après que j'ai envoyé à Président Choe le scénario de *Nuits blanches*, il m'a appelé pour m'annoncer qu'on allait aussitôt signer le contrat. Excité comme un môme, il m'a même expliqué qu'il s'était désespéré de ne pas parvenir à me joindre et qu'il avait pensé que l'affaire était fichue. Il m'a supplié de venir tout de suite signer le contrat, de peur que je ne change d'avis. Mais je ne voulais pas avoir l'air de me conduire comme un mec facile, alors j'ai laissé traîner deux semaines, en faisant n'importe quelles remarques sur les termes du document et en demandant qu'on modifie ci ou ça. Enfin j'ai reçu la version définitive, je n'avais jamais obtenu une somme aussi élevée. Sans même parler du montant, j'avais aussi imposé une option de *running guarantee* me garantissant un pourcentage de la recette au-delà du seuil de rentabilité. J'avais gratté le maximum. Le Président Choe a réfléchi un moment sur ce point précis, mais il m'a dit qu'après tout *Nuits blanches* allait rapporter tant de pognon qu'il appliquait son sceau sur le document sans

1. Titre original *As Good as Its Gets* (1997), film de James L. Brook, comédie romantique. Scénario de Mark Andrus et James L. Brooks. Acteurs principaux : Jack Nicholson, Helen Hunt. (*N.d.A.*)

discuter davantage. Concrètement, si le film dépasse les quatre millions d'entrées, je commencerai à gagner davantage d'argent en pourcentage sur les entrées qu'il ne m'en aura rapporté pour l'écriture du scénario. Comme on dit chez nous, c'est l'histoire du nombril qui devient plus gros que le ventre !

Le lendemain du jour où il avait reçu le scénario, le réalisateur star Jeong Seung-ho[1] avait manifesté son intention de le tourner. Dans le milieu du cinéma coréen frappé de plein fouet par la crise, c'était un des rares qui puissent mobiliser sur son nom un gros financement. Toutes ses œuvres ont reçu un bon accueil, tant par la fréquentation en salle que par la réception critique, aussi était-il devenu « un modèle à suivre si l'on voulait faire évoluer l'industrie cinématographique coréenne ». Et c'est ce ponte qui a choisi mes *Nuits blanches* parmi tant d'autres scénarios qui s'empilaient sur son bureau en attendant impatiemment d'être les heureux élus. La rumeur disait même qu'il avait bouleversé de fond en comble son emploi du temps pour être sûr de pouvoir réaliser ce film dans les meilleurs délais.

Je ne sais pas à quelle vitesse la rumeur s'est propagée, toujours est-il que les bureaux des Films de Goryeo ont commencé à crouler sous une avalanche de coups de fil adressés par tous les responsables d'agences de comédiens. Ils harcelaient le Président Choe en court-circuitant le secrétariat pour l'avoir en direct. « Il faut absolument qu'on prenne un pot, que diriez-vous que nous fassions une partie de golf tous les deux, vous savez, notre Im Jung-seok, il est au top après son *drama*, qu'est-ce que vous diriez de lui donner un joli rôle ? » Et tous terminaient la conversation avec une phrase du genre : « Si c'est Jeong Seung-ho qui empoigne le mégaphone de réalisateur, même s'il tourne l'annuaire du téléphone, je rêve d'être de la partie. » Certains négociaient sans vergogne, promettant par exemple que s'il embauchait Yun Il-sin sur ce coup-là ils lui fileraient gratos la petite Yi Hi-gyeong, une top talent du dernier *girls band* à la mode,

1. Personnage fictif, comme les autres noms qui vont suivre, sauf mention spécifique.

pour son prochain film ciblé ados. Mais Choe rejetait hautement ce genre de magouilles, faisant savoir à qui voulait l'entendre qu'il les jugeait à peine dignes de sociétés de production de seconde zone travaillant avec des réalisateurs bas de gamme. En réalité, il n'était pas impossible qu'il prête une oreille assez attentive à toutes ces offres. Il promettait parfois d'en glisser un mot discret au Grand Réalisateur, « mais vous savez, Jeong Seung-ho est d'une sensibilité artistique tellement exacerbée, s'il refuse, rien ne peut le faire changer d'avis ».

Le comédien Pak Gyo-jun, dont j'avais été proche lorsqu'il avait tourné dans l'un de mes scénarios cinq ans auparavant, m'a directement contacté au bout de la bagatelle de quatre ans pour me demander s'il ne me serait pas possible d'organiser un repas où il pourrait rencontrer le réalisateur Jeong et le Président Choe. Bon, si je vous cite en vrac des noms comme ceux d'Im Jung-seok, Yun Il-sin ou Pak Gyo-jun, vous allez juste vous dire « ah oui, sympa, c'est des acteurs connus », mais il faut quand même que vous vous rendiez compte que je vous parle là de professionnels qui valent au bas mot cinq cents millions de wons de cachet, sans compter les pourcentages sur les entrées. Et imaginez-vous bien que des comédiens du gabarit de Sin Beom ou Gu Ja-yeol, qui ne bougent pas le petit doigt à moins de sept cents millions de wons plus participation aux pourcentages, se bousculaient déjà au portillon. De nombreux grands noms ont ainsi appelé en direct Jeong Seung-ho pour tâter un peu le terrain, sans passer par leurs agents, au nom des bonnes relations qu'ils avaient entretenues avec le réalisateur lors de tournages précédents.

Trois semaines plus tard, on a eu la surprise de ne retrouver aucun de tous ces noms dans le casting de *Nuits blanches* tel que l'avait établi Jeong Seung-ho. Celui qui avait gagné le gros lot, c'était Jo Gwang-jo, un chanteur et comédien qui était l'une des rares stars ayant survécu au reflux brutal de la *hallyu*[1], et qui vivotait tant bien que mal.

---

1. La « vague » qui a déferlé au début du XXIe siècle et inondé l'Asie, puis le monde, avec la culture de divertissement coréenne (*dramas*, K-pop).

Une fois le choix du premier rôle connu, un tiers du personnel des Films de Goryeo a incliné la tête sur le côté d'un air dubitatif, et les autres ont poussé un soupir d'angoisse. Le Président Choe est allé trouver Jeong Seung-ho pour lui exprimer sa fureur : « Vous vous rendez compte, vous pouviez vous payer des acteurs à cinq ou six cents millions, et qui en plus suppliaient de décrocher le rôle, où est-ce que vous avez été nous dégotter cette espèce de Jo Gwang-jo, je ne suis pas d'accord ! », mais le Président pouvait toujours être ou ne pas être d'accord, c'était le Grand Réalisateur qui avait le dernier mot et qui le lui avait fait comprendre. Choe en était sorti quasiment en larmes, et a fini par m'appeler pour me supplier de tenter quelque chose de mon côté pour convaincre Jeong. Je l'ai rassuré : « Ne vous en faites pas, ça va très bien se passer. » Lorsque j'avais appris que Jo Gwang-jo avait décroché le premier rôle, j'avais applaudi. Il est vrai que ce comédien n'avait pas encore montré tout ce dont il était capable au cinéma, mais de mon point de vue de scénariste j'étais certain qu'il serait parfait pour la réussite de *Nuits blanches*. À vin nouveau tonneau nouveau, ne fallait-il pas un nouveau visage pour incarner un cinéma nouveau ? Le réalisateur Jeong Seung-ho n'avait-il pas déjà démontré qu'il était un excellent dompteur d'acteurs ? Et Jo Gwang-jo ne venait-il pas de trouver enfin le rôle de sa vie ? Un autre mérite de ce choix était de nous permettre la vente préalable du film dans les pays asiatiques, où il faisait toujours figure de star, garantissant d'emblée trente pour cent du seuil de rentabilité. Ce qui nous allégeait d'autant la pression d'un succès en salle et permettait ainsi au réalisateur de se concentrer l'esprit tranquille sur les qualités purement artistiques de son film. Ce n'était pas la première fois que l'intelligence tactique de Jeong Seung-ho me bluffait.

Une petite remarque personnelle en passant : sachant que mes cinq scénarios jamais tournés avaient tous été refusés plus de dix fois par des comédiens aussi fameux que Sin Beom, Gu Ja-yeol, Im Jung-seok et Pak Gyo-ju, je vous laisse imaginer dans quel état de jubilation m'avait mis le choix de Jo Gwang-jo !

Comme on s'en aperçoit, un film réussi, c'est d'abord la rencontre entre un grand réalisateur et son acteur vedette, après quoi l'équipe se monte toute seule, et là il n'y avait que les meilleurs. Presque tous les membres de l'équipe technique avaient travaillé avec Jeong Seung-ho sur au moins deux de ses films et avaient tous eu l'expérience de recevoir des prix dans des festivals de cinéma, ou au moins d'être nominés. Le directeur de la photo Seo Hyeong-gon, partenaire de longue date, qui attendait depuis plus de six mois que son boss tourne un nouveau film, était si impatient de commencer qu'il s'est aussitôt plongé dans l'analyse préparatoire du scénario, scène par scène. La scénographe Yi Ok-ja, quand elle avait reçu le billet doux de Jeong l'invitant à le rejoindre, s'était discrètement éclipsée du plateau de tournage où elle officiait pour déplacer son centre de gravité vers celui de *Nuits blanches*. Quant à la créatrice de costumes Jeong Hi-yeon, qui proclamait à qui voulait l'entendre qu'« on n'avait pas idée de prévenir les gens aussi tard ! », elle était si contente qu'elle avait aussitôt délégué à son assistante la charge de préparer tous les costumes d'un autre film qui devait se tourner un mois plus tard. Lorsque les équipes de réalisation et de production ont été formées, cela faisait bien longtemps qu'on n'avait pas vu autant de monde grouiller dans les bureaux des Films de Goryeo. L'assistant réalisateur a établi un emploi du temps de préproduction et on a fixé la date du début de tournage. On était partis pour battre le record de vitesse entre le démarrage du casting et le *crank in*, le premier tour de manivelle, comme on dit dans le jargon. Je ne parle pas ici bien sûr de Nam Gi-nam, hors concours, qui tourne ses films en six jours[1].

Quand le tournage commence, le rôle du scénariste est théoriquement fini. Il semblerait que certains passent beaucoup de temps à traîner sur les plateaux pour apprendre comment ça se

1. On peut sans doute reconnaître ici Hong Sang-soo, connu pour sa vitesse de tournage.

passe, dans l'idée de peut-être un jour passer à la réalisation, mais moi, cette envie ne m'a même jamais effleurée. Parfois aussi, c'est le réalisateur qui demande au scénariste d'être présent au cas où il faille modifier certains dialogues, mais Jeong Seung-ho est lui-même un excellent auteur et un réalisateur qui aime apporter ses propres touches de couleur, je pensais qu'il se porterait aussi bien de ne pas m'avoir du tout sur le dos.

De toute manière je planchais maintenant sur un nouveau scénario, et je devais désormais me détacher de *Nuits blanches*. Dans mon prochain film, j'avais vaguement l'impression que la protagoniste serait chanteuse de rock. Peut-être même succomberait-elle à une grande histoire d'amour ? Ha, ha, ha ? Non, je plaisante. Mais pour être tout à fait franc, cette histoire de scénario me permettait de voir souvent Jang Bo-yun, sous prétexte de documentation. Elle avait bon dos, la documentation, en fait je me documentais surtout sur la manière de boire et de sortir avec elle.

Elle ne me manifestait plus la gêne du début, elle était même carrément à l'aise. Elle m'avait fait retrouver en moi un être « capable d'éprouver des sentiments ». C'est un peu gênant de dire ça à mon âge, mais grâce à elle j'étais en train de réapprendre un à un, comme un petit enfant, des sentiments comme la joie, la contemplation de la beauté, la paix, et puis aussi la solitude, le regret, la douleur de l'absence. Non pas comme des mots classés dans le dictionnaire, mais comme des réalités vivantes. Moi qui éprouvais naguère tant de peine à écrire des comédies romantiques, je crois que j'aurais pu y arriver sans problème à présent. Des histoires tellement mielleuses que vous vous en sentiriez tartinés de la tête aux pieds.

Avec elle, je rêvais d'un *happy end*. Mais alors, un *happy end* tellement énorme, tellement sirupeux, que le public gueulerait dans la salle et que les critiques le démoliraient dans leurs papiers. Mais est-ce que ce ne serait pas un peu précoce ? Tant pis. Plus on avance en âge, plus le temps presse, on devient impatient. Et puis les goûts changent. Moi qui naguère ne pouvais relire sans répugnance tous les *happy ends* que j'avais pourtant bel et bien écrits, je les trouvais très réussis, à présent. La volonté de montrer ce monde impitoyable et glacé dans toute sa noirceur, je crois que je vais laisser ça au courant des réalistes nihilistes. Pourquoi j'en ferais partie, qu'est-ce qui m'y obligerait ?

USUAL SUSPECTS[1]

C'était pendant le procès qui devait juger l'affaire de l'assassinat de Kim Yeong-hoe, j'étais assis au fond du tribunal où j'assistais aux débats. Le juge interrogeait un témoin. « Vous affirmez que le coupable se trouve ici présent ? — Oui. » L'homme qui se tenait dans la pénombre à la barre des témoins répondait d'une voix ferme. Le juge a poursuivi l'interrogatoire. « Dans ce cas, pourriez-vous nous le désigner ? » Le témoin a alors levé lentement la main et a pointé du doigt un endroit précis. La direction de son index désignait très exactement une des personnes présentes dans le public, moi. Soudain, plein feu sur la salle du tribunal, et là on a découvert le visage du témoin accusateur... il s'agissait de Kim Yeong-hoe en personne ! Vêtu exactement comme il l'était le jour de notre bagarre, le visage ensanglanté, trempé de la tête aux pieds. Son doigt vengeur tremblait, et son regard charriait la fureur et la volonté de tuer.

« Non, laissez-moi... Ce n'est pas moi qui l'ai tué... Ce n'est pas moi, je vous dis ! »

1. *The Usual Suspects* (1995). Réalisé par Bryan Singer, scénario de Christopher McQuarrie. Acteurs principaux : Gabriel Byrne, Kevin Spacey, Stephen Baldwin. (*N.d.A.*)

Ah, merde. C'était un cauchemar.

« L'angoisse ronge l'âme », il existait un film allemand qui s'appelait ainsi[1]. Je ne l'avais pas vu, mais dès que j'avais entendu ce titre, j'avais catalogué ce film dans la rubrique « artistico-artistique ». Pourtant, aujourd'hui, cette expression était celle qui exprimait le mieux la situation dans laquelle je me débattais.

Nuits blanches progressait à une vitesse insensée, et ma relation avec Jang Bo-yun à une vitesse plus mesurée, ni trop rapide ni trop lente. Mieux aurait été difficile. Mais pire n'était pas totalement impossible non plus. Les traces de Kim Yeong-hoe étaient si bien installées dans les méandres de mon cerveau que je m'y retrouvais de force confronté plusieurs fois par jour, comme s'il voulait toujours m'imposer sa torturante présence. Je n'en pouvais plus.

Je n'avais pas tué Kim Yeong-hoe, c'est un fait, mais je me trouvais évidemment profondément partie prenante de ce drame. Depuis que cette affaire avait eu lieu, ma vie avait été bouleversée, tant par l'exaltant plaisir qu'elle m'avait donné, que par les épouvantables angoisses que j'avais éprouvées. Et à la source de ces terreurs se trouvait Kim Yeong-hoe. Il me dévorait peu à peu.

*

— En vrai, c'est toi qui l'as tué ?
— Je ne l'ai pas tué !
— Allez, à moi, tu peux bien le dire...
— Mais enfin puisque je te dis que c'est pas moi, connard !

J'avais rendez-vous avec mon ami Pak, ancien condisciple du temps du lycée, aujourd'hui avocat. Après avoir reçu une convocation m'enjoignant de me présenter au commissariat, je l'avais contacté en urgence pour prendre conseil. Spécialiste renommé, il n'était pas facile d'obtenir un rendez-vous avec lui. Finalement,

---

1. *Tous les autres s'appellent Ali* (*Angst Essen Seele Auf*, titre anglais : *Ali, Fear Eats the Soul*, 1974), Rainer Werner Fassbinder.

il m'a consacré le temps d'un déjeuner après que je lui ai promis de lui organiser une soirée arrosée en compagnie d'une jeune actrice, et l'on s'est retrouvés dans un restaurant de burgers faits maison, non loin de son cabinet.

— Tu sais, je m'en fous, si tu l'as tué. Aujourd'hui n'importe quel serial killer peut s'en sortir, il suffit de le faire passer pour un psychopathe, tu vois.

En attaquant à pleines dents son burger, Pak m'a enjoint de ne pas finasser.

— Je n'ai pas beaucoup de temps, va droit au but.

— Sacré comique ! De toi ou de moi, c'est lequel, le plus branleur ?

Il s'est envoyé une rincée de Coca, a effectué un bain de bouche énergique, un coup à gauche, un coup à droite, puis m'a expliqué :

— Déjà, si tu refuses de te soumettre à la confrontation, tu adoptes juste l'attitude du coupable qui avoue son crime. Donc, tu dois y aller. Et même s'il se trouve que par un hasard pourri le témoin te désigne, ne t'affole pas. Tu pourras toujours obtenir une mise en liberté provisoire. À partir de maintenant, quelle que soit la question que te pose un policier, même s'il te demande l'heure, tu lui réponds que tu ne parleras qu'en présence de ton avocat. Tu m'as bien dit que cela s'était produit en pleine nuit, c'est ça ? Et sous une pluie battante ? Avec ça tu as de quoi réfuter le moindre témoignage. Mais après tout, à quoi bon te faire tant de mauvais sang, à partir du moment où tu ne l'as pas tué ?

Ce discours m'a un peu soulagé.

Quand le moment est venu de nous séparer devant le restaurant, il m'a demandé « quand on le boirait, ce verre, en compagnie de la petite actrice que j'avais en vue ». Je lui ai aussitôt promis que je ne tarderais pas à organiser cette petite sauterie et que je lui présenterais une célèbre actrice, à vrai dire la seule avec laquelle j'étais resté en contact, la grande Kim Su-mi[1]. Quand

1. Kim Su-mi est une actrice réelle, en l'occurrence née en 1949...

il s'est éloigné, je l'ai distinctement entendu murmurer entre ses dents « Quel connard ! ».

— Je sais que vous êtes passablement occupé en ce moment. J'ai vu ça dans les journaux. Entre votre film et votre histoire d'amour...

L'inspecteur O m'a conduit dans une salle d'interrogatoire en me disant ça d'un ton persifleur. Sur ses lèvres flottait un très désagréable petit sourire. Sa remarque était destinée à souligner le fait que depuis le meurtre de Kim Yeong-hoe, je tirais plutôt bien mon épingle du jeu. Je gagnais de l'argent, je me faisais une belle fille, je ramassais sur les deux tableaux. Sacré timing, non ?

— Aujourd'hui la police est obligée d'enquêter sur la vie privée des gens ?

— Mais non, voyons, je suis juste passé l'autre jour voir la veuve Jang Bo-yun. J'ai été surpris d'apprendre à quel point vous étiez intimes, tous les deux.

Il guettait mes réactions. Un vrai prédateur attendant de voir le gibier mordre à l'appât. Comme je ne bronchais pas, il a enfoncé le clou.

— Entretenir une relation amoureuse avec un homme suspecté d'avoir tué son mari... Avant même que le cadavre soit encore tout à fait refroidi... Ha ! Ces artistes, je n'arriverai jamais à les comprendre !

J'avais sur le bout de la langue une insulte prête à sortir, mais je l'ai retenue. Je ne parlerais qu'en présence de mon avocat.

— Vous entrez dans cette pièce dans l'ordre où l'on vous a rangés, et vous vous placez devant le numéro correspondant inscrit sur le mur.

Sous la houlette de l'inspecteur O, cinq personnes dont je faisais partie sont entrées en rang dans une vaste salle. Sur le mur étaient inscrits en gros caractères et sur des feuilles format A4 six chiffres, classés dans l'ordre, 1, 2, 3, 4, 5, 6, et séparés par un intervalle de trente centimètres. Entré en quatrième position, je me suis arrêté devant la page A4 où figurait le chiffre 4. En face se trouvait un vaste miroir. Enfin, un miroir vu de notre côté, puisque de l'autre côté de cette glace sans tain se trouvaient le témoin oculaire, les inspecteurs Tcha, O et compagnie. Comment avais-je pu parvenir à me retrouver dans cette situation qui n'était pour moi qu'un lieu commun des films policiers américains, si même maintenant la police coréenne s'y mettait, où allait-on, ainsi m'abandonnais-je au cours futile de mes pensées lorsqu'une voix de femme est tombée d'un haut-parleur.

— Nous allons commencer. Numéro 1, faites un pas en avant, s'il vous plaît.

Le numéro 1, vêtu d'un costume de petit employé, s'est avancé d'un pas.

J'ai jeté un œil sur mes voisins de gauche et de droite. Il y avait un peu de tout, du modeste besogneux au joyeux voyou. J'ai lu quelque part qu'à l'étranger on rémunère des figurants pour jouer le rôle de suspects. Je ne sais pas si on pratique ça chez nous, mais là, j'avais du mal à deviner s'il y avait ou non des acteurs, et lesquels. Super casting. Aux yeux des autres, est-ce que je jouais aussi un rôle ? Ou bien est-ce qu'ils n'étaient pas en train de jouer à un jeu où ils étaient tous de mèche, et dont le but serait de démasquer l'intrus ?

La voix de la policière est de nouveau tombée du haut-parleur.

— Tournez-vous sur la droite.

Dix secondes se sont écoulées.

— Remettez-vous de face et reculez jusqu'à votre place initiale.

Numéro 2 et numéro 3 ont effectué la même chorégraphie que numéro 1, avant de se remettre contre le mur.

— Numéro 4, faites un pas en avant, s'il vous plaît.

Ça y est, c'était à moi. Obéissant, j'ai suivi les ordres qui tombaient du haut-parleur. J'ai fixé mon regard sur la glace sans tain en adoptant un air impassible. Tout était calme, on n'entendait pas un souffle. Est-ce qu'il n'y avait que moi à m'angoisser ?

J'avais l'impression que ça n'en finissait pas. Cela signifiait-il que le témoin avait cru me reconnaître et qu'ils voulaient lui laisser prendre le temps d'être sûr ? Alors que la sueur commençait à me dégouliner au bout des doigts, la voix de la policière s'est à nouveau fait entendre :

— Tournez-vous sur la droite.

Je me suis exécuté.

— Remettez-vous de face et reculez jusqu'à votre place initiale.

J'ai rejoint ma position, mon rôle était terminé. Je n'avais fait que quelques pas, mais j'éprouvais une fatigue intense. Mon numéro était fini et pourtant je ne parvenais pas à me détendre. M'efforçant de contrôler ma respiration, j'observais comment s'en sortait le suivant.

Numéro 5 nous a gratifiés d'une performance tout à fait exquise, tenant de bout en bout un tempo impeccablement régulier et, lorsqu'il a achevé sa prestation, un long moment de silence s'est abattu sur la salle.

Le temps passait, mais la voix ne réclamait toujours pas la mise en branle du numéro 6. Lequel fixait du regard la surface aveugle du miroir, comme s'il se produisait quelque chose d'anormal. On avait l'impression qu'il tentait de leur faire comprendre qu'ils devaient l'appeler, que c'était son tour. Lui, à tous les coups, c'était un figurant ! Allez, il était nul, on le couperait au montage.

— Numéro 3, faites un pas en avant, s'il vous plaît.

Il arborait un air ennuyé et a pris son temps avant de bouger. Ce coup-ci, ça n'a pas duré dix secondes, mais une bonne minute, où il est resté planté devant le miroir à se faire admirer de face et de profil, un coup le gauche, un coup le droit.

Ah ouais, d'accord. J'ai pigé. Je peux vous faire en gros le topo de ce qui se passait de l'autre côté du miroir. Le témoin, il a d'emblée éliminé le 6, mais le numéro 3, il lui disait quelque chose, c'est clairement celui qui ressemblait le plus au mec qu'il avait vu le jour du crime.

Ha ! Je n'ai pas pu m'empêcher de glousser. Je me suis aperçu, jovial, dans la glace sans tain, derrière laquelle on a sans doute dû le remarquer.

*

Six semaines plus tard, j'étais définitivement innocenté.

L'assassin était le livreur de journaux qui avait découvert le corps de Kim Yeong-hoe. C'était une histoire bien lamentable, dont les détails ont été révélés par l'enquête. Je vous la raconte.

Ledit livreur de journaux avait quitté le lycée avant d'avoir fini ses études. Il louait une petite chambre au premier étage dans le quartier Ahyeon, qui servait d'asile à tous ses copains de lycée à la dérive. Ils s'y retrouvaient pour boire de l'alcool ou prendre des paris, et ramenaient parfois des filles qu'ils avaient rencontrées dans des bars de Hongdae et qu'ils avaient fait boire jusqu'à ce qu'elles viennent partouzer avec eux. Un des mecs de la bande ayant à financer l'avortement de sa copine avait profité de l'absence du livreur de journaux pour voler dans sa chambre les objets ayant un peu de valeur (les seuls qu'il ait trouvés étaient un ordinateur portable et un iPod), avant de s'enfuir. Par la suite, arrêté par la police pour d'autres menus larcins, on avait trouvé sur lui le portefeuille de Kim Yeong-hoe. Les flics avaient commencé à le secouer pour lui faire avouer qu'il l'avait assassiné, ce à quoi l'autre avait répondu en pleurnichant qu'il n'y était pour rien, qu'il avait juste volé ce portefeuille chez son ami livreur de journaux. Celui-ci, quand il avait trouvé sa piaule cambriolée, n'était même pas allé faire de déclaration au commissariat. Une fois coffré, il a pleurniché qu'il n'y était pour rien, qu'il avait juste volé ce portefeuille en faisant les poches du cadavre, mais personne ne l'a cru.

Lors de la confrontation, il se trouvait juste à côté de moi, c'était numéro 3.

PAT GARRETT ET BILLY LE KID[1]

Jang Bo-yun m'a demandé si elle pouvait se rendre sur le tournage du film, curieuse de savoir comment cela se passait. J'ai immédiatement appelé le Président Choe pour avoir les détails du planning, et le hasard a voulu que l'équipe ait justement planté ses décors à Paju, tout près de chez moi. Jang Bo-yun et moi y sommes arrivés vers 3 ou 4 heures de l'après-midi et nous sommes un peu promenés alentour, puis après avoir dîné tôt nous avons rejoint l'équipe de tournage sur le plateau numéro 1, où ils étaient en train de tourner une scène de *Nuits blanches*.

Jeong Seung-ho nous a cornaqués avec l'assurance d'un vieux briscard. Le tournage n'avait pas commencé depuis bien longtemps, mais les techniciens avaient tous déjà travaillé ensemble et l'équipe était bien soudée. Le réalisateur n'avait aucun besoin de hausser le ton tant sa voix charismatique donnait confiance à chacun, et les différents responsables qui composaient le noyau dur de l'équipe savaient si bien ce qu'ils avaient à faire que tout s'enchaînait avec une grande fluidité. En voyant travailler le quasi-débutant Jo Gwang-jo, qui se donnait à fond pour ce qui semblait bien être « le rôle de sa vie », je me suis dit que

---

1. *Pat Garrett et Billy le Kid* (1973), réalisé par Sam Peckinpah, scénario de Rudy Wurlitzer. Acteurs principaux : James Coburn, Kris Kristofferson, Bob Dylan. (*N.d.A.*)

ce choix était parfait. J'ai croisé le Président Choe, qui m'a confié que son instinct, qui ne le trompait jamais, lui soufflait qu'on tenait là « un sacré gros lot », et sa figure arborait un sourire jovial. Je ne lui ai pas fait part de mon angoisse devant ses prophéties, mais il est de fait que son sixième sens lui soufflait à chaque film des messages du même genre, qui se trouvaient fort rarement suivis d'effet.

— Attention, on tourne !

Il était 2 heures du matin. Le premier assistant avait gueulé ça comme s'il s'agissait de réveiller les techniciens qui somnolaient dans le studio. Toute l'équipe était suspendue aux ordres du réalisateur. Et il a gueulé « Action ! ». La caméra Arri Alexa a entamé un lent travelling vers Jo Gwang-jo qui donnait en larmes la réplique à sa partenaire.

— Quand je suis avec toi je ne peux pas vivre, et quand je suis sans toi je ne peux pas vivre non plus. Tôt ou tard nous mourrons, je veux vivre avec toi, ne fût-ce qu'un seul jour...

C'était un long plan-séquence, de plus de deux minutes, qui s'interrompit lorsque le réalisateur cria « Coupez ! ». L'acteur principal et les techniciens, tous attendaient ce qu'allait en dire Jeong.

— C'est bon.

C'était bon, au bout de la dix-huitième prise ! On applaudissait, on criait de joie. C'était la dernière prise prévue pour ce jour-là par l'emploi du temps du tournage. Tout en applaudissant avec eux, j'ai regardé Jang Bo-yun, qui restait là, debout, comme sonnée. J'ai été surpris de la voir les larmes aux yeux.

Pendant que la voiture roulait, Jang Bo-yun était demeurée à contempler en silence le paysage à travers sa vitre, lorsqu'elle a ouvert la bouche. Sans quitter le paysage du regard.

— La réplique, tout à l'heure... C'est Yeong-hoe qui l'a écrite, n'est-ce pas ?

En entendant ce qu'elle venait de dire, j'ai cru que j'allais avoir une crise cardiaque. J'avais l'impression que ma tête se vidait d'un coup pour laisser la place à une gêne infinie, en même temps que je luttais pour maintenir une expression impassible.

— C'est la phrase qu'il m'a dite quand il m'a demandé en mariage. La réplique, là, tout à l'heure. Plus tard je me suis aperçue qu'elle n'était pas de lui. Elle vient du *With or Without You* de U2. Bono la chante d'une manière déchirante dans le refrain. *I can't live with or without you.* « Avec toi ou sans toi, je ne peux pas vivre »... Yeong-hoe adorait cette chanson.

Jang Bo-yun s'est enfin détournée de la contemplation de la nuit et s'est tournée vers moi.

— Oui, bien sûr, ce n'est pas impossible. C'est Yeong-hoe qui m'a donné l'idée. De la scène, je veux dire. De cette réplique.

Les mains crispées sur le volant, je ne quittais pas des yeux les feux rouges de la voiture qui me précédait tandis que je devinais Jang Bo-yun regarder distraitement mon profil. À quoi peut-elle donc bien penser ? Pourvu que...

— Vous avez bien fait.

Un léger sourire a éclairé son visage.

— Comme ça, à chaque fois que je regarderai ce film, je penserais à Yeong-hoe, non ?

Bon sang... Et moi donc, ma chère Jang Bo-yun...

*

En approchant de chez moi, il a commencé à pleuvoir. Je suis descendu le premier pour prendre un parapluie dans le coffre. Et quand j'ai ouvert la portière du côté passager en protégeant Jang Bo-yun de la pluie qui tombait à verse, soudain :

— Maître ?

J'ai entendu cette voix surgie de l'ombre. Cette voix jeune si reconnaissable, avec son petit accent nasal. J'ai tout de suite compris qu'il s'agissait de Ji-yang avant de l'avoir vue. Pour le coup, depuis notre dernière séance particulièrement sauvage, je ne l'avais pas rappelée. Je m'en suis voulu en me rappelant soudain qu'elle m'avait laissé de nombreux messages auxquels je n'avais jamais répondu. Mais s'en vouloir ne servait à rien, pour l'heure il fallait à tout prix éviter qu'elle se retrouve en face de Jang Bo-yun.

Ji-yang est sortie de l'ombre, côté rue. Elle était entièrement trempée. Elle avait le visage blême et son corps était agité de petits tremblements. Cela devait faire un bon moment qu'elle m'attendait là.

— Rentre la première.

J'ai tendu à Jang Bo-yun la carte d'accès. Ji-yang a crispé la mâchoire en voyant la jeune femme et contracté nerveusement le menton. Jang Bo-yun, impassible, a posé sur Ji-yang un regard de commisération. Cet échange de regard m'a plongé dans la gêne. Jang Bo-yun m'a juste dit :

— Soyez gentil avec elle.

Et elle a pris la carte, avec laquelle elle a pénétré dans le hall. Plus qu'une. C'était toujours moitié de gêne en moins. Ji-yang était toujours sous la pluie et tremblait. Je me suis approché d'elle avec le parapluie, pour l'abriter. Ce geste m'a paru dérisoire tant elle était déjà trempée.

— Je suis désolé. Je ne t'ai pas rappelée.

— Cette femme... C'est qui ?

— C'est quelqu'un que je vois pour le travail.

— Mais pourquoi elle rentre chez vous ? D'où sort-elle ? Ça fait combien de temps que vous la voyez ? C'est à cause d'elle que vous ne me rappelez plus ?

Ji-yang me bombardait de questions avec un air perdu, on aurait dit que son regard me traversait pour contempler on ne sait quoi, très loin derrière moi.

— Il est tard. On en parlera lors de la prochaine réunion.

— Quelles réunions ? Vous parlez des réunions qu'on ne fait plus depuis trois mois, c'est ça ? Et quand vous les annulez, c'est par Yeong-rak que je suis informée ?

Elle haussait le ton et sa voix se mettait à trembler.

— Il m'a raconté. Vous avez signé un gros contrat. Le tournage aurait même déjà commencé. Comme une idiote, je croyais que c'était le scénario sur lequel on travaillait. Quand avez-vous trouvé le temps d'en écrire un nouveau ? Vous nous avez obligés a retravailler l'ancien alors que vous en faisiez un autre dans notre dos ? Qu'est-ce qu'on est, pour vous, Yeong-rak et moi ? Vous me faites bosser et vous couchez avec moi quand ça vous chante, vous me prenez pour une pute ? Et Yeong-rak, c'est quoi ? Un brave larbin qui se plaint jamais ? Comment... Comment osez-vous nous traiter comme ça ?

Ah, Choi Ji-yang, tu avais bien des raisons de t'emporter comme ça ! Mais ce soir-là tout ce qu'elle me disait me paraissait un ramassis de clichés à peine dignes d'un de ces *dramas* qui passent le matin à la télé. C'est vrai qu'elle n'était pas très douée pour les dialogues.

— Allons. On va chercher un taxi.

Je l'ai attrapée par le bras et j'ai essayé de l'entraîner. Mais elle ne bougeait pas, ferme comme un roc.

— Je suis enceinte.

Shhhhhhhh... La pluie s'est mise à redoubler d'intensité. Pendant un moment Ji-yang et moi sommes restés comme ça à l'écouter tomber. Puis j'ai sorti de ma poche mon portefeuille.

— Tiens, prends déjà ça. Je vais te chercher une bonne clinique. Je te ferai un virement plus important demain.

La tête basse, elle a pris le chèque préimprimé que je lui tendais. Ses épaules tremblaient en cadence. Je ne voyais pas son visage, je me demandais si elle pleurait ou si c'était un rire dément. Ses sanglots ont éclaté d'un coup et elle a déchiré le chèque en deux, puis en quatre. Lorsqu'elle a fini par relever la tête, son visage était totalement crispé, savoir si elle pleurait ou si elle riait, c'était tout à fait indécidable. Elle m'a jeté les morceaux de papier à la figure.

— Dire que j'étais en admiration... devant un minable comme toi... T'en fais pas, je vais disparaître de ta vie... C'est ça que tu veux, hein ? Tu es vraiment... une saloperie de pourriture !

Elle m'a jeté un regard chargé de tout son mépris et m'a tourné le dos pour commencer à s'éloigner. Avec son corps tout raide et vacillant, on aurait dit un zombie.

En regardant les lambeaux déchirés du chèque, je me disais que si le monde était un tas d'immondices, alors il était normal que les œuvres d'art qui l'expriment ne soient que des déchets, et par voie de conséquence que leurs auteurs soient aussi des ordures.

Lorsque j'ai ouvert la porte de mon bureau, Jang Bo-yun était vautrée sur le canapé, en train de regarder une émission comique en rediffusion sur le câble.

— Désolé.

Je me suis laissé tomber à ses côtés.

— Pas grave. Vos histoires ne me concernent pas.

Et puis elle a murmuré pour elle :

— Les sentiments... ça vaut vraiment pas grand-chose.

De la télé on entendait sortir de grands éclats de rire. Ce vacarme préenregistré m'exaspérait ce soir encore plus que d'habitude.

*

Le lendemain matin à 11 heures, Yeong-rak est venu chez moi, pour la réunion de travail. Lui aussi, c'était la première fois que je le voyais depuis notre dernière séance. En buvant un café dans le salon, on s'est vaguement demandé des nouvelles de nos santés : « Ça va ? », « Oui, et vous ? » mais je m'en fichais complètement. C'était autre chose, que je voulais savoir.

— Ji-yang, euh... Elle va bien ?

Yeong-rak m'a jaugé un instant avant de répondre.

— Ça va...

Il est peut-être au courant pour hier soir. Mais comment on lui a raconté, et jusqu'où il sait, ça...

— Je suis tout à fait désolé de ne pas m'être assez occupé de vous.

— Oh, ben non, c'est normal, on est mauvais.

C'est ça qui me plaît, dans le caractère de Yeong-rak. Et qui énerve tant Ji-yang.

— En fait, euh... Maître...

— Oui ?

— Ji-yang, elle voudrait quitter l'équipe... Elle m'a chargé de vous le dire.

— Ah bon ?

C'était assez évident, mais il fallait que je me montre surpris et désolé devant Yeong-rak.

— Elle m'a demandé aussi de récupérer ses affaires. Elle m'a donné la liste. Des vêtements, et puis des livres et des DVD qu'elle vous avait prêtés.

— Pour Ji-yang, soit, mais toi, qu'est-ce que tu comptes faire ?

Il a hésité un petit moment avant de me répondre.

— Je pense... qu'il vaut mieux... que je parte en même temps qu'elle.

— D'accord.

Je pensais bien qu'il partirait un jour avec elle, vu comment il en était amoureux, mais maintenant que c'était fait, je ne sais pas pourquoi, j'en éprouvais un sentiment d'amertume. C'est vrai qu'il me facilitait bien la vie. Je me demandais si je n'allais pas tenter de le retenir, mais je me suis entendu dire le contraire :

— Je le regrette, mais bon, tant pis. Si tu as besoin de moi, viens me voir quand tu veux.

— Oui...

Il m'a répondu ça en regardant par terre. J'ai entendu des pas dans l'escalier du duplex. Yeong-rak et moi avons levé simultanément les yeux. Jang Bo-yun venait de se réveiller et descendait en peignoir.

— Tu as bien dormi ?

Elle ne m'a pas répondu, elle regardait Yeong-rak d'un air gêné.

— Désolée de vous saluer dans cette tenue, pour une première rencontre...

— Mais nnn... non.

Yeong-rak s'est levé à demi en amorçant une courbette. Il avait l'air très gêné, il ne savait pas ce qu'il devait regarder.

— Ah oui, vous ne vous connaissez pas, n'est-ce pas ? Eh bien, Jang Bo-yun. Et Jo Yeong-rak. C'est un de mes étudiants... Avec qui j'ai travaillé sur des scénarios...

J'hésitais entre le présent et le passé. Jang Bo-yun s'est cachée derrière moi et m'a passé les bras autour de la taille. Yeong-rak se sentait de plus en plus mal à l'aise.

– Maître... Il faut que je récupère les affaires de Ji-yang...

– D'accord. Je vais regrouper ses vêtements. Pour les DVD, tu cherches dans ce tiroir, et tu trouveras les bouquins là-bas.

– D'accord.

Il s'est dirigé vers la bibliothèque. Alors j'ai pu me retourner vers Jang Bo-yun qui s'était collée à mon dos et partager avec elle notre *morning kiss*. Yeong-rak nous a vus à la dérobée et, quand il a croisé mon regard, s'est précipité pour sortir de la pièce.

ARRÊTE-MOI SI TU PEUX[1]

Pablo Picasso, un géant du XXe siècle. À chaque moment clé de sa vie créatrice aura correspondu une muse. Les périodes bleue et rose sont celles de sa première inspiratrice, Fernande Olivier. Lorsqu'il fit la rencontre d'Eva Gouel, une femme pure et fragile, il se plongea dans sa période cubiste. Quand il vécut avec une intellectuelle, Dora Maar, il dessina des personnages en lutte versant des larmes ; quant à Françoise Gillot, il l'immortalisa dans ses lithographies. À soixante-dix-neuf ans, il épouse Jacqueline Roque et fait d'elle soixante-dix portraits en une seule année.

Vous vous demandez ce qui me prend de me mettre tout d'un coup à parler de peinture ? Pour être tout à fait franc avec vous, j'avais vraiment espéré qu'en tombant amoureux de Jang Bo-yun j'allais être visité par l'Inspiration sur les ailes de laquelle aurait été portée ma nouvelle Création. Je dois dire qu'elle m'avait rendu les palpitations et les émois de mes vingt ans, j'éprouvais pour elle une de ces passions flamboyantes comme j'en avais eu à l'époque. Malheureusement, je me suis vite aperçu que Passion ne rime qu'en apparence avec Création et que ce n'en est pas une condition suffisante.

1. *Catch Me If You Can* (2002), film de Spielberg. Scénario de Jeff Nathanson. Acteurs principaux : Leonardo DiCaprio, Tom Hanks. (*N.d.A.*)

Après *Nuits blanches,* je voulais m'atteler à un nouveau scénario. J'ai démarré quatre projets en même temps, dont un « traitement[1] » de dix pages, mais n'en ai abouti aucun. À chaque fois je me rendais compte que ce n'était que de pénibles resucées et je ne voyais plus l'intérêt de poursuivre. Je regrettais l'époque où j'avais écrit ma *Villa des damnés,* temps béni où je pouvais griffonner tout ce qui me passait par la tête sans me dire que je jouais ma réputation. Ce qui me désespérait, c'est qu'en prenant de l'âge j'avais acquis une sérieuse compétence pour juger mais que j'avais perdu celle de produire.

J'étais une énième fois en train de relire mon traitement en hésitant à cliquer sur « corbeille », lorsque le téléphone s'est mis à sonner en affichant le nom de Jeong Nam-hun.

— Président Jeong, ça fait un bail.

— Arrête ! Tu vas quand même pas m'appeler Président, deux vieux potes comme nous.

Sa voix trop forte me cassait les oreilles, j'ai aussitôt baissé le volume du téléphone de trois crans.

— Dis donc, la critique ne tient plus sur *Nuits blanches,* tout le monde en parle comme de l'espoir de l'année. Sa sortie est prévue pour quand ?

— Ils ont encore besoin de six mois pour finir la deuxième partie, je crois. Et le tien, il en est où ?

— Le montage était à chier, je vais devoir tout reprendre à zéro. Attends... Mais oui, si je calcule bien, nos films vont sortir en même temps, non ?

Dans ma tête a surgi l'idée qu'une sortie simultanée serait une excellente chose pour lui écraser sa sale gueule une bonne fois pour toutes, pendant qu'il continuait à me raconter sa vie trépidante.

— Grâce à toi, je suis prof maintenant ! Mais pas d'embrouilles, hein... Je n'ai absolument rien fait pour te piquer ton poste. Je te

1. Le « traitement » est une version plus dense et améliorée du synopsis. (*N.d.A.*)

jure que je ne savais même pas que c'était le tien. Je l'ai appris en arrivant.

Gros enculé. Mais bien sûr, tu savais pas.

— C'est ton habitude de récupérer tout ce dont je ne veux plus, non ?

— Ah mon salaud… C'est génial, comme réplique. Je peux pas dire qu'elle me réjouisse, mais elle est drôle. *Keu keu keu…*

Il s'est étouffé à force de rire, son rire s'est transformé en toux. Et sa toux s'est transformée en ligne de pointillés séparant deux scènes, ce qui lui a permis de changer de sujet.

— C'est pas pour ça que je t'appelle. Est-ce que tu te souviens d'un certain Kim Yeong-hoe, un de tes étudiants ?

Kim Yeong-hoe ? Que vient faire ce nom dans ta bouche, tout d'un coup ? J'ai l'impression d'avoir à parer sans préparation une attaque surprise.

— Oui, bien sûr, pourquoi ?

— Je suis au jury du Concours de scénarios qu'organise l'Agence coréenne de contenu créatif. Il en a envoyé un.

Quoi ? Kim Yeong-hoe a présenté son texte au concours ? Mais enfin… comment ça se pourrait ? Merde… Et s'il l'avait envoyé juste avant de se faire tuer ? Si je calcule les dates, c'est tout à fait possible. Quel connard ! Il s'était bien foutu de ma gueule, avec ses histoires de honte de montrer son travail au monde extérieur.

— D'après le profil qu'il a fourni, il étudiait à notre fac. Et on m'a dit qu'il a suivi tes cours. Il écrivait bien, d'après toi ?

— Pas mal.

— Pas mal, tu parles ! On peut directement le tourner, son boulot ! Qu'est-ce qu'il fait en ce moment ? Il vient plus à la fac, j'ai l'impression. Tu sais pas s'il a signé un contrat avec quelqu'un ?

— Il est mort.

Évidemment qu'il avait parfaitement entendu, mais non, il a voulu que je lui répète.

— Il est… quoi ?

— Je viens te le dire, mort. Il y a quelques mois.

Long silence. C'était comme s'il m'avait appelé en vidéo, je voyais très bien sa tronche ahurie en face de moi.

— Non... Oh ben, ça alors... C'est terrible... Il a vraiment été fauché dans la fleur de l'âge, comme on dit.

— Ça raconte quoi ?

— Quoi raconte quoi ?

— Son scénario ! Il raconte quoi ?

Sans le vouloir, j'avais haussé le ton.

Et si jamais il avait envoyé *Andante Cantabile* au concours ?

Je n'ose imaginer sans effroi ce qui se passerait si c'était le cas. Devrais-je soutenir contre vents et marées que *Nuits blanches* était antérieur ? Ou au contraire admettre l'idée d'un plagiat posthume, mettre le nom de Kim Yeong-hoe comme coauteur et verser un dédommagement à sa veuve ? Mais comment pourrais-je jamais expliquer ça à Jang Bo-yun ? Et accepterait-elle de continuer à coucher avec moi en sachant ce qui s'était passé ?

J'ai continué comme ça à enfiler comme des perles toutes sortes d'angoisses imaginaires. Mais ce délicieux sentiment de terreur n'a pas tardé à s'évaporer.

*

— À l'u-na-ni-mi-té. Des jurys, j'en ai fait des brassées, mais c'est la première fois que je vois les jurés être d'accord comme ça. Les producteurs, les financiers, tous ceux qui sont liés à ce concours, ils veulent tous l'avoir, un truc hallucinant. Moi, même avec tout ce que j'ai sur ma carte de visite, je ne peux pas m'aligner, c'est dingue.

On était dans le Convention Hall du COEX Mall[1]. C'est là qu'allait avoir lieu dans un instant la remise de prix du Concours de scénarios, suivie d'un banquet. Je venais à peine de rencontrer Jeong Nam-hun et j'en avais déjà par-dessus les oreilles,

1. COEX, Convention and Exhibition Center, est un vaste complexe au centre de Séoul, une sorte de palais des Congrès.

Mezzo Forte par-ci, *Mezzo Forte* par-là, oui, puisque tel était le titre de l'œuvre qui avait remporté le premier prix.

Coup de pot, *Mezzo Forte* n'avait rien à voir avec *Nuits blanches*. Il était complètement différent.

Vous pouvez concevoir à quel point j'avais pu trembler lorsque Jeong Nam-hun avait commencé à me raconter l'histoire que contait le scénario de Kim Yeong-hoe. Heureusement, j'avais très vite compris qu'il s'agissait d'un autre texte. L'énorme poids qui me pesait sur l'estomac s'était aussitôt envolé. Pire, sans pouvoir dire le pourquoi du comment, je tombais entièrement sous le charme de ce *Mezzo Forte*. Exactement de la même manière que j'avais été emporté lorsque j'avais découvert *Andante Cantabile* ! Cet effet de séduction m'agaçait au plus haut point. Mais quelle que soit ma résistance, je n'avais pas pu m'empêcher de l'écouter jusqu'au bout.

Si *Andante Cantabile* était un thriller fidèle aux codes du genre, *Mezzo Forte* était un thriller qui jonglait avec ceux du mélodrame et du film de divertissement, ce qui élargissait considérablement la cible, bien au-delà des simples amateurs de polars.

Kim Yeong-hoe avait donc une palette de styles illimitée, à ce que je constatais. Comment était-il possible que cet enfoiré attise ainsi ma jalousie et ma colère, même après sa mort ? J'avais l'impression de tenir le rôle de Zhongda dans *Les Trois Royaumes*[1] ou celui de Salieri dans *Amadeus*[2]. Ah, pardon, pardon... je vous demande bien pardon. Ma plume a dépassé ma pensée. J'ose me comparer à d'aussi grands hommes que Sima Yi Zhongda ou Antonio Salieri. Même s'ils ont vécu dans l'ombre de géants comme Zhuge Liang ou Mozart, c'étaient de vrais génies, chacun dans son genre. Si je me compare à eux, je dois

1. *Les Trois Royaumes*, un des grands récits chinois (XIVe siècle) où l'on trouve l'histoire de Sima Yi (dit Zhongda, IIIe siècle), général fameux et jaloux notoire. Le stratège Zhuge Liang fut son grand rival. (*N.d.A.*)

2. « Syndrome de Salieri », rival malheureux et assassin de Mozart, selon Peter Shaffer et Milos Forman, 1984. (*N.d.A.*)

bien reconnaître que... Bref, n'en parlons plus. Je ne ferais que m'enfoncer davantage dans ma médiocrité.

— Eh, là-bas, regarde, t'as vu ? Géniale !

Jeong Nam-hun avait enfin changé de sujet, il tendait son doigt vers l'entrée du Convention Hall. Une jeune femme venait d'arriver, vêtue d'une robe noire aussi moulante que courte. C'était Jang Bo-yun. Je me suis rappelé qu'elle était déjà habillée comme ça pour la cérémonie funéraire de Jang Bo-yun. Jeong Nam-hun n'était pas le seul, tous les hommes présents la dévoraient du regard, et je vous avoue que j'éprouvais, va savoir pourquoi, un certain sentiment de fierté.

J'ai fait un petit signe de la main à Bo-yun, qui venait dans ma direction. Tout est dans l'ordre. Moi ici présent, je suis le petit ami de la jeune femme qui va recevoir le prix à la place du lauréat absent. Elle m'a vu et m'a répondu par un autre signe de la main agrémenté d'un beau sourire. Elle semblait aussi impassible que d'habitude, mais je sentais couver une légère excitation. N'était-ce pas bien normal ? Mais combien de gens pouvaient comprendre ce que pouvait ressentir une veuve venant chercher le prix attribué au scénario qu'avait écrit son défunt mari ?

— Quoi ? Tu la connais ?

Il en a les yeux exorbités, Jeong Nam-hun.

— Ben oui, c'est ma copine.

— Ta copine ? Tu l'as rencontrée où ? Ah mon salaud, comment tu te démerdes...

Il me regardait d'un œil torve.

— Tu peux la fermer cinq minutes ?

Comme on dit, les yeux sont le miroir de l'âme, et il n'y avait pas besoin d'être un grand lecteur pour déchiffrer ce qu'il se passait dans la sienne. Je n'éprouvais aucune envie de l'écouter continuer. C'était un truc à se salir les oreilles.

Jang Bo-yun est arrivée à côté de moi.

— Vous êtes là depuis longtemps ?

— Une heure. J'ai pris un café avec le ci-devant auteur Jeong.

— Bonjour. Jeong Nam-hun.

Il accompagne la présentation d'un fin sourire.

— C'est vous qui avez travaillé avec M. Seo...

— Absolument.

— J'ai beaucoup entendu parler de vous. Je m'appelle Jang Bo-yun.

— Ah d'accord.

En trois secondes, le sourire s'est effacé de la figure de Jeong, qui s'est pétrifié. Il s'est plongé dans le programme de la cérémonie qu'il avait pris à l'entrée. Il a bredouillé :

— Euh... Par hasard, vous ne seriez pas... Ce n'est pas vous qui devez recevoir le prix à la place de...

Il en bafouillait, au comble de l'embarras.

— Oui, je suis la veuve de Kim Yeong-hoe.

Stupéfait, son regard passait alternativement d'elle à moi. Je n'ai pu retenir un éclat de rire.

— Et pour terminer, nous allons procéder à la remise du grand prix du Concours national de scénarios.

Sur ce, le présentateur a invité le ministre de la Culture et des Sports à le rejoindre sur scène pour remettre le prix. Les membres des familles des lauréats et les professionnels concernés par la proclamation des résultats qui bondaient le Convention Hall ont éclaté en applaudissements. Les photographes de presse de divers supports consacrés à la culture et aux loisirs se massaient au pied de l'estrade, brandissant leurs appareils pour immortaliser l'instant. Le ministre est venu se placer à l'endroit prévu, et le présentateur a repris le micro.

— Voici les résultats. Le vainqueur est : *Mezzo Forte*, de Kim Yeong-hoe ! Hélas, celui-ci nous ayant quittés dans des circonstances dramatiques, c'est son épouse, Jang Bo-yun, qui va le recevoir.

Jang Bo-yun, qui était assise à la table principale, n'eut que quelques pas à faire pour gagner l'estrade sous un déferlement de flashs. Après avoir lentement monté, une à une, les marches, elle a rejoint, les yeux brouillés de larmes, le ministre, qui lui a remis le prix. Puis qui lui a fait une accolade consolatrice.

— Dong-yun. J'ai beau retourner la question dans tous les sens, il y a quelque chose qui m'échappe. C'est quoi l'histoire ?

Jeong-nam, qui était mon voisin à la table réservée aux invités de marque, n'en revenait pas.

— Ben quoi, tu vois pas ? C'est l'histoire d'une fille à qui on remet un prix.

— Oui mais elle, là, c'est la veuve. De ton étudiant... Et tu couches avec elle ? Avec la femme de ton élève ?

— Et alors ? C'est quoi, le problème ?

— Eh ben, mon salaud, tu vois pas le problème ?

— Et que ce soit le mec qui a piqué la femme de son meilleur ami qui ose me dire ça, ça ne te dérange pas ?

— Enfoiré. Ça n'a rien à voir.

— Ferme-la, elle va remercier.

Jang Bo-yun, tenant un bouquet de fleurs dans une main et le trophée dans l'autre, s'est placée devant le micro prévu à cet effet. Submergée par l'émotion, elle ne parvenait pas à articuler un mot. Enfin, redressant la tête, elle a ravalé ses larmes et commencé à parler.

— Je vous remercie. Je suis certaine que mon mari nous regarde de là-haut. Quand je pense qu'il se plaignait de n'avoir aucun talent d'écrivain... Je suis vraiment très heureuse que son œuvre puisse enfin apparaître en pleine lumière.

Sa voix était entrecoupée de sanglots et les spectateurs l'encourageaient en applaudissant.

— Et pour finir, je tiens à remercier spécialement l'écrivain Seo Dong-yun, qui fut le professeur de mon mari, et qui sut le guider.

Elle a souri dans ma direction. Les applaudissements qui ont suivi m'ont mis plutôt mal à l'aise. Jeong Nam-hun dodelinait de la tête, comme si quelque chose continuait à lui échapper.

LES YEUX GRANDS FERMÉS[1]

La cérémonie achevée, nous sommes rentrés directement chez moi, pour savourer l'instant. J'avais spécialement sorti pour l'occasion du vin, du Shiraz du domaine de Two Hands, une bouteille qui dépasse les trois cent mille wons[2].

Pourquoi est-ce que le prix attribué à Kim Yeong-hoe me met dans un tel état ? Est-ce que je suis dépourvu de fierté à ce point-là ? C'est une bonne question. Qu'est-ce que ça peut me foutre, à moi, que ce mec reçoive un prix et se retrouve sous les projecteurs ? C'est quoi, cet état dans lequel je me vautre dès qu'il remonte à la surface, à ton avis ? Qu'est-ce que tu t'imagines que j'éprouve, quand je vois Jang Bo-yun pleurer en pensant à son mari ? Eh bien, c'est simple, je savoure le sentiment puissant de ma médiocrité et m'abandonne au vertige d'une chute infinie dans le gouffre, ça, tu piges ?

Et pourtant, le fait est que la scène me procure une sacrée excitation, tu l'expliques comment ? C'est pas compliqué non plus. C'est parce que je n'ai jamais vu jusqu'à maintenant ma bien-aimée aussi heureuse ! Est-ce mon orgueil que cela flatte ?

---

1. *Eyes Wide Shut* (1999), film de Stanley Kubrick. Scénario de Stanley Kubrick et Frederic Raphael, d'après la nouvelle *Traumnovelle* d'Arthur Schnitzler. Acteurs principaux : Tom Cruise, Nicole Kidman. (*N.d.A.*)
2. Cuvée prestigieuse australienne, environ 250 euros.

Rien ne peut se comparer à ce sourire radieux. Je veux juste pouvoir indéfiniment rester là, à la contempler sourire. Jusqu'à la fin des temps, la contempler sourire à mes côtés.

Elle qui aime tant en boire n'a même pas touché au vin, elle n'a pas quitté des yeux le trophée de Kim Yeong-hoe qu'elle tenait entre ses mains. Elle s'abandonnait à cette occasion exceptionnelle de rendre hommage à son époux et de l'honorer, mais pour dire les choses telles qu'elles sont, sur le coup j'aurais bien aimé me débarrasser de la présence envahissante du défunt.

Je me suis glissé silencieusement derrière elle et l'ai enlacée avec douceur. Avec des gestes coulés, j'ai écarté ses mains du trophée gravé au nom de Kim Yeong-hoe en embrassant sa nuque. Elle a levé le menton en poussant un gémissement léger. J'ai baissé la glissière de sa robe et la blancheur de son dos m'a ébloui.

— Attendez... S'il vous plaît...

Elle résistait timidement, du genre de résistance qui attise plutôt le feu. Je ne tenais plus. Cela faisait quinze jours que je ne lui avais pas fait l'amour. J'ai glissé mes mains sous sa robe et enveloppé ses seins. Je malaxais ses aréoles pointées, elle était à l'évidence aussi excitée que moi, forcément. Mais non.

— Je vous ai dit de vous arrêter !

Elle m'a vivement repoussé en me gueulant dessus. Je ne savais pas quoi penser.

— Excuse-moi. Qu'est-ce qui t'arrive, aujourd'hui... ? Tu n'es pas d'humeur ?

— Ce n'est pas ça...

Elle hésitait, gênée, je pensais qu'elle s'en voulait de s'être montrée si agressive.

— Je voulais vous en parler depuis un moment... Promettez-moi de bien réagir...

J'ai acquiescé.

— J'attends un bébé.

Un bébé ? Qu'est-ce qu'elle raconte, un bébé ? Mais enfin, quand... J'étais en train de calculer à toute vitesse de quand dataient nos relations, mais aussitôt elle a repris :

– Un bébé de Yeong-hoe. Yeong-hoe. Juste la veille de sa mort.

Quoi ? Un bébé du mort ? A... Attends un peu... Co... Comment c'est possible ? C'est vraiment imaginable, ça ? J'étais complètement retourné. Elle a poursuivi :

– Mes règles n'ont jamais très bien fonctionné. Je les ai une fois tous les deux ou trois mois. Mais là, je me sentais quand même trop patraque depuis un moment, alors la semaine dernière je suis allée consulter à l'hôpital, et voilà. Je ne m'y attendais pas. Désormais que Yeong-hoe est mort, je me suis demandé si je ne ferais pas mieux d'avorter. Mais finalement je me suis rendu compte que je ne peux pas. Vous vous rendez compte, un bébé qui sera celui de Yeong-hoe. Je veux lui donner la vie. Même si je dois l'élever seule. Je suis désolée, croyez-moi.

Évidemment, l'ambiance de la soirée s'en est un peu ressentie, et je l'ai raccompagnée jusque chez elle en voiture. Nous avons roulé sans échanger une seule parole jusqu'à ce que nous soyons arrivés. Tout en conduisant, mes pensées se bousculaient sous mon crâne. Mais plus j'y songeais, plus j'avais de mal à retenir une envie de ricaner.

Sur le principe, je m'en fichais pas mal, que ma bien-aimée attende un petit de son mari défunt. Il y aurait au moins la moitié du môme qui lui ressemblerait, à elle. Mais le problème, c'est l'autre moitié. Qui va forcément ressembler à cette espèce de connard dont je ne veux plus croiser nulle part la moindre trace en ce monde, nulle part. Et voilà que ce salopard a réussi à fourrer ses germes dans le ventre de ma bien-aimée. Chapeau, l'artiste. La voie sacrée du sang ! Ah, Bo-yun, ma bien-aimée, si tu avais pu me mentir et me faire croire jusqu'au bout qu'il était de moi...

On était déjà en bas de chez elle. Dans la voiture régnait un froid glacial. L'idée m'a traversé que c'était peut-être la dernière fois que je la raccompagnais.

— Je vous laisse.

Elle m'a sèchement balancé ça, avant de descendre de la voiture. Elle s'est dirigée vers chez elle en faisant claquer ses talons sans se retourner une seule fois. Je la regardais s'éloigner comme si cette scène devait durer éternellement. Au moment où elle allait disparaître, sans réfléchir, j'ai ouvert la portière à la volée et j'ai crié :

— Jang Bo-yun !

Elle s'est retournée.

— Ce bébé... Si on l'élevait ensemble ? On fera comme tu veux.

Elle attendait que je lui dise ça, ou pas ? Elle m'a longtemps regardé, d'un air profondément indéchiffrable.

Chez elle, nous avons fait l'amour, pour la première fois depuis longtemps. Rien de bestial, juste de la tendresse et de la douceur. Après quoi elle s'est aussitôt endormie. Étendue sur le lit, les yeux dans le vague, j'ai soudain repensé à Ji-yang. Elle, le bébé qu'elle portait, il était de moi. Je lui avais immédiatement demandé d'aller avorter. Qu'est-ce qu'elle avait fait ? S'en était-elle débarrassée ? Je me demandais. Depuis ce terrible soir, ni elle ni moi n'avions rappelé l'autre.

Je demande à une femme enceinte de moi d'avorter, et je demande en mariage une femme enceinte d'un autre. Et quel autre, Kim Yeong-hoe, dont le sang coule dans les veines du bébé. Qu'est-ce qui m'a pris d'offrir à Bo-yun d'élever cet enfant avec elle ? Je suis fou d'amour, c'est ça ? Pour le seul bénéfice d'accaparer Bo-yun à mon seul profit, je vais devoir me farcir la responsabilité de ce moutard qui ressemblera à son enfoiré de père, et à chaque fois que je croiserai son regard je me trouverai renvoyé à ma culpabilité, à ma mauvaise conscience, à ma honte et à son cortège de remords.

La vie est faite de contradictions face auxquelles les hommes improvisent comme ils peuvent. C'est comme ça qu'on se retrouve à patauger dans les emmerdes jour après jour.

Après avoir fumé une cigarette sur la véranda, mon sens de l'improvisation m'a entraîné à franchir le seuil d'une pièce que je ne connaissais pas et dont j'ignorais qu'il s'agissait du bureau de Kim Yeong-hoe.

Sur trois côtés des murs étaient disposés des assemblages horizontaux de planches maintenues par des empilements verticaux de briques faisant office de rayonnages de bibliothèque. Ils étaient remplis de romans, de bandes dessinées, de DVD et de CD, le reste de la pièce étant encombré de trucs aussi disparates qu'un aspirateur, un tas de couettes, une guitare et un ampli. Dans un coin était un bureau bas sur lequel trônait un ordinateur portable, un vieux modèle couvert de poussière.

Son ordinateur portable, maculé de traces de doigts de Kim Yeong-hoe. Incroyable de retrouver aujourd'hui des portables aussi massifs. J'ai appuyé sur le bouton de démarrage. *Unnnng*, le bruit m'a indiqué qu'il se mettait en route. Dans le calme de la nuit, j'ai eu l'impression d'une déflagration. J'ai eu peur que ça ne réveille Jang Bo-yun, mais non, pas de danger. Elle a peut-être du mal à s'endormir, mais une fois qu'elle a sombré dans le sommeil, seul le soleil à son zénith est capable de la réveiller.

Windows s'est ouvert sur l'écran. Ça alors, c'est quelle version de Windows ? Ce design périmé ne me rappelait que de très vagues souvenirs. Il y avait une icône « Hangeul 2002[1] ». Même pas 2012, non, 2002 ! J'ai double-cliqué dessus. Après, j'ai ouvert une fenêtre qui m'a donné accès à un dossier « Documents ». Et là, je suis tombé non seulement sur *Andante Cantabile* et *Mezzo Forte*, mais encore sur cinq autres fichiers. *Largo*, *Vivace*, *Staccato*, *Moderato* et *Cadence*. Lorsque Jeong Nam-hun m'avait annoncé que le texte primé s'appelait *Mezzo Forte*, je m'étais juste dit que Kim Yeong-hoe choisissait des titres nuls, mais qu'il avait le mérite de la cohérence. Là, je comprenais qu'en réalité c'étaient simplement des titres provisoires, sans aucun rapport avec le sens réel de ces indications en musique. Il faisait comme

1. Le *hangeul* est l'alphabet coréen.

les peintres ou les compositeurs qui intitulent leurs œuvres d'un simple chiffre.

J'ai cliqué sur le dossier *Largo*. J'ai espéré un instant qu'il allait s'ouvrir, mais son accès était verrouillé et on me réclamait le mot de passe. Du coup, j'ai cliqué sur le dossier *Vivace*. Pareil. Tous les dossiers, *Vivace, Staccato, Moderato* et *Cadence* nécessitaient un mot de passe. Je me suis alors souvenu de ce que m'avait dit Jang Bo-yun la fois où j'étais allé la voir jouer dans ce club de Hongdae, que Kim Yeong-hoe verrouillait tous ses dossiers.

Du coup, j'ai ouvert Internet Explorer. Quand le portail est apparu, j'ai rentré mon identifiant, suivi de mon mot de passe. Je suis allé dans ma boîte mail et je me suis envoyé les cinq fichiers, *Largo* compris.

Ensuite, j'ai regagné la chambre et me suis couché à côté de Jang Bo-yun. Qui s'était étalée en travers du lit, aussi me suis-je glissé derrière son dos et je l'ai enlacée. Elle était détendue, je l'entendais murmurer dans son sommeil, de sa petite voix un peu nasale.

— Yeong-hoe...

Je n'en croyais pas mes oreilles.

— Merci, Yeong-hoe...

Je suis resté figé sur place, mes bras autour d'elle, paralysé. Je ne pouvais même pas bouger un orteil. Qu'est-ce que ça voulait dire ? De quoi le remerciait-elle ? De lui avoir fait un bébé qui allait lui ressembler ? Elle me laisse aimer son corps, et son esprit est toujours avec l'autre ? Encore aujourd'hui, alors que nous sommes ensemble ? Qui me dit que ça n'ira pas en empirant après la naissance de l'enfant ?

Tandis que je tournais en rond à broyer des questions sans réponse, le jour a fini par se lever. En contemplant les reflets bleuâtres de l'aube qui teignaient les fenêtres, j'ai pensé avec mélancolie aux épais rideaux occultants de mon appartement.

*

— Dis donc, j'ai retrouvé des textes dans mon vieil ordinateur portable, ça m'aurait amusé de les relire mais ils sont verrouillés avec un code secret. Et bien sûr, comme un imbécile, je ne me souviens absolument plus de ce que j'avais pu inventer. J'espère que c'est pas Alzheimer, à mon âge, ce serait con !

Aussitôt rentré chez moi, j'avais ouvert ma boîte mail et téléchargé les cinq dossiers attachés. Après, j'ai téléphoné à mon vieux pote de lycée, « Ko », aujourd'hui directeur adjoint du secteur de la recherche électronique chez S***.

— Eh ben, mon salopard, tu m'appelles uniquement quand t'as besoin de moi ou quoi ? La dernière fois, c'était pour effacer tout l'historique de ton ordi !

L'important, dans la vie, c'est d'avoir plein d'amis. On ne peut jamais prévoir quand et comment on aura besoin d'aide.

— Si t'arrives à me débloquer ces fichiers, promis juré, je t'invite à une soirée arrosée où je te présenterai une super actrice.

— Vraiment ? Promis juré ? Alors je veux passer la soirée avec Han Hyo-ju[1] ! Tu m'entends, Han Hyo-ju et personne d'autre ! Et si tu ne tiens pas ta promesse, je t'explose la tête ! C'est quelle version de Windows Hangeul ?

Qu'est-ce qu'ils sont cons ! Que ce soit « Ko », ou « Pak » l'avocat, ils n'ont pas changé depuis le lycée, ils sont toujours aussi obsédés par les actrices.

Il m'a rappelé au bout de trois heures. Par chance, leurs services de sécurité avaient conservé un logiciel de déchiffrage capable de casser les codes et datant des années 2000. Il m'en a envoyé une copie. Dès que j'ai eu fini de le descendre, je l'ai installé dans mon ordi, et je l'ai lancé. Des dizaines de milliers de combinaisons plus complexes les unes que les autres ont commencé à défiler sur mon écran. Cinq heures plus tard, la réponse s'inscrivait dans la fenêtre : « Shéhérazade ».

---

1. Han Hyo-ju, célèbre actrice de cinéma et de séries télévisées, née en 1987.

Shéhérazade. L'héroïne des *Mille et Une Nuits*, celle qui raconte des histoires pendant mille et une nuits de suite. Shéhérazade, condamnée à divertir son sultan si elle veut sauver sa peau. Elle a dû inventer des contes durant mille et une nuits avec un suspense tel chaque matin qu'elle a obligé le sultan à retarder sans cesse son exécution et a fini par conserver la vie : elle l'a eu, son *happy end* ! La plus grande *storyteller* de l'histoire de l'humanité ! Voilà un mot de passe digne d'un auteur.

Largo et *Vivace* n'étaient qu'à l'état d'esquisses, *Staccato*, *Moderato* et *Cadence* présentaient des versions développées en traitements qui faisaient une vingtaine de pages A4. Aucun n'atteignait le niveau de perfection *d'Andante Cantabile*, mais c'étaient des bases plus que correctes, facilement améliorables.

À partir de là, j'ai travaillé un peu comme pour *Nuits blanches* – je vous épargne les détails. J'ai passé deux mois à rebâtir *Largo* et *Vivace*. Je les ai rebaptisés *Le Grand Bandit* et *Réinterprétation du désir*. En contact avec deux ou trois boîtes de production qui s'intéressaient à mes projets, j'ai eu de bonnes nouvelles de *Nuits blanches*, que le Festival de Cannes avait sélectionné en compétition officielle uniquement sur le visionnage des rushs, et que les Japonais avaient acheté pour une somme encore jamais atteinte. Les sociétés de production n'arrêtaient pas de me rappeler pour ajouter des zéros à leurs propositions initiales. Mais comme le Président Choe m'avait bétonné avec les Films de Goryeo un contrat de choc m'offrant d'être coproducteur pour les deux films à venir, je n'avais aucune raison d'aller voir ailleurs.

Et c'est comme ça que je suis devenu « auteur-producteur ». À vrai dire, je n'avais jamais éprouvé le désir irrépressible de devenir un nouveau Jeong Nam-hun. Mais la vie vous réserve parfois de ces surprises. Tu peux bosser comme une brute sans jamais arriver à assouvir tes envies, mais si tu passes ton temps à glander, rien ne dit que tu seras condamné à rester un raté. Avoir deux fonctions à revendiquer en même temps, ça m'a mis de bonne humeur. C'est vrai, « auteur » tout seul, ça a quand même moins de gueule qu'« auteur-producteur », et pourquoi pas « auteur-réalisateur » tant qu'on y est, pas vrai ? Je suis le seul à voir les choses comme ça ou quoi ? Si je m'en sors comme « auteur-producteur », qu'est-ce qui m'empêche de passer à « auteur-réalisateur » ? Ce qui ne veut pas dire que je souhaite à tout prix devenir réalisateur, mais comme je viens de vous l'expliquer, on ne sait jamais les surprises que la vie vous réserve.

De toute manière, je ne serai désormais plus « auteur tout court ». Je veux dire par là que je ne suis plus ce Seo Dong-yun, « l'auteur passé de mode ».

DEVINE QUI VIENT DÎNER[1]...

Pendant toute une semaine, la neige n'a pas arrêté de souffler en tempête. Les médias parlaient de chutes de neige historiques, de records battus, de jamais-vu depuis des dizaines d'années. Le personnel des Films de Goryeo et les sous-traitants chargés de la communication vivaient un véritable cauchemar : le pic record de tempête allait tomber pile le jour de l'avant-première du film, réservée aux VIP. Les top stars prendraient-elles le risque d'affronter les routes verglacées et les embouteillages interminables pour venir voir *Nuits blanches*, et si elles nous faisaient faux bond, il était plus que probable que l'émission phare « Entertainment Weekly » ne nous passerait pas en ouverture de programme et qu'on assisterait sur les sites dédiés à une chute vertigineuse de clics sur les articles nous concernant, bref de tous les bureaux s'élevaient pleurs et lamentations. Mais finalement, cela n'aura été que beaucoup de bruit pour rien.

Même les journalistes ont dû se battre pour obtenir des billets donnant accès à l'avant-première de *Nuits blanches*. Une flopée de sites internet consacrés aux loisirs, sans intérêt mais puissants par leur nombre, qui n'avaient pas pu avoir leur accréditation, nous ont avertis qu'ils nous démoliraient et qu'on allait voir ce

1. *Guess Who's Coming Dinner* (1967), film de Stanley Cramer. Scénario de William Rose. Acteurs principaux : Spencer Tracy, Katherine Hepburn. (*N.d.A.*)

qu'on allait voir, du coup sous la menace il a fallu organiser en catastrophe une autre séance pour ces gens-là. La salle de l'avant-première était remplie de fans de Jo Gwang-jo, dont beaucoup débarqués du Japon ou d'Asie du Sud-Est, qui n'arrêtaient pas de crier et d'applaudir, quelle ambiance, on se serait crus au concert[1]. Jo Gwang-jo avait parfaitement jonglé avec un emploi du temps surchargé, n'interrompant ses interviews que le temps de venir saluer ses fans pour l'avant-première. Pendant la seconde période de tournage, il avait mis la main à son nouveau disque dont il avait révélé sur internet l'existence à son public trois semaines avant la sortie de *Nuits blanches,* ce film dont il était la vedette. Son album, composé de musiques dansantes, s'est immédiatement classé premier dans une grande émission de télé diffusée en clair, ainsi que dans les six principaux *charts,* après quoi il a été l'invité de l'émission « Infinite Challenge », où il a charmé tout le monde, dévoilant un sens de l'humour qu'on lui ignorait et faisant grimper à son maximum l'attente entourant la sortie du film. Faut-il en ajouter encore une couche ? Au Festival de Cannes, où il était présenté en « World Première », le film a obtenu une *standing ovation* de six minutes, et toute la Corée a relayé l'information comme si le pays venait décrocher l'or olympique, tandis que fleurissaient les reportages sur la vie si dramatique du grand réalisateur Jeong Seung-ho, sur fond de musiques sirupeuses.

Pour dire les choses comme elles sont, l'attente de ce film était à son paroxysme juste au moment où il allait sortir sur les écrans.

Deux semaines avant cette sortie, donc, avait eu lieu l'avant-première VIP dans un multiplex du quartier Gangnam, pour laquelle j'avais dû ressortir un costume que je n'avais pas mis depuis des années. Il faut dire que c'était vraiment différent de tout ce que j'avais connu jusque-là, question avant-premières. Tout le multiplex était réquisitionné et on donnait le film

1. On se souvient que ledit Jo Gwang-jo est censé avoir connu son heure de gloire comme *entertainer* au début des années 2000, lors de la *hallyu,* vague coréenne ayant durablement marqué le public asiatique.

simultanément dans les dix salles. Depuis les guichets en passant par les couloirs et jusqu'aux toilettes, les murs étaient couverts de nos affiches *Nuits blanches* en format géant et de photos de tournage. Le message était clair : t'as pas intérêt à manquer ce chef-d'œuvre !

Les spectateurs sont friands des avant-premières VIP parce qu'ils peuvent approcher en chair et en os des acteurs qu'ils ne voient sinon que sur l'écran de leur télé ou sur celui d'une séance de cinéma ordinaire, mais pas moi. Je n'aime pas être obligé d'aller à des séances qui ressemblent à des garden-parties, et je n'ai aucune envie de me retrouver à côtoyer des professionnels du cinéma que je connais à peine. Je vais croiser qui ? Le producteur dont j'ai refusé la proposition, le producteur qui a refusé ma proposition, le réalisateur qui m'a piqué mon sujet et s'est débrouillé pour sortir son film avant le mien, les acteurs qui ont refusé de jouer dans mon film, l'attachée de presse avec qui j'ai couché après un pot de fin d'avant-première ?... Je déteste ne pas savoir si je dois ou non les saluer, et encore plus qu'on m'ignore quand je les salue. Et puis à tous les coups le type qui m'a invité me rappelle pour savoir ce que je pense du film, s'il va avoir du succès, et je suis bien obligé d'abonder dans son sens alors que franchement tout ce cirque me saoule et que je n'arriverai jamais à m'y faire.

Mais là, c'était moi, la puissance invitante, ce qui changeait singulièrement la donne. Tous ces gens que je ne connais pas ou à peine, ou qui me détestent, ce sont eux qui viennent me saluer pour me présenter leurs félicitations. J'ai un peu l'impression d'être, comment dire, genre le père de la mariée ? Lorsque les gens viennent me souhaiter tout le succès du monde pour mon film, je leur raconte ci et ça, comment l'idée m'en est venue, par où on en est passé, et si un autre invité vient nous interrompre, je les abandonne en leur promettant de leur raconter la suite la prochaine fois, et je leur offre une place de cinéma comme on offre des coupons pour un banquet de mariage.

C'est là qu'on mesure la souplesse de ces gens qui me méprisaient quand je n'étais personne et qui tout à coup, retournés par mon succès, se revendiquent de notre vieux lien d'amitié. Bien sûr, on ne peut pas savoir si un film va faire un triomphe, mais tant qu'on n'est sûr de rien, autant garder les meilleures relations possibles. C'est comme ça, les avant-premières VIP, le pinacle du *business entertainment.*

Le comédien Pak Gyo-jun, venu sans être invité, se précipite vers moi :

— Cher Seo, toutes mes félicitations ! Je t'ai laissé plein de messages pour que tu nous organises un repas avec le réalisateur Jeong, mais tu m'as jamais répondu. Bon, sinon, quand est-ce qu'on démarre *Campus Baby 3* ?

— Merci d'être venu. Je vous contacte dès que j'ai abouti le synopsis.

Et de toute manière plus personne n'investira un won sur ton nom, mon pauvre vieux. En plus, je n'ai aucune envie de faire encore une suite à ce film.

Le Président Pak, dont le premier film qu'il avait produit était un truc à moi intitulé *Festival*, a pris son tour.

— Mon cher Seo, tu n'as pas oublié que j'ai fait mes grands débuts avec toi, n'est-ce pas ? Quand même, on s'était bien amusés, à l'époque, non ?

— C'est vrai. Il faudra qu'on retravaille ensemble.

On s'est amusés, mon cul. Demande-toi plutôt pourquoi ceux qui ont travaillé une fois avec toi ne reviennent plus jamais te voir pour recommencer l'expérience !

La Présidente Jeon, de la société des films P***, qui a le vent en poupe en ce moment, prend son tour.

— Et vous savez avec qui vous allez bosser pour votre prochain film ? Non parce que j'ai un petit sujet qui vous irait très bien, je suis sûre.

— Eh bien, je n'ai encore rien décidé, mais il est certain que...

Ce qui est certain, c'est que je rebosserai jamais avec une salope comme toi. Arrête de faire chier les auteurs, écris donc tes films toi-même, pétasse.

Le Président Sin, qui est aussi le secrétaire général de l'Association des producteurs, prend sa place dans le manège.

— Il faut que je t'appelle, j'ai une adaptation à te confier. T'aurais juste à nous faire un bon petit boulot d'enjolivement. Rien de sorcier.

— Mais bien sûr ! C'est ma spécialité, ça, l'enjolivement.

Si tu veux que je te le fasse, t'as qu'à déjà me payer ce que tu me dois. Encore un connard qui se croit tout permis !

Mais voilà le Président Choe qui fend la foule de mes prétendants.

— Arrêtez d'essayer de l'embobiner ! Seo, c'est avec moi qu'il va travailler, et pas seulement pour le prochain film, mais aussi pour le prochain prochain, on en a déjà discuté tous les deux, donc pas la peine de vous exciter. Allez, la projection va commencer, dépêchons-nous d'entrer.

Bon, toi, c'est vrai, tu fais plutôt partie des seconds couteaux, mais tu es comme tu es, et ça me va. Tu surnages dans ce monde infesté de requins.

La lumière de la salle s'est éteinte.

Avec la lumière ont disparu du même coup les papotages téléphoniques, les bruissements de cornets de pop-corn, les anecdotes échangées avec son voisin. On sentait palpiter la tension soudaine qui naît de ces calmes ténèbres. Ça fait combien de temps que je n'ai pas participé à une avant-première de ce genre ? Quatre ans ? Cinq ans ? Mon cœur bat aussi fort que si c'était mon premier film.

Après avoir fini leur présentation, Jo Gwang-jo et le réalisateur Jeong Seung-ho sont descendus de l'estrade et on les a guidés jusqu'à leurs places, qui se trouvaient juste devant la mienne. J'ai tendu la main, qu'ils ont serrée tous les deux. Leur poigne était particulièrement ferme. Derrière leur calme apparent, ils cachaient une certaine nervosité. Après deux bandes-annonces promouvant des films étrangers, le générique de début des *Nuits blanches* est enfin apparu. Au moment où a surgi sur l'écran le logo de sa société de production, le Président Choe s'est emparé de ma main posée sur l'accoudoir, ce qui m'a fait sursauter. En temps normal, quand un homme prend la main d'un autre homme dans une salle de cinéma plongée dans le noir, cela a une signification dont je ne veux même pas parler ; mais en l'occurrence, il n'était pas question de gaudriole. J'ai senti sans qu'aucun mot soit nécessaire la sincérité de l'émotion du Président. Sur un fond représentant un terminal de bus express perdu quelque part dans une province enneigée, les divers crédits, « montage », « décor », « photographie », etc., se sont enchaînés en fondu-enchaîné, les uns derrière les autres. Un peu plus tard se sont inscrits sur l'écran les mots « Scénario : Seo Dong-yun ».

Environ deux heures plus tard, ce fut au tour du générique de fin de commencer à défiler, l'assistance était silencieuse, la salle retenait son souffle. Et puis, à un moment, quelques applaudissements ont commencé à se faire entendre, et deux ou trois secondes plus tard la salle croulait sous les applaudissements et les cris d'enthousiasme. Alors seulement j'ai pu recommencer à respirer, et sourire de soulagement. J'ai serré les mains du Président Choe, du réalisateur Jeong et de Jo Gwang-jo, pour les remercier de leur engagement total, et j'ai senti à quel point eux aussi avaient l'air bien plus sereins que deux heures plus tôt, juste avant qu'on ne lance la projection. Très peu de temps après j'avais autour de moi une meute de journalistes, et les flashs crépitaient.

*

Nuits blanches a occupé dès sa sortie et pendant cinq semaines le premier rang au box-office. Il a comptabilisé en tout 6,4 millions de spectateurs. Succès en salle, succès critique, tout le monde était content.

Par contre, du côté de Jeong Nam-hun, le cauchemar est devenu réalité. Son film *Crazy*, sorti juste deux semaines avant mon *Nuits blanches*, avait le handicap d'être sous la houlette du même distributeur. Comme il n'a pas rencontré beaucoup de succès durant la première semaine, le distributeur l'a déprogrammé d'un coup de nombreuses salles, auxquelles il confiait l'exploitation de *Nuits blanches*. Pire, même le peu de salles qui avaient maintenu *Crazy* à l'affiche le plaçait dans une programmation « saucissonnée », deux films alternant dans la même salle, véritable baiser de la mort. *Crazy* était ainsi devenu un film de plus en plus invisible dès sa deuxième semaine, et si, comme le dit la sagesse populaire, le titre, c'est l'homme, voilà pourquoi Jeong Nam-hun a fini par devenir comme son film, complètement *crazy*. Je ne m'en suis absolument pas mêlé, mais c'est un fait, ça s'est passé comme ça. À un moment nos courbes se sont croisées à cent quatre-vingts degrés, je me sentais désolé pour lui. J'ai un peu hésité à l'appeler pour lui remonter le moral, mais finalement je m'en suis abstenu.

HOLLYWOOD ENDING[1]

Je ne sais plus qui a dit ça. Mais le meilleur moment pour se marier, quand on est cinéaste, c'est quand on vient de finir un film et qu'on prépare le suivant. Comme ça, on peut avoir le maximum d'invités, ceux qui viennent à cause du film qu'on vient de faire, ceux qui viennent à cause du film qu'on va faire, et comme ça on ramasse le maximum d'enveloppes d'argent et de cadeaux de mariage. Et si le film qu'on vient de sortir a fait un malheur, je ne te raconte pas.

Je n'avais pas fait exprès de fixer notre date de mariage juste entre le succès de *Nuits blanches* et la préparation du *Grand Bandit*. C'était, pour Jang Bo-yun comme pour moi, nos secondes noces, et nous n'avions aucune raison de nous soucier de faire le plein d'invités. Nous ne voulions auprès de nous que des gens souhaitant sincèrement notre bonheur.

Mais au bout du compte il y eut bien plus d'invités que nous l'avions initialement escompté. Déjà, quand l'équipe de *Nuits blanches* au complet a débarqué, cela a provoqué une émeute tout autour de la salle de mariage. Des femmes d'âge mûr, qui se faisaient passer pour des amies de la mariée, se révélèrent être des groupies japonaises de Jo Gwang-jo. La supercherie fut

1. *Hollywood Ending* (2002), film et scénario de Woody Allen. Acteurs principaux : Woody Allen, Téa Leoni. Son 33ᵉ film. (*N.d.A.*)

dévoilée lorsque notre acteur pénétra dans la salle et qu'elles se mirent toutes à hurler en chœur son nom en japonais, « *Gwang-sama*[1] » ! Elles avaient pris l'avion juste pour assister à mon mariage, dans l'unique espoir de le voir en chair et en os. J'ai su plus tard que le fan-club japonais de Jo Gwang-jo s'était même cotisé pour laisser une grosse enveloppe d'argent en guise de cadeau pour notre mariage. Elles agitaient un message en coréen truffé de fautes : « Merki d'avoire donner à notre JO GWANG-JO un supair rôlle ! » Jo Gwang-jo était désolé d'avoir ainsi perturbé notre mariage. Mais je l'ai rassuré en le conduisant à sa place à table : « Mais non, voyons, c'est moi qui te remercie d'avoir bien voulu venir te joindre à nous, malgré ton emploi du temps de dingue. » Mon neveu, mon cousin, ma vieille tante, et même ma brave tantine paternelle, tout le monde voulait rencontrer le grand acteur, et je lui avais réservé une place d'où chacun pouvait l'admirer. On a vu débouler les comédiens qui étaient sur le casting du *Grand Bandit* accompagnés de leurs agents, et puis des invités surprises, comme le Président Pak, qui avait produit *Festival*, ou le Président Sin, celui qui ne m'a toujours pas payé ce qu'il me doit, il a fallu monter en hâte de nouvelles tables, l'équipe qui gérait la salle de mariage était débordée. Heureusement que nous l'avions organisé en plein air. La pelouse était suffisamment vaste pour qu'on puisse installer tout le monde.

C'était Bo-yun qui avait voulu un mariage en plein air. Je lui avais demandé ce qu'on ferait s'il se mettait à pleuvoir, ce à quoi elle m'avait rétorqué que « ça aussi, ça dépendait de la volonté du Ciel, non ? » – qu'est-ce que vous voulez répondre à ça ?

Bref, coup de chance, ce jour-là il a fait beau. La pelouse où la cérémonie s'est déroulée était un parterre de verdure que le soleil rendait aveuglant, et le ciel était d'un bleu si intense qu'on aurait cru qu'il allait nous pleuvoir sur la tête des gouttelettes de peinture bleue. Chaque brin de gazon se redressait pour

1. « Maître Gwang ».

saluer le doux soleil de printemps et les jaunes forsythias en bourgeonnaient précocement de joie. Les branches d'arbre ondulant au gré du vent organisaient la chorégraphie de leurs feuillages touffus qui encadraient la cérémonie. Le temps que nous préparions notre mariage, le printemps s'était approché à grandes enjambées et le ventre de Bo-yun s'était arrondi au point que l'événement s'annonçait aux yeux de tous.

— Cette fois, essaye de pas te planter !

Jeong Nam-hun m'a balancé ça en me serrant la main. Son costume qui étincelait sous le soleil m'avait l'air de sortir du meilleur faiseur. Il semblait remis de l'échec de son film. En fait, il en était bien temps, après plus de trois mois.

— Je t'envie. C'est génial de se marier deux fois !

Puis il s'est tourné vers sa femme, Bae Seong-mi.

— Ah oui, c'est vrai, toi aussi ça faisait deux. De nos jours, c'est la mode. Mais dis donc, du coup on n'est pas obligé de refourguer une enveloppe ?

Après sa peu plaisante plaisanterie, il a laissé Bae Seong-mi pour se diriger vers la table où se collectaient les dons. Elle m'a regardé.

— Tu as bonne mine.

— Oui ?... Toi aussi.

— Mes félicitations. Je te souhaite d'être heureux.

— Merci.

Elle m'a adressé un sourire léger. Mais dans ce sourire se devinait une tristesse insondable, et j'hésitais à savoir si ses félicitations et ses vœux de bonheur étaient vraiment sincères. Elle sortait de chez le coiffeur, avec une permanente bien ondulée, et n'avait pas trop forcé sur le maquillage. Elle était toujours aussi belle. Telle qu'elle était il y a huit ans. Lorsque je l'avais épousée, le ciel était aussi pur et limpide qu'aujourd'hui. Ce jour-là aussi j'avais reçu de nombreuses félicitations, et je rêvais du bonheur avec elle. Songeait-elle, elle aussi, comme moi, à ce passé révolu ?

Je n'avais pas pensé qu'elle pourrait venir assister à mon remariage. Je dois dire que personnellement je n'avais pas mis les pieds au sien avec Jeong Nam-hun. J'avais placé cela sur le compte de ma délicatesse envers ses parents et ses proches. Je me demandais bien ce qui l'avait poussée à venir ? Si elle tentait de me faire passer un message à travers l'expression insondable qu'elle donnait à son visage, non seulement il n'était guère déchiffrable, mais surtout je pensais que ce n'était ni le lieu ni l'instant. Déjà autour de moi les gens qui nous avaient connus ensemble commençaient à chuchoter en nous observant du coin de l'œil.

— Bon. Tu dois être débordé. Alors à plus tard.

Elle aussi avait senti le malaise qui s'installait, et s'est empressée d'aller rejoindre Jeong Nam-hun sur ces dernières paroles.

C'est à ce moment que le groupe Playtime a débarqué. Ils étaient chargés d'animer la noce. Nez-Percé, Crête-Rouge et le Chevelu avaient tous enfilé un smoking, ce qui ne masquait guère leur allure de loubards.

— Soyez les bienvenus. Ça vous va bien, le smoking...

Nez-Percé m'a donné une accolade avant que j'aie fini ma phrase et en a profité pour me murmurer à l'oreille :

— Monsieur, franchement, vous me plaisez toujours pas. Vous avez intérêt à être gentil avec elle. Parce que si vous la faites pleurer, ça va chier.

Et après m'avoir adressé un rictus assez antipathique, il a rejoint l'espace réservé à l'orchestre et a commencé à accorder sa guitare.

— Eh ben, mes félicitations !

Qu'est-ce qu'il fout là, l'inspecteur O ! Comment il a su ?

— Aujourd'hui, c'est uniquement comme membre de votre fan-club que je suis venu ! J'ai vu *Nuits blanches*. J'ai trouvé ça trop mortel ! C'est le *best of the year* !

Va savoir pourquoi, j'ai toujours l'impression que ce mec, quoi qu'il me dise, se fout de moi.

— Ah, cher Maître. Je suis désolé de vous parler de ça en un jour si heureux, mais vous savez que l'enquête n'est toujours pas bouclée ? Le livreur de journaux, ce n'est pas lui, le coupable. Lui, c'est juste un pauvre type qui s'est trouvé au mauvais endroit au mauvais moment. Mais ne vous inquiétez pas, je le trouverai, ne serait-ce que par égard pour votre épouse.

C'est pour me dire ça, qu'il est venu ? Alors là, quel emmerdeur, il commence vraiment à taper sur le système !

— Je ne vous envoie même pas d'invitation et vous prenez quand même la peine de vous déplacer, vraiment je vous remercie d'être là.

Mais j'aurais préféré n'avoir que des gens dont les félicitations soient sincères.

— Et voici la mariée !

Moi qui avais déjà fait mon entrée, j'ai pu admirer celle de Jang Bo-yun, qui s'avançait majestueusement en tenant à la main un bouquet. Nez-Percé nous a gratifiés d'une magnifique interprétation de la *Marche nuptiale*, tout en effets de trémolos. Bo-yun est venue vers moi en souriant. Le soleil caressant sa robe blanche la rendait éblouissante. Elle offrait à tous la vision de son ventre gentiment arrondi, mais je la trouvais toujours aussi belle, même ainsi. Elle qui ne portait que du noir, je ne savais pas que le blanc lui allait si bien. J'ai tendu la main pour saisir la sienne.

Mon épouse, sa robe, le temps, le cadre, la restauration. Tout était parfait. Que d'émotions me revenaient ! Depuis notre première rencontre jusqu'à aujourd'hui, le scénario était idéal. Avec son lot de crises surmontées et de difficultés aplanies, il comportait tous les ingrédients d'une intrigue réussie !

Enfin, à un détail près. Les zigotos de Playtime, censés animer la fête. Quand Nez-Percé en est arrivé au climax de la *Marche nuptiale*, il s'est enquillé sur une impro solo de son cru, pédale de distorsion à fond. Jang Bo-yun m'en avait en effet parlé. Elle m'avait dit que, pour son mariage, elle voulait entendre la *Marche nuptiale* interprétée à la guitare électrique par Nez-Percé. Qu'elle voulait une *Marche nuptiale* à la façon du *Star Spangled Banner* de Hendrix à Woodstock en 1969. Du coup, il s'est lancé dans un solo de malade, comme s'il était en plein concert, j'ai cru qu'il allait défoncer sa guitare et jeter les morceaux sur la noce. Nos invités, qui n'avaient probablement jamais assisté à ce genre de prestation qui leur cassait les tympans, faisaient la grimace, tandis que Jang Bo-yun bougeait en cadence sa tête surmontée d'une tiare pour accompagner le rythme.

*

Jang Bo-yun étant enceinte, nous n'avions pas choisi une destination trop lointaine pour notre voyage de noces. Nous sommes allés sur l'île de Ko Samui, en Thaïlande. Un endroit paradisiaque où la mer montait jusque dans la piscine privée de notre villa.

Jang Bo-yun s'amusait comme une gamine en se roulant dans les vagues aux teintes dorées, tandis que je somnolais allongé sur mon transat à l'abri d'un parasol. Elle m'appelait pour que je la rejoigne. Mais tandis que je vidais le fond de mon mojito où se diluaient des glaçons depuis longtemps fondus et que je m'apprêtais à me lever, mon téléphone s'était mis à sonner.

— Allô ?

En mode itinérance, l'écran n'affiche pas le nom de l'interlocuteur, je ne pouvais donc pas savoir qui m'appelait.

— Allô... ? Allô ?

Pas de réponse. Sauf au moment où j'allais couper.

— Maître, c'est moi...

Cette voix anémiée, loin à l'autre bout...

— C'est toi, Ji-yang.

— Vous allez bien ?

— Très bien, et toi ?

Je n'avais pas besoin de poser la question, je savais bien qu'il n'y avait aucune chance pour qu'elle aille bien. J'aurais aimé en profiter pour lui demander ce qu'elle avait fait du bébé, mais la question ne parvenait pas à franchir mes lèvres.

— Maître, je suis vraiment désolée pour la dernière fois...

Sa voix tremblait. Qu'est-ce que vous voulez que je lui dise ? Là-bas, Jang Bo-yun insiste, elle me fait signe de la rejoindre.

— Vous êtes où ?

Je ne savais pas quoi lui répondre. Sûrement pas que j'étais en voyage de noces. Elle ne devait même pas être au courant que je m'étais marié.

— Qu'est-ce qui t'arrive ?

— Vous me manquez... Maître...

Elle s'est alors mise à pleurer. Elle devait avoir retenu ses larmes jusque-là.

— Vous êtes où ? Vous ne pouvez pas passer me voir tout de suite ?

Elle semblait paniquée, comme si quelqu'un la traquait.

— Maître... Maître adoré...

Comme je ne répondais pas, elle a continué à répéter ça un moment.

— Ji-yang. Je t'interdis de m'appeler. Nous n'avons plus rien à nous dire.

— Comment ?

— Si tu veux quelque chose, tu n'as qu'à passer par Yeong-rak. Je ne peux pas continuer à te parler, je suis occupé, là.

— Maître, attendez ! Tout est de ma faute. Pardon...

Je l'ai coupée net. Ses sanglots hoquetants me tintaient encore dans les oreilles.

Est-ce que vieillir vous verrouille le cœur ? Vous barricade dans votre égoïsme ? Possible. Pour moi, une seule chose compte désormais : protéger mon bonheur au présent. Jang Bo-yun et le bébé qui vient passent avant tout le reste. Je ne peux pas mettre ce bonheur en danger. Je serai égoïste et sans cœur autant qu'il le faudra si c'est pour me débarrasser de ce qui nous menace.

J'ai plongé dans la mer. Nous avons joué comme des gosses à nous asperger l'un l'autre. La mer au crépuscule et les vagues se brisant dans une poussière dorée d'écume, où se découpent les silhouettes d'un homme et d'une femme. Tournée de loin au téléobjectif, avec un long panoramique sur la plage, cette scène ferait sans aucun doute un parfait *happy end* hollywoodien.

ENEMY[1]

Sitôt rentré du voyage de noces, je me suis replongé dans les affres du quotidien.

Le Grand Bandit, que je coproduisais avec le Président Choe, avait été confié au jeune réalisateur Jo Jin-man. Frais émoulu du département cinéma il n'avait encore jamais mis en scène de long métrage, mais le court qu'il avait réalisé en fin d'études s'était retrouvé bardé de prix dans les festivals, tant en Corée qu'à l'international, du coup on avait décidé de lui faire confiance. À vrai dire, j'espérais de tout mon cœur que Jeong Seung-ho accepterait de poursuivre l'aventure avec moi, mais il ne pouvait pas, m'avait-il expliqué, trop pris par le tournage de son prochain film. (Mais est-ce que c'est la vraie raison ou bien n'a-t-il pas aimé mon scénario ? Quand je lui ai envoyé *Nuits blanches* aussi, il avait un autre tournage prévu... Dommage, une prochaine fois, j'espère.)

Jo Jin-man n'est pas un grand expansif. Il vous dit ce qu'il a décidé et n'écoute pas les réponses. Du coup, j'ai de sérieuses discussions avec le Président Choe au sujet d'un éventuel changement de réalisateur, mais finalement on a décidé de lui laisser

1. *Enemy* (2013), film de Denis Villeneuve. Scénario de Javier Gullón, d'après *L'Autre comme moi* de José Saramago. Acteurs principaux : Jake Gyllenhaal, Mélanie Laurent, Sarah Gadon. (*N.d.A.*)

sa chance. L'argument suprême de Choe était qu'il sentait chez ce gamin « l'étoffe d'un génie » ! Merde alors. Génie de mon cul, oui. Renfermé, égoïste, incapable de vous regarder dans les yeux quand on a une conversation, c'est ça, les marques distinctives du génie ? Dans ce cas, n'importe quel asocial fera très bien le job, non ?

En tant que coproducteur, j'avais beaucoup de choses à gérer et j'étais plus fatigué que d'habitude. Si j'étais resté juste auteur, j'aurais pu me contenter de suivre la marche des opérations en passant apporter mes modestes encouragements. Là, je devais m'occuper non seulement du casting, mais aussi des budgets et des financements, je passais mes journées à jongler entre ma calculatrice et mes tableaux Excel. Si j'avais su, je n'aurais sûrement pas tant voulu mettre les pieds là-dedans. Mais bon, on a bouclé le budget du *Grand Bandit* et on a pu fixer le début du tournage pour le mois suivant.

— Allez, on va peut-être s'arrêter pour ce soir ? Ceux qui veulent vraiment continuer ailleurs les hostilités, ils peuvent aller faire leur deuxième round, mais moi, je rentre.

Ça faisait quatre heures qu'on picolait dans ce *room salon*. Je leur avais offert cette soirée pour fêter à la fois le triomphe de *Nuits blanches* et le bouclage du budget du *Grand Bandit*. Moi qui depuis je ne sais combien d'années, en tout cas plus de cinq ans, m'étais toujours trouvé du côté des invités qui devaient féliciter les autres et les remercier de leur avoir permis de participer à leurs joyeuses beuveries, pour une fois c'était moi la puissance invitante, et aussi cher que cette sauterie allait me coûter, j'étais d'une humeur charmante. De ce genre d'humeur qui devait être, je le supposais, la norme chez ceux qui se vautrent dans la réussite.

— Et notre jeune marié, il va bien nous accompagner pour le deuxième round, non ?

Le producteur No, qui ne faisait plus rien depuis qu'il avait cartonné avec un film d'horreur voilà trois ans de ça, m'invitait à les suivre, tout en pelotant la fille assise à côté de lui.

— Non, je dois rentrer. Ma femme a le ventre aussi haut que le mont Dobong[1].

— Réfléchis avant de causer. Parce que, au contraire, c'est justement ça, la raison pour laquelle tu dois absolument nous accompagner. Et je te dis ça en tant que père de deux gosses ! T'as besoin d'aller te défouler de temps en temps, comme ça après tu t'occupes mieux de ta femme.

Ça, c'était le réalisateur Choe qui s'en mêlait à son tour, le visage rubicond, lui qui avait débuté il y avait sept ans dans la profession, et qui avait en tout et pour tout commencé deux tournages interrompus avant la fin. Il tapotait machinalement la cuisse de sa voisine.

— Non, je vais payer, et je vous laisse.

Le producteur No et le réalisateur Choe ont de concert exprimé leurs regrets, « oh ben alors on continue pas ? », mais quand les filles ont commencé à mettre leurs manteaux pour sortir, ils se sont levés d'un coup comme s'ils venaient de se souvenir qu'ils avaient une chose urgente à faire.

Curieusement, aller boire de l'alcool dans un *room salon* et tripoter des filles, ça ne m'amuse plus autant qu'avant. Comme jusqu'alors j'avais toujours été invité, j'avais tenu à leur rendre la pareille, mais c'était sans doute la dernière fois. Je n'éprouvais plus la moindre envie ni d'être invité ni d'inviter. Qui aurait pu prédire que passé quarante ans tant de choses ne m'amuseraient plus, jusques et y compris les *room salons* ?

Le garçon est entré en m'apportant l'addition. Quatre millions quatre cent mille wons[2]. Merde. Qu'est-ce qu'ils ont picolé ! Ces enfoirés ne roulent pas sur l'or en ce moment, j'aurais aussi bien fait de leur filer une enveloppe d'un million de wons et qu'ils se démerdent sans moi, mais bon, trop tard. Pendant que je remâchais mes inutiles regrets, un mec s'est mis à bramer.

— Eh, toi, apporte encore des bières...

---

1. Au centre de Séoul, pas loin de trois cents mètres d'altitude.
2. Presque 4 000 euros.

C'était Jeong Nam-hun, écroulé dans le coin du canapé où il dormait, qui émergeait péniblement de sa torpeur. Ce bon à rien avait attaqué trop fort la soirée, s'envoyant bombe sur bombe[1], et il était hors service depuis deux bonnes heures. Même le boucan d'enfer des musiciens à qui on avait demandé de passer jouer pour nous n'avait pas suffi à le réveiller.

— Encore des bières, tu rigoles ! Comme si tu n'en avais pas assez bu comme ça. Ça suffit.

— Dis donc, tas de merde, tu te prends pour qui ? Si je te dis que j'ai soif ! Paie-moi à boire sans discutailler, fils de pute.

Pauvre connard de Jeong Nam-hun, encore abruti de sommeil après avoir ronflé des heures.

J'ai filé un billet au garçon, qui nous a apporté telle une flèche quatre nouvelles bouteilles de bière. Jeong Nam-hun a rempli deux pintes noyées de mousse et a versé dedans en vrac ce qu'il restait d'alcools forts sur la table. Il m'a tendu l'un des deux verres. Il a pris l'autre, puis a levé le bras comme pour trinquer avec moi.

— Allez, cul sec.

Je ne peux pas dire que l'idée m'ait réjoui, mais à voir l'expression toute de gravité concentrée de Jeong Nam-hun, je ne pouvais pas me dérober. On a trinqué, on a fait cul sec.

— Je viens de me vautrer deux fois de suite avec mes films, alors je vais te dire, l'alcool, même gratuit, je lui trouve un sale goût d'amertume.

Son nouveau film était sorti quinze jours avant et avait connu un bide aussi retentissant que celui de *Crazy*. Il avait courageusement voulu remonter tout de suite au créneau en se lançant dans la production, mais après deux gamelles successives, il avait beaucoup maigri, et la peau de son visage commençait à tourner au grisâtre.

— C'est comme ça, notre boulot, non ? Un coup ça marche, un coup ça marche pas.

---

1. Vous laissez votre petit verre d'alcool fort glisser directement dans votre pinte de bière, effet garanti.

— Eh, la ferme, môssieur le Nouveau Producteur, ça roule tranquille, pour toi !

Avec un rictus d'autodérision, il s'est servi un verre d'alcool fort et se l'est envoyé cul sec. Comme s'il n'avait même plus le courage de le mélanger à la bière.

— En plus, Bae Seong-mi me fait chier. Bordel, c'est la totale.

À peine son verre vidé, aussitôt il l'a déjà rempli. Je ne connais que trop Bae Seong-mi, je suis même celui qui la connaît le mieux. Elle n'est pas du genre à vous soutenir et à vous encourager quand vous êtes en train de vous effondrer.

— Bois plus lentement.

Il m'a regardé du coin de l'œil en m'adressant un petit sourire. Avec ses yeux tout rouges, il me faisait un effet bizarre.

— Toi par contre, dis donc, en ce moment t'as une de ces plumes ! Comment t'as fait pour sortir deux scénarios pareils coup sur coup ? Tout ça en étant pris par la préparation de ton mariage ?

— En ce moment, j'ai un bon feeling.

— Eh, moi, je te connais. T'es incapable d'écrire aussi vite. Tu prends ton putain de temps pour te plonger dans tes putains de réflexions qui n'en finissent pas. Je suis quand même le mieux placé pour le savoir, vu le nombre de trucs qu'on a écrits ensemble. Sans compter qu'à partir de *Nuits blanches,* on reconnaît absolument plus ta patte. On dirait que ça a pas été fait par la même personne.

En disant ça, il me fixait droit dans les yeux, comme s'il voulait chercher la bagarre. Tout à coup l'idée m'a traversé l'esprit. Que s'il avait accepté l'invitation ce soir, c'était pour entrer dans le dur. Et que s'il avait joué les pochetrons déglingués, c'était juste pour donner le change en attendant qu'on puisse se retrouver en tête à tête.

— Oui ? Et tu veux dire quoi, par là ?

Il a préparé deux nouvelles bombes en reversant de l'alcool dans nos deux verres préalablement rechargés en bière. J'ai eu soudain très soif et je me suis envoyé cul sec la pinte qu'il m'avait tendue. Il a repris le fil de son discours.

— Il n'y a pas longtemps, à la fac, je suis tombé sur le recueil de fin d'année de nos étudiants. Tu sais, à chaque promo, on imprime leur boulot final. J'ai eu envie de regarder ce qu'avait bien pu nous pondre Kim Yeong-hoe. Il n'y a rien de mal à être curieux, n'est-ce pas ? Je me demandais juste ce qu'il avait écrit sous ta tutelle, quoi. Eh bien, figure-toi qu'il n'y a rien. On trouve les travaux de tous tes autres étudiants, mais pas les siens.

— C'est normal, puisqu'il a abandonné en cours d'année.

— Je sais, je sais. Il est même mort avant d'avoir pu finir ses études. Mais il a forcément déposé quelque part son projet de fin d'études, non ?

J'essayais de rester impassible.

— Et tu sais quoi, parmi mes étudiants, j'ai ton ancien délégué de classe, celui de ta dernière année. Un peu par hasard, je me suis retrouvé à discuter avec lui de choses et d'autres, de ton enseignement, de tout ça, et puis, au fil de la conversation, il m'a raconté ce qui s'était passé le jour de ton dernier cours. Il se souvenait très bien que, lorsqu'il a ramassé tous les projets de fin d'études des étudiants, il y en avait bien un de Kim Yeong-hoe. Et il m'a dit aussi qu'un peu plus tard tu avais demandé à ton assistant de te donner ses coordonnées. Au début, c'était juste de la simple curiosité, mais maintenant, je te jure, je brûle d'envie de le lire, le projet de Kim Yeong-hoe.

Il a vrillé un regard sur moi qui, s'il avait été un poinçon, m'aurait perforé le crâne. J'ai laissé passer un moment, puis j'ai éclaté de rire.

— Eh ben, décidément, t'es vraiment le plus fort ! T'as tellement peur qu'on te soupçonne d'être un scénariste nul qu'il faut que tu te mettes à inventer de vrais romans policiers ! Alors, c'est quoi, le pitch ? Qu'est devenu le script disparu ? Tu veux montrer que je m'en suis servi pour le plagier ? Mais c'est lequel ? *Nuits blanches* ? Ou *Le Grand Bandit* qui va se tourner ? Les deux, peut-être, tant que tu y es ?

J'essayais d'anticiper les coups.

— Son boulot de fin d'année n'était pas mal. Plutôt bien écrit. Si tu es si curieux, je vais regarder dans mon bureau, voir si je l'ai gardé. Je t'appellerai si je le retrouve. Je me demande bien ce que tu veux en faire.

Il a encore gardé un moment sur la figure son air soupçonneux avant de se relâcher.

— Bordel, excuse-moi, tout va de travers en ce moment, je raconte n'importe quoi. Si je pouvais me choper un bon texte à plagier, je te jure que je le ferais... Quelle merde...

Il a éclusé sa bombe et a repris ses jérémiades en s'essuyant d'une main les commissures des lèvres.

— T'es bien tombé, avec Bo-yun. C'est ta muse, et une sacrée muse. C'est pour ça tu t'es mis à bien écrire et à remporter du succès, tu comprends ?

Il bavait, peut-être d'envie.

— Attends, t'as besoin d'une muse, là ? Tu veux que je te présente ma femme, c'est ça ?

— Ah ouais ! Je blague pas, rien qu'une fois, échangeons nos épouses. Seong-mi, elle sera pas dure à convaincre. Et toi tu te charges de ta femme ? Chiche ?

— Crétin. Tu veux que je te le fasse bouffer ?

Je lui agitais sous le nez mon poing bien serré, comme une grosse pomme de terre, et ça l'a fait rigoler.

Tous les deux on est encore restés une bonne heure à picoler, à bavasser et à nous balancer des insultes obscènes. Comme du temps où on bossait ensemble, à dix ans de là, quand nous allions boire ensemble et nous ouvrir nos cœurs.

*

Quelques jours plus tard, le professeur Pak, du département scénario, m'a téléphoné. Il m'a appris que pour raisons personnelles Jeong Nam-hun ne serait pas en mesure de continuer à assurer ses cours et m'a demandé s'il me serait possible de récupérer mes classes au semestre prochain. « Pour raisons personnelles », ça me ferait mal. Je ne crois vraiment pas qu'il ait pu décider de lui-même de renoncer à ses cours. Je suis certain que Pak lui a fait le même coup qu'à moi l'an dernier, et l'a poussé à démissionner au lieu de le virer. Je n'y suis pour rien. Le capitalisme est ainsi fait que la main invisible du marché manipule tout, jusqu'à la distribution des postes de chargé de cours à l'université. Je lui ai répondu que j'acceptais. Au fond, j'aurais préféré que Jeong Nam-hun continue, mais si je refusais l'offre, de toute manière il n'aurait pas conservé sa place pour autant.

Et puis j'avais une autre raison. Je devais à tout prix rompre les liens qui auraient pu mener Jeong Nam-hun sur la piste de Kim Yeong-hoe. Si l'autre crétin ne m'avait pas déballé son sac d'embrouilles au *room salon*, j'aurais probablement encouragé le professeur Pak à limiter le *turn-over* dans son département. « C'est vrai, pourquoi tout le temps changer, vous savez, un enseignant comme Jeong Nam-hun, c'est un spécimen rare ! »

GROWING UP[1]

Vers 10 h 30 du matin, Bae Seong-mi m'a téléphoné. C'était inattendu. Depuis qu'elle était remariée avec Jeong Nam-hun, il nous était arrivé de nous voir à trois, mais c'était la première fois qu'elle m'appelait. Elle était de passage près de ma société de production et m'a demandé si j'avais du temps, alors je lui ai proposé que nous déjeunions ensemble. Après avoir raccroché, j'ai un peu regretté mon initiative. Ils ne s'entendaient pas bien, à ce qu'il semblait, et je n'étais pas certain que ce soit une très bonne idée de nous voir tous les deux. Bon, juste le temps d'un repas, ça devrait bien se passer. Après tout, ce n'est pas un rendez-vous dans un bar tamisé. Mais qu'est-ce qui lui prend, de vouloir soudain me voir ? Elle qui ne m'a jamais rappelé après notre divorce. L'autre con ne lui a quand même pas parlé de son histoire d'échanges de femme ! Ça m'a fait sourire tout seul, cette idée de vieux libidineux.

Trois heures plus tard, j'avais signé le contrat d'assurance tous risques que Bae Seong-mi m'avait tendu. Nous avions déjeuné d'un riz à l'orge dans un restaurant traditionnel, après quoi nous nous étions dirigés vers un café. Une fois le café servi,

1. *Growing Up, Juke Box* (*Eskimo Limon, Going All the Way,* 1978) est un film israélien réalisé par Boaz Davidson. Scénario de Boaz Davidson et Eli Tavor. Acteurs : Yftach Katzur, Anat Atzmon. C'est l'initiateur de la comédie sexy d'adolescents. (*N.d.A.*)

elle a abordé le sujet en hésitant. Étant donné que j'étais remarié et que j'allais avoir un enfant, alors elle se demandait s'il ne serait pas prudent pour moi de contracter une assurance. En l'écoutant, je me sentais vraiment peiné pour elle. Que pouvais-je dire à cette pauvre femme venue rencontrer son ancien mari juste pour lui fourguer une assurance ? Surmontant sa gêne, elle a commencé à m'expliquer les tenants et les aboutissants du contrat. Une fois qu'elle a eu terminé, j'ai juste approuvé. « Ça m'a l'air parfait. Et puis ça tombe bien. Justement je voulais m'en occuper. » J'ai choisi des mensualités assez élevées. Une fois que j'ai fini d'apposer ma signature en bas des documents, elle m'a dit :

— Désolée. Et merci.

— Mais non, voyons ! C'était juste pile ce qu'il me fallait. Et puis, ces histoires d'assurance, c'est toujours mieux de faire ça avec des gens qu'on connaît, on sait qu'on peut être en confiance.

Elle a baissé les yeux avec un sourire gêné.

— Depuis quand tu travailles dans les assurances ?

— Depuis que Nam-hun s'occupe de production de films. Je m'ennuyais un peu, toute seule à la maison.

— Tu as bien fait.

J'ai parfaitement compris. Vu la gamelle que s'étaient ramassée les deux films de son mari, elle s'était retrouvée obligée de subvenir aux besoins du ménage et de bosser dur pour s'en sortir.

— Alors, et ce mariage ? Tu es content ?

Elle m'a demandé ça, mine de rien.

— Oui. J'ai fait gaffe, j'avais déjà commis une assez grosse boulette comme ça, le premier coup.

Ma blague l'a fait rire. Ça m'a fait plaisir de la voir se détendre et retrouver son rire perlé.

— Qu'est-ce que tu fais, après le travail ?

Elle ne souriait plus quand elle m'a demandé ça. Elle me regardait en prenant un air tout ce qu'il y avait d'innocent, mais je devinais la coquetterie à l'œuvre. Il y a dix ans elle m'avait eu comme ça, et cinq ans après c'était Jeong Nam-hun.

— Pourquoi ?

— On pourrait aller boire chez Jour d'Arbre ?

Jour d'Arbre, c'était le bar où on allait souvent descendre des verres quand on était ensemble.

— Et Nam-hun ?

— Il est sur un tournage en province, il sera absent plusieurs jours.

Je connaissais bien cet air de ne pas y toucher.

— Tu fais quoi, là, tu me dragues ?

Elle ne m'a pas répondu, sinon en me lançant un regard appuyé. J'ai senti d'un coup mon bas-ventre s'échauffer, cette partie de moi qui avait si peu servi depuis que Jang Bo-yun était tombée enceinte. Ses exceptionnelles qualités de fellatrice me sont soudain revenues en mémoire. Depuis notre séparation, je n'avais plus jamais rencontré de femme aussi experte qu'elle en cet art délicat. Bo-yun, certes, me satisfaisait tout à fait, mais je dois reconnaître qu'elle avait quelques lacunes dans ce domaine. Le message que me lançait ce regard était sans ambiguïté. Aujourd'hui, tu vas revivre tes souvenirs, et comment.

— Tu me gâtes, c'est trop, juste pour une signature de contrat d'assurance.

Elle a ri, cette fois en se masquant la bouche.

— Je t'appelle à l'heure de sortie des bureaux.

On s'est quittés devant le café. Je l'ai regardée s'éloigner. À un moment elle a tourné la tête et m'a fait un petit signe de la main. Je lui ai souri, en la saluant de la main à mon tour.

J'étais au regret de devoir expliquer à mon bas-ventre, qui se croyait déjà de retour aux affaires après sa franche érection, que non, je ne la reverrais pas après mon travail. Certainement pas à cause de la moindre loyauté envers ce gros connard de Jeong Nam-hun (c'est vrai, quoi, non mais sans blague, qui est-ce qui avait brisé le premier notre pacte ?), encore moins à cause d'un hypothétique manque d'attirance envers Bae Seong-mi (qui m'avait sacrément fait bander tout à l'heure, si vous voyez de quoi je parle).

Depuis que j'avais rencontré Jang Bo-yun, je n'avais plus touché une seule autre femme. Moi qui avais toujours pensé que refuser de passer la nuit avec une femme qui vous le proposait était une grave entorse au code des bonnes manières, je trouvais que j'avais drôlement changé. En réalité, je finissais par avoir l'impression de mener désormais une vie tout ce qu'il y a de « rangée moralement », y compris sur le plan des relations sexuelles. Je ne crachais plus par terre, je ne jetais même plus mes mégots dans la rue. Pire, ceux qui se conduisaient comme ça me choquaient et je me retrouvais à les stigmatiser intérieurement. J'ai eu un rire désabusé. Est-ce que je n'étais pas en train d'atteindre l'âge adulte ? Cet âge où l'on peut prendre des décisions sans s'en référer d'abord à l'avis de son pénis ?

L'HOMME SANS OMBRE[1]

Comme n'importe quel futur papa, je me suis appliqué à préparer au mieux le rôle que j'aurais à tenir aux côtés de Bo-yun lors de l'accouchement. Bien entendu, je lui ai massé les mains et les pieds, j'ai fait la cuisine et la vaisselle, et j'ai suivi avec elle les cours de yoga enseignant les techniques que doit acquérir toute bonne parturiente. Pour moi qui avais jusque-là vécu ma vie en free-lance à tendance hippie, j'étais en train de découvrir ce que pouvait bien être ce qu'on appelait « la vie ordinaire d'un homme marié ». Et je me suis rendu compte, au plus profond de moi, que cette vie banale est largement aussi éreintante que la vie de bohème d'un créateur. Si on me demandait aujourd'hui de choisir entre « vie d'artiste » et « vie de père de famille », je choisirais encore, sans aucune hésitation, la première.

Plus la date de l'accouchement approchait, plus Jang Bo-yun sombrait dans la dépression. Lorsqu'elle parlait de l'enfant qui allait arriver dans notre monde, elle semblait la plus heureuse des femmes, mais dès qu'elle voyait sa silhouette complètement déformée et les vergetures qui lui labouraient l'abdomen, elle ne se supportait pas, et l'interdiction formelle de boire de l'alcool,

---

1. *Hollow Man*, film de Paul Verhoeven (2000). Scénario d'Andrew W. Marlowe. Acteurs principaux : Kevin Bacon, Elisabeth Shue. (*N.d.A.*)

de fumer des cigarettes et de consommer du café ne faisait qu'accroître son exaspération.

Elle a vraiment craqué à deux semaines de la date prévue, un jour où j'étais rentré à la maison les bras chargés de bonnes choses qu'elle avait eu envie de manger.

— Bo-yun, je t'ai acheté des pamplemousses. J'ai dû chercher longtemps, ils ne sont pas faciles à trouver.

Je parlais fort exprès, mais pas de réponse. Je suis rentré dans le salon, personne. En temps normal, elle serait venue de sa démarche alourdie dès qu'elle aurait entendu la porte d'entrée et se serait ruée sur les sacs plastique pour en extirper les gâteries qu'elle attendait, mais là, ce jour-là, rien.

— Bo-yun... Bo-yun ?

Serait-elle sortie ? En déposant mes sacs plastiques j'ai regardé autour de moi, avant de la découvrir enfin, assise à la table de la cuisine. Elle tenait à la main un verre de whisky on the rocks ; devant elle trônait une bouteille de Johnny Walker Blue.

— Mais enfin, qu'est-ce qui te prend ? Tu es folle ? Tu vas accoucher dans quelques jours !

Je me suis jeté sur elle et lui ai arraché son verre.

— C'est à cause de toi si je suis dans cet état, comment as-tu pu faire une chose pareille ?

Elle m'a dit ça en me lançant un regard glaçant. J'ai senti que nous étions passés bien au-delà des simples crises d'hystérie qui ponctuaient sa grossesse.

— Mais enfin, bon Dieu, quelle chose, de quoi tu parles ?

— Le film que tu es en train de tourner... Je suis tombé sur le scénario... Je l'ai lu, j'avais rien d'autre à faire en t'attendant...

Tout à coup j'ai vu le scénario du *Grand Bandit*, posé derrière la bouteille de whisky. Et je me suis souvenu de la crise dans laquelle l'avait plongée la lecture nocturne d'*Andante Cantabile*.

— Ah oui... *Le Grand Bandit*. Et, euh, ça t'a plu ?

— Et ce coup-ci, comment t'as pu savoir tout ça ?

Je ne comprenais pas bien le sens de sa question, que je tournais et retournais dans ma tête désespérément, et qui a de nouveau fusé.

— Comment t'as fait, pour savoir ça, encore une fois ? Cette histoire, il n'y avait que Yeong-hoe et moi qui la connaissions !

Merde ! *Le Grand Bandit* était le décalque de *Largo,* et ce crétin avait encore laissé des traces de leur histoire cachées à l'intérieur. Du genre de la demande en mariage « With or without you » dans *Andante Cantabile.* Quel imbécile je faisais ! Pourquoi je ne m'étais pas méfié de ça ?

— La fille furieuse qui pète le rétroviseur extérieur de la voiture à coups de botte ? Le baiser de réconciliation en mangeant du tofu à la sortie du commissariat ? Le mec qui balance contre un mur le gâteau à la mousse de fraise qu'il avait préparé parce qu'il le trouvait raté ? D'où est-ce que tu as sorti tout ça, pour le mettre dans ton texte ? Ces histoires, elles n'étaient qu'à nous deux, Yeong-hoe et moi, il n'y avait que nous qui les connaissions ! Et le pire de tout, c'est que tu as écrit *Le Grand Bandit* après sa mort, vrai ou faux ?

En cherchant de toutes mes forces ce que j'allais bien pouvoir inventer à présent, j'ai tenté de gagner du temps en faisant diversion.

— Voyons, ma chérie... Calme-toi. Ce n'est pas bon pour le bébé, de s'énerver comme ça.

Mais quand j'ai voulu caresser son ventre arrondi, elle m'a frappé sur la main pour me l'interdire.

— Casse-toi. Ce bébé, ce n'est même pas le tien.

Comment cela, ce n'est pas mon bébé ? Qu'est-ce que tu racontes ? Comment oses-tu dire ça, tu n'as pas vu tout le mal que je me donne et tout ce que j'ai fait pour lui jusqu'à présent ? Cet enfant, c'est le mien ! Celui dont je veux m'occuper et dont je serai responsable jusqu'à la fin de mes jours !

Ces mots tourbillonnaient dans ma tête mais ne parvenaient pas à franchir mes lèvres, et je suis resté comme ça, sans réussir à lui dire un mot. Les yeux de Jang Bo-yun reflétaient un soupçon terrible, un soupçon qu'elle sentait se confirmer de plus en plus et qui la conduisait sur la voie du mépris.

— Écoute, je te l'ai déjà expliqué, avec Yeong-hoe, on a parlé de beaucoup de choses, même des histoires intimes. Tu sais, entre créateurs, c'est normal de dévoiler sa vie personnelle... Je pense que c'est durant ces discussions que j'ai commencé à éprouver un petit quelque chose pour toi, même si je ne te connaissais pas encore... Désolé, j'ai fait un amalgame idiot entre mes sentiments et les souvenirs que m'avait racontés Yeong-hoe, je me les suis accaparés. J'ai fait comme si c'étaient mes propres souvenirs. Je n'aurais pas dû, pardon.

J'essayais d'adopter l'air le plus sincère possible, je lui parlais sur le ton du type honnête horriblement désolé de ce malentendu. La règle, quand vous mentez, c'est de ne jamais fuir le regard de la personne à qui vous mentez. Je la regardais comme jamais. Elle aussi me regardait, mais c'était plutôt pour essayer de démêler le vrai du faux dans ce que je racontais. De grosses larmes tremblaient au bout de ses cils, puis finalement la sentence est tombée.

— Je ne sais pas. La relation que vous aviez, Yeong-hoe et toi... Je n'arrive pas à la comprendre. Vous couchiez ensemble ou quoi ? Le Yeong-hoe que j'ai connu... ce n'était certainement pas son genre de raconter sa vie comme ça. Je ne sais pas, il y a quelque chose qui m'échappe, vraiment.

Elle a repoussé mes mains qui tentaient de la consoler, avant de disparaître dans la chambre.

*

J'éprouvais beaucoup de difficultés à supporter cette situation oppressante, je ne parvenais pas à me sentir rassuré. Elle se comportait envers moi d'une manière « différente ». Si vous me demandiez en quoi consistait cette « différence », je serais bien en peine de vous répondre concrètement. Comment dire ça ? « Une légère variation de degrés dans l'atmosphère qui circulait entre elle et moi » ?

Vous vous dites que j'ai le cuir assez dur pour résister ? Que j'avais déjà fort bien surmonté la crise provoquée par *Andante Cantabile* ? Et puis qu'après tout, entre les hommes et les femmes, c'est comme ça que ça se passe, il peut arriver qu'on s'engueule et que le thermomètre amoureux descende à des froids polaires, non ? J'espère vraiment que c'est le cas. J'espère que je ne vais pas me retrouver dans la situation du voleur tellement inquiet que l'on découvre son forfait qu'il finit par se dénoncer tout seul.

Histoire d'aggraver mes inquiétudes et mon état d'anxiété, il a fallu que quelqu'un d'autre vienne mettre le feu aux poudres, en la personne de Jo Jin-man, le jeune réalisateur chargé du *Grand Bandit*. Enfin, réalisateur, c'est un bien grand mot. Bon Dieu, pourquoi n'écoute-t-on jamais ses mauvais pressentiments ?

Je crois qu'il se prend pour Stanley Kubrick[1]. Qu'il arrête le tournage chaque fois que la météo a le malheur de ne pas lui convenir, ça, encore, c'est vraiment de la broutille. Pour tourner le moindre plan, il ne lui faut pas moins de dix prises. Mais sans jamais donner d'indications différentes. Il se contente de rester vautré dans son fauteuil marqué « réalisateur » et de beugler « on la refait ». Lorsqu'il a besoin d'avoir plusieurs angles pour une scène, il la tourne dans son intégralité, du début à la fin, sans couper. Ensuite il change d'angle et il recommence, ça nous fait pour la même scène des plans séquence d'une durée de deux ou trois minutes à chaque fois. Non pas que je pleure ce qu'on appelait les « coûts de pellicule[2] », mais les acteurs n'en peuvent plus, le tournage traîne en longueur, l'efficacité s'en ressent, c'est quand même un souci. Notre équipe, qu'enthousiasmait au départ l'idée de travailler avec un petit génie, a vite déchanté et s'est de plus en plus détournée de lui, au point que la phrase

1. Stanley Kubrick est réputé pour son perfectionnisme : on dit que pour *Shining* il aurait refait une scène 148 fois. *Orange mécanique*, *Barry Lyndon*, *Shining*. (*N.d.A.*)
2. Aujourd'hui on n'utilise plus de pellicule, tout est numérique ; l'expression « coûts de pellicule » désigne globalement les frais de production. (*N.d.A.*)

« si c'est ça, être réalisateur, moi je m'y mets demain matin » est devenue la scie à la mode sur le plateau. Par rapport au planning nous en étions à la huitième séquence sur quarante-huit, soit un sixième seulement en boîte, alors que nous avions déjà claqué la moitié du budget prévu.

Lorsque le chargé de production m'a passé un coup de fil pour m'informer que le tournage était arrêté depuis trois heures parce que la machine à expresso était tombée en panne, le Président Choe et moi avons de concert piqué un coup de sang, sauté dans une voiture, et pris la direction du plateau de tournage situé à Yangsuri[1].

— Quel connard ! Tu avais raison, Seo. Un petit génie, mon cul. Un malade, oui, un psychotique ! Dès le deuxième jour, quand il a refusé de tourner parce qu'il ne faisait pas assez chaud, j'aurais dû le virer à coups de pompe dans le cul !

Tout le temps du trajet et jusqu'à ce qu'on arrive sur le plateau, il n'a pas arrêté de traiter Jo Jin-man de tous les noms d'oiseaux. Je ne l'avais jamais vu dans cet état de fureur. J'étais moi aussi à bout de nerfs, mais quand j'ai vu à quel point il était prêt à exploser, je me suis dit qu'il valait mieux que l'un de nous deux fasse un peu montre de calme et de circonspection.

En arrivant, on a trouvé les membres de l'équipe en train de prendre des bains de soleil et de fumer des cigarettes.

— Il est où, le réalisateur ?

Le premier assistant m'a répondu.

— À l'intérieur. Quel bon vent vous amène ? La machine à café a l'air de remarcher.

J'ai ouvert la porte de fer pour pénétrer sur le plateau, suivi du Président Choe. Dans un coin, le réalisateur Jo vautré dans son fauteuil directorial était en train de humer la bonne odeur d'expresso dont la vapeur s'élevait de la tasse qu'il tenait à la main. Lorsque j'ai vu Jo Jin-man arborer l'expression de satisfaction que ne pourraient pas mieux imiter des stars comme

1. À une trentaine de kilomètres de Séoul.

Gong Yu ou Won Bin s'ils tournaient des pubs pour une marque de café, j'ai senti que j'allais exploser. Que ce soit raisonnable ou pas, j'étais prêt à tout foutre en l'air aujourd'hui même, mais c'est le Président Choe qui a lancé la première salve, poussant un hurlement à faire vaciller les poutrelles du plateau.

— Dis donc, l'espèce de réalisateur ! Viens ici !

Tout le monde s'est retourné vers nous. À voir leurs expressions, la moitié craignait que ça explose, et l'autre moitié espérait que ça explose.

Le premier assistant réalisateur est arrivé en courant.

— Vous m'avez appelé ?

Toujours égal à lui-même, avec sa bonne bouille sympathique. Mais pourquoi c'est lui qui arrive en courant ? Il croit vraiment qu'on l'a appelé ? Ou il pense que ça vaut mieux que ce soit lui qui arrive au galop ? Vu son air, je parie sur la seconde hypothèse. D'accord, je peux pas t'en vouloir. Tu te débats avec un planning impossible et tu ne voudrais pas qu'on fasse encore sauter une séance de travail. Ben oui, brave assistant réalisateur, mais là, aujourd'hui, désolé mais ça ne va pas le faire.

— On n'a pas sonné l'assistant réalisateur, c'est au réalisateur tout court qu'on a affaire. Alors dites-moi, cher ami, si vous retourniez vaquer à vos occupations ?

Ce n'était certes pas le moment de rire, mais j'ai entendu ici et là fuser quelques gloussements.

— Approchez, je vais vous faire préparer un café. Je viens d'en prendre un, il est délicieux, j'adore. C'est pour ça qu'il était prioritaire de réparer au plus vite cette machine.

Jo Jin-man ne se départait jamais de ce petit ton ironique. Il n'avait pas une voix très puissante, mais savait se faire entendre de toute l'équipe. Non mais regardez-moi un peu cette tête à claques ! Lorsqu'il a commencé à nous fixer alternativement dans les yeux, j'ai senti qu'il allait en prendre plein sa petite gueule.

— Ah, monsieur adore le café, et ben je vais t'en faire boire, moi, du café, une pleine bassine, bouillante, et cul sec ! Et alors, l'intendance, vous branlez quoi ? Apportez-moi une bouilloire !

Et toi, viens là, que je t'ouvre le gosier en grand ! Hein ! Que je puisse te gaver de café !

Le Président Choe avait la figure écarlate, il approchait à grands pas de Jo Jin Man en hurlant.

— Ho, ho, ho... En voilà de bien vilaines manières, et en plus devant mon équipe... Ah, elle a la classe, la prestigieuse maison de production de deuxième zone...

Jo Jin-man s'est murmuré ça pour lui-même tout en continuant à siroter son café.

— Qu'est-ce qu'il a dit, ce con ? De deuxième zone ! Ose un peu répéter ça pour voir ! Hein ? Non mais regardez-moi cette sous-merde, je m'en vais vous le... Aaaargh !

Au moment où le Président Choe allait se jeter sur Jo Jin-man pour le frapper, tous les membres du staff se sont rués en même temps sur lui pour l'empêcher de cogner. Et c'étaient des « Voyons, Président... Qu'est-ce que vous alliez faire... Calmez-vous donc... » à n'en plus finir, tandis qu'ils l'entraînaient hors du plateau pour qu'il se ressaisisse. Jusqu'à sa sortie, on entendait retentir les insultes qui fusaient, le Président Choe assignant au choix la gestation du réalisateur Jo à une chienne, à une truie, etc.

On aurait dit qu'un souffle de tempête venait de tout emporter sur le plateau de tournage. De l'irruption du Président à sa sortie en compagnie du staff, on aurait cru assister à une chorégraphie savamment réglée et longuement répétée. Ce vieux serpent de Choe n'aurait-il pas joué cette comédie dans le seul but de me laisser me retrouver tout seul en première ligne ? Toujours est-il qu'en l'occurrence il ne restait plus au centre de la scène que nous deux, Jo Jin-man et moi, face au public qui nous entourait.

— Franchement, Jin-man, tu te crois au Starbucks ou quoi ? Si on te file un studio de tournage, c'est pour y tourner ton film, non ? Mais avec toi, si la machine à café tombe en panne, tout le tournage s'arrête, j'ai bien suivi ?

Jo Jin-man a renversé la tête en arrière pour finir d'un trait son expresso.

— Écoutez, Président Seo. Sur le plateau, j'apprécierais que vous m'appeliez Directeur Jo.

Ah, le sale petit connard, c'était pas lui, quand je l'avais invité dans un *room salon* et qu'on chantait ensemble bras dessus bras dessous, qui m'avait dit la larme à l'œil que désormais entre nous c'était à la vie à la mort, et qu'on allait s'appeler petit frère et grand frère ? C'était pas ce même petit merdeux qui m'avait juré des trémolos dans la voix que ce film serait son testament face à la postérité, et que pour le tourner il était prêt à mettre en jeu sa peau !

— Bon, allez, amende honorable, aujourd'hui mon grand frère est venu me rendre visite sur le tournage, alors, à boire ! Assistant ! C'est terminé ! J'arrête tout ! *Barasi*[1] !

Jo Jin-man a gueulé ça le plus fort possible pour que ça résonne bien dans l'espace, histoire de me narguer davantage.

Il a en effet arrêté de tourner, mais heureusement cela n'a pas été jusqu'à faire capoter le projet. Le Président Choe et l'attaché de production avaient été recueillir les doléances du staff, qui était furieux et ne supportait plus les incartades du réalisateur, et ils avaient épousé leur cause. Moi, de mon côté, j'étais sorti pour engager le deuxième round avec Jo Jin-man. Ma mission, sacrément vitale, consistait à le ramener sur le plateau de tournage.

Dehors, il tombait des flocons mouillés. Le contexte ne s'y prêtait certes pas, mais je n'ai pu m'empêcher de me dire qu'Iwai Shunji[2] aurait adoré cette atmosphère lyrique de neige fondue.

— Président ! Vous savez bien que cette histoire d'expresso n'est qu'un prétexte, juste un prétexte ! C'est la partie émergée de l'iceberg ! Pensez-vous que je sois assez fou pour saboter le tournage juste parce que je n'ai pas mon café ? Ces enfoirés de la

1. Mot japonais signifiant « dissolution », « destruction ». Dans le vocabulaire du cinéma, il annonce la fin d'un tournage. (*N.d.A.*)
2. Réalisateur japonais réputé pour sa vive sensibilité, pour la beauté de ses images et son usage de la lumière naturelle. *Love Letter*, 1995. (*N.d.A.*)

production, il faut les virer. Devant moi ils disent oui à tout, et dès qu'ils ont le dos tourné rien ne suit. À quoi ça sert de s'être décarcassé à définir dans le script tout ce dont on a besoin, jusqu'au nombre de figurants par jour et de prises de courant pour la logistique infographique ? J'arrive sur le plateau, et là le chargé de production m'annonce que tout est changé, m'affirmant que c'est décidé en accord avec les financeurs, c'est insensé !

— Dis donc, Directeur Jo, toi non plus tu ne tiens pas ta parole. Si le producteur est obligé de se conduire comme ça, c'est parce que tu as multiplié inconsidérément le nombre de prises prévues et explosé le budget prévisionnel, c'est pas par caprice ! Évidemment, si tu étais Bong Jun-ho ou Kim Jee-woon[1], ce serait sans doute une autre chanson. Et encore, eux ne se permettraient pas le quart de ce que tu oses ! Si tu crois que c'est comme ça que tu vas te faire un nom dans le milieu, je te prie de croire que t'es mal barré. Parce que ta réputation, elle est déjà faite : celle d'être un taré, tu le sais, ou pas ?

Lui, ça l'a fait rigoler.

— Ben ouais, je le sais. Je ne le sais même que trop. Je sais que je vais me faire virer dès que j'aurai fini ce film. Mais, vous, Président, vous qui êtes un auteur, si quelqu'un peut me comprendre, c'est vous. Si vous croyez que ça m'amuse !

La neige fondue lui tombait sur la figure. Il s'est frotté vigoureusement le visage du dos de la main. En faisant une vilaine moue, il a haussé le ton et adopté ce petit accent ironique qui n'appartient qu'à lui.

— Le texte que vous m'avez confié, je veux que personne ne puisse venir me reprocher de l'avoir salopé ! Avant d'être producteur, vous êtes d'abord l'auteur de ce texte, non ? Vous vous en ficheriez, vous, que votre enfant soit porté à l'écran comme si c'était n'importe quelle connerie ? Moi, j'aurais trop honte de sortir un film de merde dans ce monde de merde, vous m'entendez ??!

---

1. Réalisateurs vedettes : Bong Jun-ho (*Parasite*), Kim Jee-woon (*Le Bon, la Brute et le Cinglé*).

— Comment... ?

Un soudain vertige m'a emporté. Provoqué par une incroyable sensation de déjà-vu. La scène que nous étions en train de jouer, là, je l'avais déjà vécue, mais où...

La voix de Jo tremblait. Ses paupières étaient mouillées, mais il était difficile de savoir si c'était de la neige ou des larmes. Il a encore haussé le ton, et sa phrase s'est achevée entre le cri et le sanglot.

— À quoi bon tourner ce film s'il doit être médiocre ! Quel sens cela aurait-il ? Qu'est-ce qu'il représente, ce film, pour vous, hein ? Pourquoi vous voulez faire un film de tout ça ?

Soudain surgit de ma mémoire, dans l'éblouissement d'un éclair déchirant, le souvenir d'une pluie tombant à verse.

Bien sûr !... À l'entrée d'une ruelle déserte du quartier Hongdae ! La dernière image que j'avais conservée de Kim Yeong-hoe ! Jo Jin-man venaient sous mes yeux de se métamorphoser en Kim Yeong-hoe. J'étais complètement bouleversé, j'ai empoigné par le col ce fantôme qui se tenait devant moi. Celui-ci, avec son petit ricanement bizarre, ne s'en est guère ému, il s'est contenté de me susurrer...

— Et toi... Toi qui as vendu ton âme... Qu'est-ce que tu as gagné au change ? As-tu seulement obtenu ce que tu désirais ?

Les ricanements de Kim Yeong-hoe prenaient des proportions épouvantables, c'était bien au-delà que ce que je pouvais supporter. Je l'ai secoué par le col et lui ai crié à la figure :

— Fils de chienne ! Pour qui tu te prends, à oser venir me faire la leçon ? Tu te crois si malin ? Sans moi, tu crois que tu aurais pu en arriver là où tu en es maintenant ? Sans moi, tu serais resté un moins que rien, un sale bâtard, une tête de nœud !

Je le fixais avec un regard halluciné comme si j'étais déterminé à le tuer. Si j'avais eu une arme à la main, je lui aurais déjà lacéré le visage et perforé les boyaux.

— Pppp... Président... Lâchez-moi... Vous m'étouffez...

Jo Jin-man, à moitié étranglé, se débattait. Il était complètement terrorisé. J'ai respiré un grand coup. Qu'est-ce qui se passe ? Qu'est-ce que je suis en train de faire ? J'ai fini par reprendre mes esprits, après que les membres de l'équipe, qui avaient été alertés par le vacarme, avaient accouru pour nous séparer, Jo Jin-man et moi. Les techniciens, qui pourtant étaient remontés contre leur réalisateur, avaient choisi de prendre son parti, trouvant que je me conduisais vraiment comme un patron odieux. Pris de vertiges, je chancelais et ne pouvais tenir debout qu'adossé contre un mur.

*

— Bien joué, mon vieux. Vraiment, les auteurs, c'est des gens pas comme les autres ! Ce personnage que tu as interprété tout à l'heure, c'était du grand art ! Ah dis donc, ça envoyait féroce. Je peux te dire que le Jo Jin-man, il a compris la leçon, maintenant. Il n'est pas près de recommencer à nous faire son numéro de feignasse !

Sur le trajet du retour, le Président Choe était mort de rire, il n'arrêtait pas de commenter mon numéro. Il faut dire qu'après le spectacle que nous avions donné, Jo Jin-man et moi, le tournage avait repris comme si rien ne s'était passé, allez savoir pourquoi. Mais moi, effondré dans le siège passager, entre ma migraine et mes nausées permanentes, je n'avais pas la force de répondre quoi que ce soit. Je priais juste pour qu'il arrête de faire autant de bruit avec sa grande bouche.

Au moment où la voiture allait passer devant l'hôtel Walker Hill, mon téléphone a sonné. C'était Jang Bo-yun. Elle m'a dit qu'elle partait en urgence à la clinique et que notre femme de ménage l'accompagnait. Les contractions avaient commencé plus tôt que prévu.

Le Président Choe a aussitôt bifurqué sur Jayu et pris la direction d'Ilsan en roulant aussi vite que possible. Grâce à Dieu, il m'a bientôt déposé devant le bâtiment.

Lorsque je suis entré dans la maternité, Jang Bo-yun était déjà en salle d'accouchement. Une jeune fille en blouse m'a guidé jusqu'au vestiaire où je devais revêtir les vêtements de protection sanitaire, puis l'infirmière en chef, qui m'observait depuis un moment d'un air inquiet, m'a demandé si j'allais bien. Pardon ? Pourquoi ? Elle m'a dit que j'étais très pâle et que je transpirais beaucoup, elle pensait que je devrais me faire examiner. Oui, bon, ça va, dépêchez-vous plutôt de me faire entrer. Je n'ai pas le temps de m'occuper de mon état. Pendant qu'on discute, ma bien-aimée est en train de donner la vie, elle met au monde mon enfant !

Jang Bo-yun était étendue sur un lit, le visage trempé de sueur, et elle a attrapé ma main.

— Ne t'inquiète pas. Tout va bien se passer.

J'ai frotté ma joue contre la sienne.

Les intervalles de contraction avaient commencé à se resserrer. Déjà on apercevait pointer le crâne du bébé. Le médecin encourageait Bo-yun à respirer et à pousser de toutes ses forces. Elle en hurlait, c'était monstrueux. Le bébé se pressait dans le vagin, comme attiré par la lumière. Le médecin a découpé à l'aide de ciseaux le périnée du côté de l'anus. Enfin, une boule sanguinolente s'est détachée dans un glissement, sortant de cette bouillie sanglante. Et le bébé a poussé un formidable cri de délivrance, ou de terreur face à ce monde nouveau et inconnu. C'était magnifique. Je découvrais par quels effroyables ébats la vie commence. À la requête du médecin qui me guidait, j'ai coupé le cordon ombilical. L'infirmière a déposé le bébé entre les bras de Bo-yun. Malgré son épuisement extrême, elle a trouvé la force de déposer un petit baiser sur le front de l'enfant. Face à cette scène, j'ai fondu en larmes. Je ne pouvais plus m'arrêter. Et je murmurais malgré moi...

— Ma chérie... Pardon... Je prendrai soin de toi... Je prendrai soin de toi... À partir de maintenant.

Le bébé était bien constitué. Cinq doigts à chaque main. Cinq doigts à chaque pied. Deux yeux, un nez, une bouche. Et un zizi ! Aucune trace de chromosome 21. Jang Bo-yun avait bu et fumé sans modération durant tout le début de la grossesse, lorsqu'elle ignorait être enceinte, et j'avais eu un peu peur que l'enfant souffre de malformations, mais bon, tout allait bien. On n'avait pas encore choisi de prénom. J'avais très envie de lui choisir un super prénom, qui fasse vraiment petit mec. Pas un truc standard comme « Dong-yun ». Quand j'étais jeune, j'adorais les prénoms qui se finissaient par « Hun », « Cheol » ou « Hyeok », comme on en trouvait dans les BD, mais aujourd'hui je craignais que ça fasse franchement un peu rural. Il paraît qu'en ce moment la mode est aux prénoms neutres, mixtes. J'ai pensé à des choses du genre « Jun-seo », « Ju-won », « Min-jun »... Je trouvais ça plutôt raffiné, mais en même temps on aurait dit des noms de personnages sortis de dramas, ça m'aurait foutu mal à l'aise de l'appeler comme ça, je ne saurais pas dire pourquoi. Il fallait que je réfléchisse encore un peu.

À travers la vitre de la salle des nouveau-nés, j'observais mon rejeton endormi. Plus je le regardais, moins il ressemblait à Kim Yeong-hoe. Mais ce n'était pas pour autant qu'il ressemblait à sa mère. Plus j'y pensais, plus je trouvais que de nous trois, Kim Yeong-hoe, Jang Bo-yun et moi, c'est à moi qu'il ressemblait le plus. Bien sûr, je n'étais pas totalement objectif. L'infirmière est venue me dire qu'il était temps de partir. La pendule indiquait 20 heures passées. J'étais resté près d'une heure à regarder mon fils. Il me manquait déjà. Je comptais bien être de retour demain à la première heure.

DEATH NOTE[1]

La fête n'était pas finie. Peu de temps après la naissance du bébé, *Nuits blanches* a reçu le prix du scénario au Festival de D***. Il s'agit d'un des trois plus grands festivals historiques coréens, et le prix s'est révélé d'un montant fort généreux, plus que je ne l'aurais imaginé. Depuis que la nouvelle était connue, les gens n'arrêtaient pas de m'appeler pour me féliciter, au point que ça a fini par me saouler.

Celle qui s'en réjouissait le plus, c'était Bo-yun. Lorsque j'étais venu lui apprendre cette bonne nouvelle dans la chambre où elle se remettait de l'accouchement, elle avait poussé un cri de joie et m'avait serré dans ses bras. De me retrouver ainsi blotti contre elle, je retrouvais une sérénité que je n'avais plus éprouvée depuis longtemps. Cette sérénité, je l'avais perdue depuis qu'elle avait lu le scénario du *Grand Bandit* et qu'elle avait eu cette réaction d'une violence encore pour moi difficile à encaisser. Mais là, ce prix comblait le fossé qui nous séparait et nous pouvions enfin recommencer à filer le parfait amour.

Eh oui ! Les scènes de ménage sont des tempêtes dans un verre d'eau.

---

1. *Death Note* (2006), réalisé par Shusuke Kaneko. Scénario de Tetsuya Oishi, d'après le manga de Takeshi Obata. Acteurs principaux : Tatsuya Fujiwara, Ken'ichi Matsuyama. (*N.d.A.*)

Comme l'avaient prédit les médias, *Nuits blanches* avait donc commencé à crouler sous les nominations dans toutes les catégories. Nos équipes, qui étaient présentes au grand complet à la cérémonie, avaient organisé de gros paris sur le nombre de trophées que nous allions ramasser parmi nos neuf nominations. Pendant la première partie de la cérémonie de proclamation des résultats, nous avions déjà engrangé quatre prix : meilleure photographie, meilleur montage, meilleure musique et meilleurs effets spéciaux. Ça commençait à sentir bon.

Après la pause, la cérémonie a recommencé, avec le prix du meilleur scénario. L'acteur préposé est monté sur scène et a présenté les postulants en lice pour ce trophée. Puis, en même temps que je voyais projetées sur l'écran géant des images de *Nuits blanches,* j'ai entendu mon nom distinctement prononcé, et une caméra ENG s'est approchée en glissant vers mon siège. J'ai aussitôt adopté l'attitude stupéfaite de rigueur, ce qui au fond n'était pas vraiment un rôle de composition. J'ai serré les mains de mes voisins, le réalisateur Jeong, le Président Choe et notre vedette Jo Gwang-jo, et je suis monté sur scène.

— Toutes nos félicitations. Seo Dong-yun, ce grand auteur qui nous avait jusque-là plutôt montré sa verve dans des comédies, s'est lancé un défi en abordant le thriller avec ces *Nuits blanches,* et pour un coup d'essai ce fut un coup de maître, comme tous les amoureux du cinéma vous le diront, séduits par la force exceptionnelle de cette écriture. À présent, nous allons passer le micro à monsieur Seo Dong-yun.

Pendant que les maîtres de cérémonie s'adressaient ainsi au public on m'avait remis mon trophée et un bouquet de fleurs, et je me retrouvais maintenant face au public. Le projecteur pleine face était très violent, il m'aveuglait et je voyais la salle dans une brume vaporeuse. Il m'a fallu un peu de temps pour accommoder ma vue et distinguer la foule des spectateurs. L'équipe de *Nuits blanches* m'adressait de petits signes pleins de fierté.

En vérité, j'avais déjà plusieurs fois répété mon discours de remerciement tout seul devant ma glace, chez moi. Qui ne voudrait laisser une trace mémorable, à l'instar du discours dit de la « table du festin » qu'avait prononcé l'acteur Hwang Jeong-min[1] ? Et puis on a si rarement l'occasion dans une vie de se retrouver dans cette situation !

Mais quand je me suis retrouvé devant le micro, ça ne s'est pas du tout passé comme je l'avais imaginé. J'étais incapable d'émettre un son. En ce moment dont j'avais toujours rêvé en tant qu'auteur, à cette place à laquelle j'avais toujours voulu accéder, voilà que je me retrouvais la tête entièrement vide.

Le « désir ardent », cela n'existe que si vous ne possédez pas l'objet convoité. Mais une fois que vous l'avez conquis, il n'a plus aucune valeur en soi, son intérêt s'évanouit et vous restez là comme un imbécile, indifférent et prostré.

La tête baissée, je regardais mon trophée. Les souvenirs liés à *Nuits blanches* se sont mis à affluer devant mes yeux et à se déployer en composant un vaste paysage. Ma première sensation le jour où j'ai lu le scénario de Kim Yeong-hoe, la dernière réunion quand j'ai humilié Ji-yang et Yeong-rak, Kim Yeong-hoe derrière son bar et son joli minois auréolé par les lampes fluorescentes, le chien de berger baignant dans son sang la nuit de sa mort, Jang Bo-yun en robe noire aux funérailles, notre premier baiser, le mariage, l'accouchement, et puis ce bébé qui me ressemblait...

Mais pas plus que je ne pouvais dire légitimement que cet enfant était de moi, pouvais-je davantage affirmer que ce trophée me revenait ? Et le moi qui se trouvait à présent sur cette scène, était-il vraiment tout à fait moi, un Seo Dong-yun à cent pour cent ? Et sinon qui ? Kim Yeong-hoe ? Un monstrueux croisement entre Seo Dong-yun et Kim Yeong-hoe ?

---

1. Meilleur acteur dans un second rôle pour *Bittersweet Life* aux Blue Dragon Film Awards 2005 (Corée du Sud). Il a remercié avec beaucoup de modestie, disant que l'acteur ne fait que se régaler à une table où le festin a été préparé par toute l'équipe, à laquelle revient tout le mérite.

Je ne savais pas depuis combien de temps je ne me sentais plus moi-même. Ma vie personnelle s'effaçait doucement, peu à peu envahie par la présence de Kim Yeong-hoe. En me persuadant que son texte était de moi, en pensant que ce qu'il avait vécu avait été vécu par moi, en étant persuadé que son avenir était le mien.

Mon cœur se serrait, je dégoulinais de sueur.

J'ai aperçu le responsable du plateau, caché en contrebas, qui m'intimait l'ordre d'accélérer en faisant tournoyer très vite son index. Ça m'a sorti d'un coup de ma torpeur. C'était le genre de silence à faire couper la retransmission.

— Je vous remercie...

Mais la suite ne venait pas. Je me suis contenté de deux trois platitudes, exprimant ma reconnaissance à machin et truc, sans oublier untel. Pendant que je rejoignais les coulisses, j'entendais bien la foule qui s'agitait. Les maîtres de cérémonie se sont précipités sur les micros pour dissiper la gêne dans laquelle j'avais plongé tout le monde.

— On peut dire que ce discours fut aussi bref que percutant !

— Oui, notre ami était visiblement sous le coup de l'émotion. Nous allons à présent décerner le prix suivant.

*

Après les rires, la terreur, un sommet comique basculant dans un paroxysme d'effroi.

J'explique souvent ça, pendant mes cours. Qu'à ce moment-là, on atteint une démultiplication de la tension dramatique.

J'applique le même procédé pour ma confession. Ceux qui répugnent à assister au spectacle du bonheur du méchant, je pense que la suite de cette histoire va commencer à leur plaire.

Mais à ceux-là, je voudrais quand même poser une question au passage : pourriez-vous m'expliquer pourquoi vous êtes encore là, en train de lire les rodomontades d'un minable révoltant de lâcheté, alors que vous êtes censé « répugner » à le côtoyer ? Franchement, dites-moi, n'avez-vous pas entendu au fond de vous la voix d'une étrange et profonde jubilation ? Même si elle ne parle pas très fort ?

Dans ce cas, vous et moi sommes peut-être plus proches que vous pourriez l'imaginer, aussi bizarre que ça puisse vous paraître. Et même semblables à bien des égards.

Pardon. Je dis des bêtises...

Allez, revenons à notre histoire. Il faut que je vous raconte à présent le délicieux incident qui s'est produit ce jour-là.

*

À la fin de la cérémonie de remise des prix, les lauréats ont été réunis pour participer à la photo commémorative, puis tout le monde s'est dirigé vers la salle de réception. Du fait de la pluie de distinctions que *Nuits blanches* avait reçue, meilleur réalisateur, meilleur scénario et meilleur jeune talent masculin, en tout on avait ramassé sept prix, bref, rien que numériquement on était vraiment les rois de la soirée !

Tout le monde était surexcité et la conversation battait son plein. Mais je ne sais pas pourquoi, je n'arrivais pas à me mêler à la joie générale. Je flottais toujours dans le même état chaotique et déboussolé qui m'avait saisi sur la scène. En essayant de ne pas montrer mon malaise, j'ai feint de m'intéresser à ces échanges de répliques et je parvenais même, je crois, à m'en sortir avec une certaine aisance. Et puis voilà. Un serveur à nœud papillon s'est glissé derrière moi.

— Monsieur...

En tournant la tête, j'ai vu qu'il me tendait un plateau sur lequel était glissée une enveloppe vierge.

— Quelqu'un m'a prié de vous transmettre ce message.

Ayant rempli son office, le serveur a incliné poliment la tête et a attendu. Qu'est-ce que ça signifiait... ? Étonné, j'ai pris l'enveloppe et sorti une feuille de papier pliée. Le serveur a incliné de nouveau la tête, puis s'est éloigné. Je l'ai dépliée. Sur la feuille n'était écrite qu'une ligne :

Ça vous fait quoi de recevoir un prix à la place d'un mort ?

Pouvez-vous concevoir dans quel état la lecture de ce billet m'a plongé ? Il m'est impossible de transcrire en mots le choc, la terreur que j'ai éprouvés en cet instant. Si je devais en faire des phrases, je ne pourrais qu'enfiler les clichés convenus que tout le monde attend. Mais enfin, puisque tout le monde les attend, allons-y...

J'ai été frappé de sidération et des frissons m'ont parcouru le corps. Mon cœur battait la chamade, comme s'il allait exploser, mes jambes flageolaient, seul surnageait mon cerveau qui tentait de me tenir debout dans la tempête.

Le Président Choe a remarqué que je n'avais pas l'air d'aller bien du tout.

— Eh bien, mon vieux, qu'est-ce qui t'arrive ? C'est quoi, ce papier ? Eh bien ? Eh ?

Grâce à lui, j'ai repris mes esprits et j'ai aussitôt vu quelle était la piste que je devais suivre. J'ai foncé, sans regarder personne, à travers le hall de réception. Après avoir bousculé Choe en lui cachant le billet qu'il essayait de lire, j'avais fini par retrouver le serveur qui m'avait apporté l'enveloppe et, en l'attrapant fermement par l'épaule, je l'avais obligé à se tourner vers moi.

— Qui t'a donné ce message ?

Le serveur m'a répondu avec l'air offusqué de qui viendrait de subir un outrage personnel.

— Je n'ai... Je n'ai fait que la commission.

— C'est qui ? À quoi il ressemble ?

Je le secouais par le col en lui gueulant dessus.

— Rien de... Rien de spécial, normal, quoi...

Il était terrorisé par la violence de mon comportement.

Le Président Choe est accouru, suivi de près par l'équipe de *Nuits blanches,* elle-même talonnée par celle du festival, tout le monde se demandait le sens de cette altercation. Il aurait fallu que je puisse continuer à interroger le serveur, mais tout le monde me tombait dessus en même temps, et comme il était hors de question de rendre cette histoire publique j'ai dû renoncer. En reprenant mon souffle, je jetais un regard circulaire sur les convives qui occupaient la salle de réception. Sans savoir qui chercher.

L'HOMME QUI EN SAVAIT TROP[1]

Notre nouveau chez-nous était à cinq minutes en voiture environ de mes bureaux. C'est une maison de style occidental, très design, qu'on aurait pu utiliser pour un tournage en extérieur de séries américaines genre *Desperate Housewives*[2], il y en avait plusieurs du même genre dans ce coin. Le quartier faisait souvent la une des médias et des magazines lorsqu'il s'agissait de présenter un « joli coin », et les photographes amateurs étaient tout le temps fourrés là, à mitrailler avec leurs appareils photo numériques. On m'a dit que des artistes y résidaient, mais je n'en ai pas encore croisé, il y a trop peu de temps que je suis installé.

Un soir de week-end. Écroulé dans le canapé, je regarde d'un air distrait clignoter les guirlandes embobinées dans le sapin de Noël qu'on a installé dans un coin du salon.

J'étais fatigué de ma journée. La vieille, on avait invité plein d'amis et de relations pour fêter à la fois la naissance de mon fils, le prix du scénario, et pendre la crémaillère. J'avais proposé à Bo-yun de reporter l'invitation parce qu'elle avait encore

1. *The Man Who Knew Too Much* (1956), réalisé par Alfred Hitchcock. Scénario de John Michael Hayes, d'après une histoire de Charles Bennett et D. B. Wyndham-Lewis. Acteurs principaux : James Stewart, Doris Day. (*N.d.A.*)

2. L'histoire se déroule à Wisteria Lane, banlieue chic d'une ville imaginaire, dans les quartiers résidentiels de la classe moyenne supérieure. Une série bien foutue, *well-made drama*, même si elle aborde des thèmes un peu extravagants. (*N.d.A.*)

besoin de se reposer après l'accouchement, mais elle m'a assuré que ça ne la dérangeait pas. Ils étaient restés jusqu'à l'aube, à peine si nous avons eu le temps de dormir un peu, et nous avons passé la matinée à faire le ménage et la vaisselle. Après ça, elle s'est sentie fatiguée et s'est rendormie la tête sur mes cuisses.

Je caressais ses cheveux en regardant son visage de profil. J'éprouvais beaucoup de gratitude envers elle. Lors de mon discours de réception du prix, je n'avais pas réussi à prononcer son nom, et cela m'était resté sur le cœur, même si elle ne m'a pas dit un mot sur le sujet. Elle avait été si avenante avec mes amis malgré son état encore un peu souffreteux ; en fait, je me sentais encore plus gêné que reconnaissant.

Une maison magnifique. Une épouse superbe. Un nouveau-né tout riquiqui tout mignon dans son berceau. Un sapin de Noël. Et moi qui caressais les cheveux de mon épouse endormie.

N'importe qui voyant cette scène de famille l'aurait sans la moindre hésitation baptisée « la maison du bonheur ». Mais entre les apparences et la réalité vécue de l'intérieur, il peut y avoir une sacrée distorsion. Et même jusqu'à cent pour cent de distorsion.

J'ai reçu un prix, j'ai organisé une fête chez moi hier, j'ai fait le ménage et la vaisselle ce matin, je suis installé dans un canapé moelleux, je caresse les cheveux de ma bien-aimée...

Et pourtant je suis rongé par la peur et l'angoisse.

Dans ma tête vibrionne une idée fixe. Qui peut-il être, celui qui m'a adressé ce billet ?...

Ce salaud anonyme, ou pourquoi pas cette salope, n'est plus passé à l'action depuis le dîner de clôture du festival. Si c'était un vulgaire maître-chanteur, il m'aurait recontacté depuis longtemps pour me demander de l'argent. Manifestement, il n'est pas pressé. Peut-être fait-il preuve d'humanité et attend-il que notre période de festivité soit achevée. Mais peut-être aussi est-il en ce moment même installé dans une ruelle à l'arrière de chez nous, occupé à surveiller tous nos faits et gestes à l'aide de caméras numériques. S'il me regarde, il doit bien se marrer, à voir ma tête ravagée d'inquiétude. Il est évident qu'il ne peut que jouir de la situation.

Cette ordure doit très bien me connaître. Il y a de fortes chances pour qu'il appartienne à mon proche entourage. C'est toujours comme ça dans les *whodunit*[1], non ?

Mon proche entourage... J'ai amèrement ricané. Et pourquoi pas mon gosse (il faudra qu'on lui trouve un prénom), là, tout près de moi dans son berceau, qui sourit timidement en me regardant. Ça l'amuse juste de voir la tête de son papa, qu'est-ce qu'il en sait de ce qui se passe à l'intérieur de lui ? Non, disons-le, ce gosse est beaucoup trop petit pour m'avoir envoyé le billet, c'est « techniquement impossible », pour l'instant.

Sinon... Celle qui est encore plus près de moi, Jang Bo-yun qui dort la tête posée sur mes cuisses. Non, pas possible. Elle, là, qui ronfle dans son sommeil ? Elle n'aurait pas la puérilité de me faire le coup du billet anonyme. Non, elle m'aurait giflé, plutôt. Et de toute manière, quand ça s'est passé, elle était avec son bébé à la clinique de repos. (Toute honte bue, j'avais vérifié son alibi auprès d'une aide-soignante qui m'avait confirmé que Jang Bo-yun avait bien regardé en direct la cérémonie à la télévision.)

Bon, sinon qui ? Qui peut être l'ordure qui m'a envoyé ce billet ?...

Un type de mon entourage... Un type qui me connaît mieux que ma famille, qui sait qui je suis vraiment. Qui est capable de déceler la moindre faille entre mon moi d'autrefois et mon moi d'aujourd'hui.

Évidemment que c'était à lui que je pensais en premier ! Le fouille-merde qui s'obstinait à venir me poser des questions au sujet d'un certain « Kim Yeong-hoe ». La raclure jalouse qui ne supportait pas que mes affaires soient à ce point plus florissantes que les siennes. Cet avorton puéril qui n'a que ça à foutre dans la vie et qui se tord de rire d'avoir envoyé ce billet. Et par-dessus tout, c'est un spécialiste de la construction du récit, qui

1. Ce mot désigne les romans policiers ou les thrillers. C'est la contraction de « *Who done it* ». (*N.d.A.*)

sait jouer de manière exquise avec la règle, « un sommet comique basculant dans un paroxysme d'effroi ».

Oui, c'est lui, et personne d'autre.

*

Prétextant une visite à un ami producteur sur un tournage qu'il serait train de superviser à Paju, j'ai dit à Jang Bo-yun de s'endormir sans m'attendre.

Aussitôt installé au volant, j'ai sorti mon portable et sélectionné son numéro. La sonnerie a retenti plusieurs fois, puis j'ai entendu la voix bien connue.

— Super ! C'est incroyable, j'allais t'appeler, ouarf, ouarf !

Il avait l'air totalement bourré.

— T'es où ?

— Je fais un petit poker. Si tu t'ennuies, t'as qu'à nous rejoindre. T'as pas mal de mitraille, non ?

Depuis quelque temps, Jeong Nam-hun avait fait d'un cercle de jeu aussi privé que clandestin sa deuxième maison. Je savais que trois ou quatre de ses partenaires de beuverie lui avaient déjà avancé de l'argent. Cet abruti était en train de glisser sur la pente savonneuse qui vous mène droit à l'abîme.

— Sans façon. Il faut que je te parle.

— Qu'est-ce qu'il peut bien y avoir de si urgent ? Bon, tu te souviens du bar où on a été la dernière fois, en face du bureau ? L'Irish. On se retrouve là-bas.

Ignorant les protestations de mon GPS qui me signalait que la vitesse était limitée ici ou là, je n'ai pas levé le pied de la pédale d'accélérateur. Lorsque je suis arrivé à l'Irish, Jang Nam-hun était déjà là, occupé à rigoler avec une fille assise à côté de lui, sous la haute autorité d'une bouteille d'alcool fort déjà intégralement éclusée.

— Je suis là. T'as fait vite !

Il avait sucé ses doigts couverts de miettes diverses avant d'agiter la main dans ma direction.

— Allez, on doit causer boulot entre grands frères, alors tu vas être bien gentille d'aller voir ailleurs si on y est et je te dirai quand revenir plus tard.

— D'accord, grand frère...

Quand elle s'est levée, Jeong Nam-hun lui a donné de petites tapes sur les fesses. En quittant la table, elle est passée devant moi et n'a pas manqué de planter son regard dans le mien avec un sourire langoureux. Je me suis assis à sa place sur la banquette et j'ai senti la chaleur de ses fesses sous les miennes, une sensation plutôt désagréable. J'ai regardé Jeong Nam-hun en train de se bâfrer à pleines mains de morceaux d'escalope de porc panée.

— Alors, ce *Grand Bandit*, ça se passe bien ? En ce moment je vois plus personne, je suis plus au courant de rien. Le tournage a démarré, non, tu n'as plus besoin de t'occuper de rien ? Après, ça roule tout seul, ça suit les lois de l'entropie. Il va bien, le prof Pak ? Ce gros salopard qui ose me foutre à la porte, moi qui lui ai offert je ne sais pas combien de litres d'alcool ? Et toi, toujours aussi occupé ? Monter des films, donner des cours. Il paraît que New va encore mettre du pognon dans ton prochain film ? Ah, dire qu'il y en a qui sont obligés de se ruiner à lever des emprunts et à hypothéquer leur baraque pour tourner pendant que d'autres ont juste à griffonner quelques pages de brouillon pour ramasser le gros lot sans même avoir à préciser qui va jouer dedans, ah ben, merde ! Allez, fais-le-moi voir, ton scénario. J'aimerais bien savoir ce qu'il a de si extraordinaire pour que tout le monde soit aux petits soins pour toi. Allez, explique-toi, enfoiré. Et bois un coup, au moins. Au lieu de rester là comme un gros mal élevé à me regarder boire.

Il gardait les yeux mi-clos, ce con. J'ai descendu le verre d'eau qui était devant moi.

— Ça me dégoûte de te voir ingurgiter de la flotte sous mon nez, mon con. Qu'est-ce que tu t'imagines, de toute manière c'est toi qui vas régler la note, ouarf, ouarf.

Jeong Nam-hun, l'air rassasié, a recommencé à lécher les miettes de panure qui lui collaient aux doigts, ce qui ne l'a pas empêché de me poser en même temps la question qui le tarabustait :

— T'as couché avec Seong-mi ?

Je n'en croyais pas mes oreilles.

— Je t'ai demandé si t'as couché avec elle, espèce d'ordure.

— T'es cinglé ou quoi ?

— Elle m'a dit qu'elle t'a fourgué une assurance.

À quoi bon poursuivre sur ce terrain. Il m'a fixé dans les yeux.

— Si c'est pas le cas, oublie ce que je viens de dire. Mais alors, c'est qui, l'ordure ? Parce que tu vois, il faut que je te dise, en ce moment, y a un mec qu'est en train de se la taper, Seong-mi.

Il a eu un rictus désabusé.

— Et puis, après tout, même si t'as couché avec elle, j'ai rien à te reprocher. Je couchais déjà avec elle avant que vous ayez divorcé. Je te demande pardon, même si c'est avec beaucoup de retard. Je suis bien puni maintenant. Depuis qu'elle est dans les assurances, elle écarte les cuisses pour n'importe qui. Cette pute commence à mener exactement la même vie de débauche que moi ! Quelle salope.

Il a écarté un pan de sa veste pour enfourner sa main dans une poche intérieure.

— Tiens, au fait, tu veux pas lire ça ? On m'a filé ce truc il y a un moment, j'aimerais bien connaître ton avis.

Il avait sorti de sa veste quelques feuilles format A4, pliées en quatre pour pouvoir rentrer dans une enveloppe ordinaire. Il me les a tendues au bout de sa main graisseuse. Je les ai dépliées.

C'était le synopsis de *Nuits blanches*. Enfin, plus précisément, celui d'*Andante Cantabile*.

An-dan-te-Can-ta-bi-le.

Jeong Nam-hun a versé de l'alcool dans mon verre, et il a poursuivi :

— En ce moment, j'ai beaucoup de temps libre, alors j'ai décidé de relire tous les manuscrits que j'avais reçus lorsque j'avais organisé ce concours de scénarios, tu sais, il y a deux ans, quand j'avais créé ma société de production. Il y en avait quand même quatre cents. Ça m'a pris une bonne semaine. C'est pour te dire si j'ai rien d'autre à foutre ! Et là, je tombe sur un nom qui me rappelle quelque chose de spécial. Un mec qui raconte dans sa note de motivation qu'il est un fan absolu de *La Villa des damnés*, tu te souviens, ce truc qu'on avait écrit ensemble. À l'époque je ne les avais pas lus, parce que je n'étais pas dans le jury. Je n'étais là que pour valider les résultats. Comme tu sais, en ce temps-là, mes affaires marchaient bien. J'avais autre chose à foutre que de perdre mes journées à lire leurs manuscrits, quoi. C'est pour ça que j'avais confié le rôle de jurés aux membres de mes bureaux, c'est eux qui se sont tout farci, ils ont fait leur tri, bref, celui que tu as entre les mains a été retenu parmi les cinq lauréats. À l'époque je les avais copieusement engueulés en les accusant de ne rien comprendre à l'écriture cinématographique, mais je suis bien obligé de constater aujourd'hui qu'ils étaient loin d'être aussi nuls que ça.

La contemplation de mon visage de plus en plus décomposé semblait le divertir.

— Oui, donc... Qu'est-ce qu'on disait déjà ? Ah oui, bien sûr. L'œuvre primée ! En fait, la récompense n'était pas très élevée. Pas plus de deux ou trois millions de wons[1], je crois. Mais avec un contrat à la clé. Sous condition d'achever son scénario complet sous tel ou tel délai, on lui offrait de travailler en priorité avec nous... Ça y est, t'es arrivé au bout ? Comment tu le trouves, comme synopsis ? Si on en faisait un film, ça pourrait faire un tabac, non ? Un vrai tabac, même, pas vrai ? Et si on le pousse bien, pourquoi pas, qui sait, on pourrait même peut-être ramasser des prix ? Eh ben, tu réponds rien, espèce d'enfoiré ?

J'étais muet. Jeong Nam-hun n'a pas pu retenir plus longtemps un énorme éclat de rire, et sa bouche se tordait en un rictus écœurant.

— Tu vois ! Je te l'avais dit l'autre jour. Je trouvais ça bizarre qu'on retrouve tous les boulots des étudiants, sauf, justement, celui de Kim Yeong-hoe. On sait bien que dans le milieu tout le

1. Pas plus de 2 500 euros.

monde pratique l'*urakai*[1] plus ou moins en douce, mais là, t'as franchement charrié ! C'est plus du plagiat, c'est du recopiage ! T'aurais quand même pu te montrer plus malin. Franchement, se contenter de juste changer le titre et le nom des personnages... C'est indigne d'un professionnel comme toi, non ? Je l'ai vu, ton film, et franchement j'arrive pas bien à voir la différence avec le synopsis original. T'as pas eu besoin de te fouler beaucoup, à mon avis. Je me trompe ? Oh là, j'ai trop bouffé ou quoi...

Et il m'a gratifié d'un rot tonitruant.

— Et... euh... Où veux-tu en venir ?

— Détends-toi ! Si tu fais cette tête-là, on va me prendre pour un vulgaire maître-chanteur. On a quand même vécu un paquet de trucs ensemble, on s'est gobergés dans les mêmes marmites, alors discutons entre gens civilisés. Comme tu le sais fort bien, je viens de me ramasser deux bides maous coup sur coup. Plus personne ne veut financer mes projets. Merde, j'ai même plus de quoi couvrir mes frais courants. Prête-moi un peu d'argent. Je te rembourserai. Tu es en fonds, en ce moment, non ?

Son visage était tout sourire, on n'aurait jamais dit la tête d'un type en train de quémander du secours, ni d'ailleurs celle d'un mec qui compte rembourser un jour sa dette.

— Tu veux combien ?

— Bravo ! Tu sais me parler. Disons... au moins... ça...

Il a dressé, dans l'ordre, le pouce, puis, l'index, puis le majeur.

— Trente millions ?

— Eh, tu rigoles ? Et pourquoi pas trois millions, tant que tu y es, ça couvrirait même pas mes frais courants. Tu sais de quoi je parle, t'es producteur maintenant.

— Trois cents millions... ?

Il a acquiescé vigoureusement de la tête[2].

Son film préféré, c'est *Le Parrain*. Il me fait « une proposition que je ne peux pas refuser », à la Vito Corleone. Et moi,

---

1. Mot japonais de l'argot de la presse et du cinéma : entre réécriture et pur et simple plagiat. (*N.d.A.*)
2. Il veut donc (un peu moins de) 300 000 euros (et non 30 000, encore moins 3 000 !).

je n'ai pas le choix. Sinon, celui de capituler sans condition. Je ne veux pas voir mon bonheur quotidien tremper dans « le sang d'une tête de cheval coupée[1] ».

— Envoie-moi demain ton numéro de compte. Et après, je ne veux plus jamais entendre parler de cette histoire.

— Eh ben, mon con, tu me prends pour un petit voyou de troisième zone ou quoi ? T'inquiète pas. Plus jamais un mot.

Et c'est d'un air jovial qu'il a interpellé la fille du comptoir.

— Su-jin ! Apporte-nous des bières ! Bien fraîches !

L'affaire était close, je n'avais aucune raison de rester plus longtemps. J'avais hâte de quitter les lieux et je me suis levé.

— Au fait ! C'était pas toi qui voulais me voir ? Qu'est-ce que tu avais donc de si urgent à me dire ? T'as un don de double vue ou quoi ?

Je me suis arrêté et me suis lentement retourné vers lui.

— Pardon ?

— Comment t'as su que je savais, c'est bien pour ça que tu voulais me voir, non ?

Qu'est-ce que c'est que ce délire, encore ? J'en ai bégayé...

— Ce... ce n'est pas tttt... toi ? Le bibi, le billet, c'est pas toi qui me l'as envoyé ?

— Le billet ? De quoi tu me parles, là ?

Il a vraiment fait la tête du type qui ne voyait pas du tout de quoi il pouvait bien s'agir.

Putain de bordel de merde ! De pire en pire. Si c'est pas lui, c'est qui ? L'enculé qu'a rédigé ce billet pendant la cérémonie ?

Tout s'embrouillait dans ma tête, je titubais en me dirigeant vers la sortie.

J'ai entendu, derrière moi, la voix de Jeong Nam-hun qui claironnait.

— Alors, ça te fait quoi ? Tu lui piques son œuvre et tu lui piques sa femme ? Ça doit faire sacrément bizarre, non ? Ha, ha, ha !

---

1. Allusion à une scène fameuse : le Parrain décapite le cheval préféré d'un producteur et place la tête dans son lit pour l'obliger à engager son fils dans son film. (Coppola, 1972). (*N.d.A.*)

De me voir ainsi dévoilé m'a fait l'effet de me retrouver d'un coup la bite à l'air et j'ai quitté l'étage à toutes jambes. J'entendais encore son odieux rire résonner dans la cage d'escalier tandis que je dévalais les marches.

Je suis rentré chez moi à 5 heures du matin.

Jang Bo-yun et le bébé étaient plongés dans un sommeil paisible. J'ai longtemps contemplé le visage de mon fils qui dormait dans son berceau, à côté de notre lit. Je me suis allongé tout habillé et me suis lové contre Jang Bo-yun, en adoptant la posture fœtale de mon enfant. Dans un demi-sommeil, elle a saisi ma tête entre ses mains et l'a serrée contre sa poitrine. Ses seins encore gonflés de lait étaient un doux oreiller apaisant. « Je sais bien que tu es épuisé », murmurait-elle, et elle me donnait de petites tapes dans le dos, comme si elle consolait un bébé. Des larmes m'ont soudain mouillé les yeux, elles ont roulé sur ma joue et je les ai avalées en silence.

— Il paraît que c'est urgent.

Jang Bo-yun m'a tendu mon téléphone en me réveillant. J'ai jeté un œil à mon réveil, qui n'indiquait pas encore 9 heures.

— C'est moi...

Les yeux fermés, la voix cassée, j'ai pris le téléphone.

— Oui, je m'excuse de vous déranger de si bon matin. Ici l'inspecteur O Gyeong-taek. Vous reconnaissez ma voix, n'est-ce pas ?

Comment je l'aurais oubliée ? Cette voix de pénible voyou.

En me levant, je lui ai demandé :

— Que se passe-t-il ?

— Hier soir vous avez rencontré M. Jeong Nam-hun, n'est-ce pas ?

Jang Bo-yun, debout à mes côtés, se demandait ce qu'il se passait. Son regard me mettait un peu mal à l'aise.

— Oui, pourquoi ?

Il a répondu à ma question :

— On a trouvé son cadavre.

PANIC ROOM[1]

Pardon ? Jeong Nam-hun... Mort ?

J'étais hébété, comme en plein cauchemar.

— Je ne sais pas comment font les gens pour se retrouver victime d'un accident juste après avoir bu en votre compagnie, monsieur Seo Dong-yun. Plus personne ne va vouloir trinquer avec vous, non ? Dès que vous serez levé, passez donc me voir au commissariat.

Après avoir raccroché, je suis resté abasourdi, sous le regard inquiet de ma femme.

— Qu'est-ce qui se passe ?

Je lisais l'inquiétude dans ses yeux. Je n'ai pas osé lui dire que Jeong Nam-hun était mort.

— Qu'est-ce qu'il t'a dit, avant que tu ne me le passes ?

— Il m'a juste demandé à quelle heure tu étais rentré. Alors...

— Alors ?

Je m'étais mis à crier, incapable de me contrôler.

— Eh bien, je lui ai dit que tu avais dû rentrer ce matin de bonne heure, mais que je ne connaissais pas l'heure exacte...

Elle a fini sa phrase d'une voix pleurnicharde, comme une gamine prise en faute.

---

1. *Panic Room* (2002), film de David Fincher. Scénario de David Koepp. Acteurs principaux : Jodie Foster, Kristen Stewart, Forest Whitaker. (*N.d.A.*)

L'inspecteur O a commencé par vérifier ce qui pouvait me servir d'alibi, par rapport à l'heure estimée de la mort. Par un hasard malencontreux, il se trouvait que j'étais encore la dernière personne à avoir vu la victime en vie, comme dans le cas de Kim Yeong-hoe. Les circonstances étaient d'ailleurs assez similaires. J'étais avec Kim Yeong-hoe dans un restaurant de grillades, j'étais avec Jeong Nam-hun dans un bar, dans les deux cas on s'était violemment engueulés. Quel témoin, même nous ayant vus de loin, pourrait dire autre chose ? On sentait bien qu'ils causaient d'affaires graves, il avait pas l'air content du tout, celui qu'était avec la victime. Et encore, si ce n'est que ça, je pourrais m'estimer heureux. Mais si jamais la fille du bar se met à leur raconter qu'il voulait que je lui file un gros paquet de pognon...

Et puis soudain, en un éclair, une image m'a foudroyé, j'ai senti mon crâne voler en éclats et mon corps se consumer en cendres. Le synopsis ! Le synopsis de Kim Yeong-hoe, ce connard l'a remis dans sa poche de veste !

Oh, putain de bordel de merde... Tout est foutu... Ce n'est plus qu'une question de temps. Avant qu'on fasse le lien entre les deux morts ! Avant qu'on découvre que *Nuits blanches* est un honteux plagiat d'*Andante Cantabile* ! L'affaire est limpide : Jeong Nam-hun m'a percé à jour, il m'a menacé de tout révéler, j'ai donc été obligé de me débarrasser de lui, du coup l'affaire Kim Yeong-hoe va remonter à la surface, et l'enquête sera rouverte au vu d'éléments nouveaux. Il ne restera plus qu'à expliquer que j'ai tué Kim Yeong-hoe pour lui voler son scénario, et il ne manquera plus une seule pièce au puzzle. Un gentil petit puzzle bien complet !

Je me suis pris la tête à deux mains. Comment est-ce possible... Ce n'est pas moi... Je ne les ai pas tués ! Merde, ça y est, je suis arrivé au fond du trou !

— Tu... Tu l'as tué ?

Elle ne pouvait pas ne pas me poser la question, vu l'état dans lequel m'avait mis ce coup de téléphone. Son regard était glacé. Comme je ne répondais rien, elle a continué.

— Je t'ai posé une question, tu l'as tué ? Jeong Nam-hun ?

Et voilà, si même mon épouse me soupçonne, c'est complet !

Je lui ai répondu en essayant de contrôler l'angoisse et la fureur qui m'envahissaient.

— Ne dis pas n'importe quoi, déjà que je suis en train de devenir fou !

Ma voix était grave, mais d'une gravité si abyssale qu'elle a dû l'effrayer. C'était sûrement la première fois qu'elle me voyait dans un tel état de panique intérieure.

— C'est la même situation, non ? Que lorsque Yeong-hoe est mort ?

Elle n'avait pas l'air prête à en démordre.

— Tu dois me dire toute la vérité. J'ai le droit de savoir.

Sa voix ne tremblait pas. Elle me fixait, les yeux durs, le visage fermé.

Cela faisait longtemps que je ne lui avais pas vu cette expression. À l'étape suivante, on passait à la crise d'hystérie, comme d'habitude ? C'était sans surprise. Ma petite Bo-yun, excuse-moi, mais je n'ai aucune envie de jouer dans ta comédie.

— Qu'est-ce que tu préfères entendre ?

— Tu me prends pour une conne ? Je veux que tu me dises la vérité !

— Justement, la vérité ! Mais quelle vérité tu veux entendre ? Tu veux que je te dise que je les ai tués tous les deux, c'est ça ? Jeong Nam-hun ! Kim Yeong-hoe !

Pris d'une rage aveugle, je lui ai violemment serré le cou. Son visage s'est immédiatement empourpré, ses yeux exprimaient une terreur sans nom. Ça m'a réveillé d'un coup. Je l'ai aussitôt lâchée. Mais... Qu'est-ce qui m'avait pris ? Qu'est-ce que je venais de lui faire, à ma chérie, à ma Bo-yun...

À ce moment-là, le bébé s'est mis à brailler dans son berceau.

— Pardon... Je ne sais pas ce qui m'a pris... Un coup de folie... Pardonne-moi...

Mais il était déjà trop tard. Ses yeux me le disaient, elle était convaincue. Que j'étais le meurtrier de Jeong Nam-hun.

Probablement aussi celui de Kim Yeong-hoe. Et qu'elle pourrait bien être la prochaine.

Elle m'a écarté pour aller prendre le bébé dans le berceau. Sans me jeter le moindre regard, elle est entrée dans le dressing avec l'enfant dans ses bras et a fermé la porte à clé. J'ai eu beau frapper, la supplier de m'ouvrir, rien ne se passait. Finalement, j'ai appuyé mon front contre la porte, en murmurant.

— Bo-yun, ce n'est pas moi... Crois-moi. C'est la vérité. Ce n'est pas moi.

Elle n'a pas davantage réagi. Seul le bébé a recommencé à crier à tue-tête.

Depuis le dressing, Jang Bo-yun a appelé un taxi, elle a pris quelques affaires et quitté la maison avec le bébé. Je lui ai demandé où elle allait, mais elle n'a pas daigné me donner la moindre réponse, c'était comme si j'étais invisible.

La maison était calme. Il y régnait un silence d'une qualité que je n'avais pas connue depuis longtemps. Il faut dire que depuis un bon moment ma vie grouillait de gens et se perdait dans un brouhaha pénible. Le sentiment de solitude que j'éprouvais après le départ de Jang Bo-yun me procurait plutôt une forme d'apaisement. En me laissant tomber dans le canapé, je me disais, la vie, bordel, c'est ça la vie... Comme disent les Japonais, la vie, c'est *dokgodai* : on naît seul, on vit seul, on crève seul. Pour mieux philosopher ainsi à coups de poncif de troisième zone j'avais enfoui mon visage entre mes mains, et puis j'ai entendu quelqu'un me parler d'une voix tranquille.

— *Tu-n'aurais-pas-mieux-fait-de-tuer-vraiment ?*

Qui... ? Que... ? Je me suis redressé d'un bond. C'était encore ce salaud. Le salaud du miroir, celui qui venait me voir quand je n'en pouvais plus. Il était là, peinard, vautré dans le canapé qui me faisait face, les deux mains derrière la tête, posées sur le haut du coussin. Il arborait le même air arrogant qu'à chaque fois. Il n'y avait pas miroir entre nous, ce coup-ci, mais on aurait dit que nous étions les reflets l'un de l'autre.

— De tuer qui ?

Qu'est-ce qu'il voulait dire ?

– De tuer qui, sinon celle qui t'a percé à jour ? Il faut donc que tu la tues. Ce n'est pas ça, la règle ?

– Mon cul, tu parles d'une règle ! Et d'où elle sort cette règle, je te prie ?

– Tu as changé, Seo Dong-yun, je vois bien que tu as changé. Autrefois, tu l'aurais étranglée et tu l'aurais achevée d'un grand coup de latte, *hwak* !

– Ferme ta gueule !

– Pourquoi ? Tu t'imagines qu'elle va revenir ? Non... Ne me dis pas que tu y crois, si ?

Je ne savais quoi répondre. J'avais peur en même temps. J'étais désespéré à l'idée que la scène atroce qui venait de se dérouler reste le dernier souvenir que je garderais de Jang Bo-yun.

– C'est toi ? C'est toi qui as tué Jeong Nam-hun ?

Ça a eu l'air de bien l'amuser, que je lui demande ça en le regardant droit dans les yeux.

– Si tu veux, disons que c'est moi qui l'ai tué, si ça peut te soulager.

Chaque mot qui tombait de sa bouche était comme une pierre qui me lapidait. Je n'en pouvais plus, je lui ai hurlé dessus.

– Je ne l'ai pas tué !

Comme s'il n'avait attendu que ça, il s'est exclamé :

– Voilà ! Comme ça ! Avec autant d'assurance ! Tu peux aller au commissariat, maintenant. Ne change rien, surtout ! Comment ça se fait que tu sois devenu aussi trouillard ? Comme dit le proverbe, si tu tombes dans la tanière du tigre, garde l'esprit vif ! Tu en es déjà passé par là, non ? On t'a déjà considéré comme le principal suspect d'un meurtre et tu t'en es sorti la tête haute, avec un brevet de bonne citoyenneté !

Je dois avouer que parmi tous les bobards que me débite ce salopard se trouvent quelques pépites qui me séduisent.

Je me suis soudain souvenu des paroles de l'inspecteur O. « Dès que vous êtes levé, passez au commissariat », on ne saurait être plus clair. Et en même temps, assez avenant, me semblait-il. Je supposais qu'ils n'avaient aucun indice m'incriminant. S'il y en avait, il ne m'aurait pas appelé avant, il aurait directement débarqué ici en personne. Pour m'arrêter.

Pourquoi un autre *deus ex machina*[1] ne serait-il pas descendu du ciel, un nouveau « livreur de journaux » ? Des gens ayant des mobiles pour tuer Jeong Nam-hun, il y en a des pelletées dans la profession, à commencer par ses créanciers et jusqu'aux membres de son personnel qui attendaient toujours d'être payés.

L'autre salopard en face devait avoir lu dans mes pensées, il avait l'air content de moi.

Je suis monté dans ma voiture, qui était garée dans la petite rue en face de la maison, avec l'intention de me rendre au commissariat. J'ai laissé aller ma tête contre l'appuie-tête en inspirant profondément. La discussion avec mon moi du canapé m'avait-elle fait du bien ? Toujours est-il que je me sentais beaucoup mieux. La tanière du tigre... garder l'esprit vif... Ça, je savais faire. En mettant le contact, je préparais déjà la phrase par laquelle commencer avec l'inspecteur.

Ce fut à cet instant. J'ai deviné dans le rétroviseur intérieur une silhouette noire jaillissant du siège arrière. Dans un mouvement instinctif, j'ai voulu ouvrir ma portière pour m'enfuir, mais avant que j'aie pu bouger j'ai senti une aiguille s'enfoncer dans mon cou, et l'injection qui s'est ensuivie. Ma tête a été envahie par une brume de chaleur et j'ai tenté d'écraser le klaxon. Je priais pour qu'un passant l'entende et intervienne. Mais cela n'a pas duré plus de deux ou trois secondes, des bras puissants m'étranglaient et me tiraient vers l'arrière, j'ai dû lâcher le klaxon. J'étouffais. Un passant s'est arrêté pour tenter de voir ce qui se passait à l'intérieur de cette voiture, mais les vitres teintées l'ont empêché de voir quoi que ce soit. Ça ne sert plus à grande chose de faire la remarque aujourd'hui, mais sur

---

1. L'une des techniques utilisées dans le théâtre grec ancien : soudaine apparition d'un dieu qui dénoue les situations les plus inextricables à la fin de la pièce. (*N.d.A.*)

le coup je me suis trouvé très con d'avoir choisi l'option « vitres fumées ». En le voyant repartir, j'ai compris que je ne pouvais compter que sur moi et j'ai bandé mes forces pour résister de mon mieux, mais l'autre était très fort, et moi de plus en plus faible à mesure que le produit qu'il m'avait injecté faisait son effet. J'ai fermé les yeux un instant, je me sentais m'éloigner comme si je plongeais dans un songe. Mon cerveau voulait à tout prix se sortir de cette situation, mais mon corps s'y abandonnait avec un délice que je n'avais pas connu depuis longtemps et s'immergeait dans les eaux calmes de l'inconscience. Il me semblait faire un rêve aussi profond que voluptueux.

*

Un chien noir.

Allez savoir pourquoi, la dernière image qui me soit venue juste avant de perdre connaissance est celle d'un « chien noir ». Plus précisément d'un chien de berger noir. Celui que j'avais vu le soir où Kim Yeong-hoe était mort.

Le chien noir que j'avais percuté avec ma voiture et qui gisait au sol. Trempé de pluie, pissant le sang. Je n'aurais jamais dû partir en le laissant dans cet état. J'aurais dû l'emporter dans un hôpital où n'importe où ailleurs. Si je l'avais fait, je n'en serais pas là où j'en suis.

Mais pourquoi cette image de chien noir a-t-elle soudain surgi dans ma conscience ? Dans le si bref instant où je perdais connaissance.

*

Ensuite, mes souvenirs sont confus.

On m'a flanqué dans le coffre de la voiture. On conduisait comme une brute, je me cognais à chaque virage contre la carrosserie, me réveillant plus ou moins, pour mieux retomber dans l'inconscience. L'obscurité m'environnait. J'étais enveloppé dans des morceaux de tissu. Je ne pouvais pas crier, on avait pris soin de me bâillonner solidement. Mes pieds et mes mains étaient entravés par des câbles en plastique. J'avais très mal au dos, aux genoux, à toutes mes articulations. Seul mon nez était libre et je respirais le plus profondément possible. Je pouvais tout sentir, jusqu'à une certaine nuance familière de désinfectant aromatisé. Le haut-parleur de la voiture diffusait le CD de *Bitches Brew* de Miles Davis, cet hymne de mes séances de travail.

Je n'allais plus pouvoir contrôler encore très longtemps ma vessie trop pleine, et j'ai poussé un long gémissement à travers le bâillon. Pour toute réponse, on a haussé le volume du lecteur de CD. Ma misérable plainte a été couverte par les fabuleuses envolées de la trompette de Miles. Il fallait que je sois bien stupide si je m'imaginais qu'on allait se montrer compatissant. Parvenu à bout de résistance, j'ai relâché les muscles qui contrôlaient de moins en moins ma vessie. Sentir s'écouler tout au long de l'uretère mon urine brûlante m'a soulagé comme une éjaculation, sensation que je n'avais plus éprouvée depuis longtemps. Il y en avait une quantité largement suffisante pour tremper mon pantalon et inonder le fond du coffre où je gisais. Ma figure baignait dans l'urine. Je n'avais guère le loisir de m'interroger sur la question de l'hygiène. Il fallait à tout prix que je trouve le moyen de sortir de ce coffre.

Combien de temps s'était-il écoulé ? Où pouvions-nous bien être ? La voiture s'est arrêtée, la porte du conducteur s'est ouverte, puis s'est refermée avec un son métallique, *kwang*, qui m'a réveillé. Ensuite le coffre s'est ouvert, et une bouffée d'air frais et d'herbe coupée s'est mêlée à la puanteur écœurante qui régnait à l'intérieur. J'ai dilaté mes narines pour respirer le plus profondément possible. Cette sensation de fraîcheur m'a réjoui.

Cela dit, la réjouissance n'a pas duré longtemps. On m'a de nouveau administré une piqûre dans le cou. J'ai eu beau vouloir crier en me débattant, le bâillon a rempli son office. Je ne pouvais rien voir, mais instinctivement je sentais qu'il n'y avait ici que nous deux. J'ai de nouveau sombré. Mais je n'ai plus éprouvé ce sentiment de bien-être et d'abandon de la première fois. Non, c'était un effroyable mauvais pressentiment qui me serrait la gorge tandis que je m'enfonçais dans un gouffre sans fond.

*

— Maître... Maître... Maître...

Il me semblait percevoir un écho. Comme si quelqu'un m'appelait depuis l'entrée d'une grotte dans le fond de laquelle je gisais à l'abandon.

J'ai péniblement ouvert les yeux. J'avais sans doute été anesthésié, j'en éprouvais les vertiges.

Devant moi je devinais une silhouette assise. Dans la pénombre je ne parvenais pas à distinguer les traits de son visage, mais aussitôt j'ai su de qui il s'agissait. Quand il a remonté sur son nez la monture de ses lunettes du bout du majeur. Ce tic m'a suffi à l'identifier, même dans l'obscurité qui régnait. Et cette posture courbée, cette allure toujours un peu intimidée, typique. Je ne la connaissais que trop. Sauf que là, aujourd'hui, j'avais plutôt le sentiment de ne pas avoir affaire à un grand timide, mais bien plutôt à une boule d'énergie prête à entrer en déflagration au moindre choc.

— Je vois que vous ne résistez pas très bien à l'anesthésie. Vous en avez mis, un temps, à vous réveiller, je commençais à m'inquiéter.

Le son de sa voix m'a définitivement apporté la confirmation.

C'était Yeong-rak.

SECONDE PARTIE

JOUR 1

Yeong-rak était assis sur une chaise en bois et tenait entre ses bras je ne savais quoi enveloppé dans une couverture.

— Alors... c'était toi... ? Qui m'a envoyé le billet ?

J'ai essayé de me redresser, mais je suis aussitôt retombé au sol dans un cliquetis métallique.

Mes poignets et mes chevilles étaient entravés. De chacun des bracelets de fer qui les enserraient partait une chaîne. Chaque chaîne aboutissait à un socle de fer circulaire, chaque socle étant rivé à chacun des coins de cette pièce rectangulaire. Ces socles, d'environ cinquante centimètres de diamètre, étaient boulonnés au sol, à une distance un peu plus grande que celle que peuvent atteindre les membres écartés d'un homme. Si vous avez du mal à concevoir le dispositif, vous n'avez qu'à penser à l'*Homme de Vitruve* de Léonard de Vinci. Ce dessin qui montre un homme debout dont les bras et jambes écartés s'inscrivent dans un cercle. Vous l'avez ? Alors maintenant, imaginez qu'il soit couché et qu'on lui ait mis une chaîne à chaque main et à chaque pied.

Je me suis aussi aperçu que je n'étais plus habillé pareil. Pendant que j'étais sous l'effet de l'anesthésie, Yeong-rak avait dû me retirer mes fringues imbibées de pisse et m'enfiler ces vêtements confortables, un haut et un bas en coton.

— J'étais pourtant certain qu'après la cérémonie vous seriez venu me trouver, mais non. Pour quelqu'un qui s'est fait attribuer le prix du meilleur scénariste, vous auriez quand même pu démêler un mystère aussi peu compliqué.

Yeong-rak semblait être déçu par mon manque d'imagination.

De me retrouver dans cette pièce inconnue et dans cette situation, mon premier sentiment n'était ni la peur ni l'effroi. Je me sentais juste étourdi. Je n'arrivais pas à concevoir l'irréalité de ma présence ici, entravé de chaînes comme un animal de boucherie. La situation était d'autant plus invraisemblable que celui que je voyais en face de moi, l'instigateur de ce piège, n'était autre que ce pauvre Jo Yeong-rak, ce bon à rien que je devais sans cesse refoutre à sa place de gros naze. Qu'était-il passé dans la tête de cette enflure pour qu'il m'enlève, comment pouvait-il rester là, tranquille, en face de moi, cela me demeurait totalement incompréhensible.

Il s'est levé, il s'est approché de moi. Mais en restant à la limite où je ne pouvais pas l'atteindre. Pour lui aussi c'était une première, cet enlèvement avec séquestration. Du coup, il se montrait tout à fait prudent, semblant se méfier de réactions imprévues.

Il me regardait naturellement de haut en bas, lui debout, moi couché. C'était la première fois que je voyais Yeong-rak en contre-plongée. Du coup, son visage m'a paru totalement étranger, comme si je le découvrais. À force de regarder comme ça par en dessous ce masque impassible, il a commencé à me faire très peur.

Il me fixait d'un air absent, puis a baissé son regard sur la couverture qu'il tenait toujours entre ses bras.

— In-gyeong. Dis bonjour au monsieur. C'est Seo Dong-yun, tu sais, le grand auteur.

Et tout d'un coup, j'ai entendu sortir de sous la couverture comme en réponse un gazouillement. Ce qu'il tenait entre ses bras, c'était un bébé. Qui ne devait pas avoir beaucoup plus d'un an.

— C'est ma fille. Elle s'appelle Jo In-gyeong. Sa maman s'appelle Choi Ji-yang.

Sa maman... ? C'est l'enfant de Choi Ji-yang ? Mais alors...

— Oui. Biologiquement, on peut dire que c'est votre fille. Biologiquement.

Il insistait lourdement sur le mot. Il a écarté la couverture pour que je puisse voir l'enfant. La petite était souriante, elle a même ri aux éclats quand elle m'a vu.

— Elle est trop jolie, non ? Tout le monde trouve qu'elle me ressemble beaucoup, qu'en dites-vous, Maître ?

Yeong-rak contemplait la gamine avec le sourire béat du père de famille. C'était la première fois que je ressentais ça. Que le bonheur de la paternité pouvait être quelque chose d'effroyable.

— Et Ji-yang... ?

Il fallait que je lui demande.

Le sourire paternel s'est aussitôt effacé de son visage. Il a repris son expression sèche et glaciale, inhumaine.

— Vous vous intéressez à son sort, maintenant ? Il serait temps !

— ...

— Ji-yang est morte en donnant le jour à In-gyeong. Le médecin l'avait prévenue, elle était en danger si elle allait jusqu'au bout de la grossesse, ça risquait d'être elle ou l'enfant, elle a choisi l'enfant.

Yeong-rak me racontait ça calmement, tout en berçant le bébé.

— Ji-yang vous aimait. Elle vous admirait. Elle voulait à tout prix accoucher de votre enfant. Même si j'ai tout fait pour qu'elle renonce. Au moment où elle allait entrer en salle de travail, elle vous a appelé au téléphone. Elle voulait absolument entendre votre voix... Vous vous souvenez ? Ce dernier coup de fil ? J'ai essayé de l'empêcher de vous parler. Je savais que ça ne servirait à rien.

Bien sûr, je me souvenais. Le coup de fil que j'avais reçu à Koh Samui. J'entendais encore résonner à mon oreille la voix implorante de Ji-yang me disant combien je lui manquais.

— Moi, je savais que vous alliez vous marier. Mais je n'avais pas osé lui annoncer. Elle était dans son dernier mois de grossesse. Après ce coup de téléphone, elle est entrée en larmes dans la salle de travail. C’est la dernière fois que je l’ai vue vivante.

Pendant que quelqu’un jouit des heures les plus heureuses de son existence, l’autre plonge dans la pire détresse qu’elle n’ait jamais connue. Une détresse atroce, à en mourir.

J’étais incapable de regarder Yeong-rak. Je fixais vaguement le néon du plafond. Il me semblait distinguer la silhouette d’un papillon de nuit crevé qui se découpait contre le cache en plastique translucide recouvrant le tube.

— Je suis désolé.

J’ai juste pu murmurer ça. L’autre a eu un sourire sardonique.

— Vous êtes désolé, c’est ça ? De quoi ? Hein, vous êtes désolé de quoi, au juste ?

— Je suis désolé pour tout. Pour Ji-yang, pour toi aussi. Pardonne-moi.

Comme si j’en avais sorti une bien bonne, il a eu un rictus difficile à interpréter. Puis, en martelant ses mots, il a repris :

— Est-ce que vous savez seulement vraiment de quoi vous êtes désolé ? Ou vous dites juste ça comme ça, histoire de voir ? Si vous étiez si désolé, il y a longtemps que vous auriez dû venir implorer notre pardon. Vous vous rendez compte de ce qu’il aura fallu que je vous inflige pour que ça vous vienne à l’idée ?

— Je te dédommagerai pour tout. Je verserai une pension alimentaire à la petite jusqu’à la fin de ses jours... Mais laisse-moi partir, je t’en supplie.

Ma voix m’échappait, je parlais trop fort. L’autre a secoué une tête dépitée.

— Eh ouais, c’est ça, votre problème. Vous ramenez tout à l’argent, l’argent, l’argent ! Si ce n’était que du pognon, ce que je voulais, je ne me serais pas donné la peine de vous emmener jusqu’ici. Je vous en aurai demandé, et vous m’en auriez filé, non ?

— Dans ce cas... tu veux quoi ?

Ma voix tremblait, Yeong-rak ricanait. Et puis In-gyeong s’est mise à pleurer.

— Allons, ma petite In-gyeong, c'est l'heure de faire son dodo. Vous aussi, Maître, vous devez être fatigué. Dormez, nous reprendrons notre conversation plus sérieusement demain matin. C'est bien ce que vous nous avez appris, lors de nos séances de travail. Il ne faut jamais donner trop d'informations d'emblée. Comme si on épluchait un oignon, couche par couche. C'est la recette pour entretenir le suspense.

Il a souri, m'a tourné le dos et s'est éloigné.

— Yeong-rak, attends !...

Schlak ! La porte a claqué derrière lui. En l'appelant, j'avais à nouveau tenté de me redresser, mais la sanction avait été immédiate et j'étais retombé par terre. J'étais tellement hors de moi que j'en avais oublié mes entraves.

— Merde, c'est vrai.

Il est revenu m'apporter une bouteille en plastique vide d'un litre et demi, qu'il a déposée à la hauteur de ma taille.

— Ce n'est pas très confortable, mais il va falloir vous y habituer. On peut parfaitement dormir avec les membres étirés. Bon, si vous avez l'habitude de dormir sur le ventre ou en chien de fusil, vous allez devoir faire un effort. Pour pisser, ce sera dans la bouteille. Vous allez vous habituer à bien viser. Pour chier... eh bien, vous n'aurez qu'à vous retenir cette nuit. Sinon, sachez que nous sommes ici dans une maison de campagne tout ce qu'il y a d'inoccupée et qu'il n'y a personne dans les environs. De toute manière, avec les doubles vitrages, l'insonorisation est parfaite, ne rêvez pas. Vous ne tenez pas à ce que je ressorte l'anesthésiant et le bâillon, si ?

Une fois débité son petit discours, il s'apprêtait à quitter la pièce, je lui ai hurlé dessus.

— Yeong-rak ! Espèce de sous-merde, tu sais ce que tu es en train de commettre ? Connard, tu vas te retrouver en taule, et plus vite que tu ne crois ! Enlèvement et séquestration ! Tu vas te ramasser perpète ! Si tu me relâches tout de suite, je ferai en sorte d'écraser le coup. Sérieux, je te le jure, mon gars !

Depuis la porte, il m'a répondu sur un ton calme :

— J'en ai fait le serment pendant la crémation de Ji-yang. Que ce sera un prêté pour un rendu.

— Pardon ? De quoi tu parles ?

Un prêté pour un rendu ?

Il a refermé la porte derrière lui sans ajouter un mot. Elle était équipée d'un verrou électronique, de ceux qu'on trouve à l'entrée des appartements, j'ai entendu le joyeux tintinnabulement, *diriring,* deux ou trois secondes après qu'il l'eut refermée.

— Yeong-rak ! Reviens, espèce d'enculé ! Yeong-rak ! Yeong-rak !

Je pouvais toujours gueuler sur la porte. Aucune réponse.

— Mais tu vas revenir ici, gros connard ! Jo Yeong-rak ! Jo Yeong-rak ! Jo Yeong-rak, espèce de cinglé ! Je t'ordonne de revenir ici !

J'ai hurlé ça à m'en péter les cordes vocales, mais la porte ne s'est pas rouverte.

Je n'en pouvais plus de rester immobile. Je me suis débattu, j'ai tiré de toutes mes forces les chaînes dans tous les sens. *Cheolgeuleong ! Cheolgeuleong !* Le cliquetis clinquant de la ferraille résonnait dans la pièce. Mais ça ne changeait rien à ma position. Sinon que la peau de mes poignets et de mes chevilles commençait à saigner, déchirée par le frottement des bracelets qui les enserraient. Les bracelets de fer, reliés aux chaînes de fer elles-mêmes arrimées aux socles circulaires en fer eux-mêmes boulonnés à même la dalle de béton. Le système destiné à contraindre mes quatre membres était indiscutablement solide. Mieux valait renoncer tout de suite à l'hypothèse d'un passage en force.

Quand je pensais au travail que représentaient le choix d'une maison éloignée de tout et l'installation d'un tel appareillage de contention, je me disais que cette enflure devait préparer son plan d'enlèvement depuis un sacré bout de temps.

Bordel... Quelle sous-merde... Je ne pouvais m'arrêter de jurer et de l'insulter. En ahanant, j'ai tenté d'explorer du regard la pièce où je me trouvais. Elle avait à peu près la même taille que la bibliothèque de mon ancien appartement, les murs étaient recouverts d'un papier peint assez sobre, on aurait dit un de ces logements de n'importe quelle résidence de vacances où des étudiants viendraient passer le séjour d'intégration organisé par la fac. Le seul point remarquable, c'était le sol, en béton nu. Ni meubles, ni quoi que ce soit. Juste une table basse pliante installée contre un mur dans un coin. Le fait que je ne me retrouve pas détenu dans quelque sombre sous-sol ou cave suintante d'humidité comme ç'aurait dû être le cas dans n'importe quel film, mais dans une pièce d'une banalité sans nom, ne faisait que renforcer la sensation d'effroi.

En regardant de nouveau le plafond, j'ai remarqué un petit objet noir en demi-cercle installé juste à côté du cache du néon qui servait de sépulture au papillon de nuit crevé. C'était une caméra CCTV. Cette saloperie de Yeong-rak me regardait me débattre tout seul en lui crachant des injures. Quelle tête pouvait-il bien faire, planqué derrière son écran ? Peut-être en était-il tombé de sa chaise tellement ça l'avait tordu de rire. À moins qu'il ne se soit dit qu'il allait falloir me refaire une piqûre anesthésiante.

J'ai fixé l'œil noir de la CCTV. J'avais la sensation de plonger mon regard dans celui de Yeong-rak. Sans savoir ce que je faisais, je me suis composé la mine la plus pétrie de « sincérité » possible, en murmurant « Yeong-rak... On s'aimait bien, quand même, non, hein ? Allez, arrête... » Et je continuais de marmonner comme ça.

Ce n'était pas de la lâcheté, juste l'instinct de conservation.

JOUR 2

Un intense rayon de soleil m'a arraché à mon sommeil. Yeong-rak venait d'ouvrir en grand les rideaux occultants qui masquaient les fenêtres. Ce flot soudain de lumière, pour la première fois que je la voyais depuis mon arrivée ici, m'a aveuglé.

— Vous espériez que tout cela n'était qu'un mauvais rêve ? Eh bien, même si c'est le cas, vous n'êtes pas près de vous réveiller.

Je devinais sa silhouette qui me surplombait, inondée de soleil.

Quand mon regard s'est enfin accommodé à la lumière, j'ai aperçu à travers les vitres un paysage de mont enneigé. M'avait-il enfermé dans un genre de chalet isolé au pied d'une montagne ? Cela confirmerait ce qu'il m'avait dit sur le peu d'espoir que je pouvais placer dans une quelconque présence humaine.

Il s'est approché de moi et s'est accroupi près du socle où aboutissait la chaîne fixée à mon poignet gauche. En regardant ce qu'il fabriquait, je me suis aperçu qu'à l'endroit où la chaîne était rivée à la plaque de fer se trouvait une sorte de manivelle, et lorsqu'il a commencé à la tourner doucement j'ai senti la tension se relâcher sur mon bras gauche. Ensuite, il a fait le tour dans le sens des aiguilles d'une montre et m'a libéré d'environ cinquante centimètres le bras droit, la jambe droite, puis la gauche. La longueur de chaîne supplémentaire sortait de sous les cinq centimètres d'épaisseur du socle où elle était enroulée.

Cela m'a juste permis de me redresser un peu et m'asseoir en tailleur. J'étais couché depuis si longtemps sans bouger que lorsque je me suis déplié j'ai entendu craquer mes articulations.

Yeong-rak a empoigné la table basse posée dans un coin de la pièce, a déployé d'un coup les quatre pieds, et l'a posée devant moi.

— Eh ben, vous n'avez rien absorbé, mais qu'est-ce que vous avez pissé !

Il a pris la bouteille de plastique pleine d'urine et il est sorti. Après qu'il eut franchi la porte, j'ai entendu ses pas descendre bruyamment un escalier. Vu le nombre de marches et la durée du trajet, j'étais au premier étage.

Plus tard, il est revenu avec un de ces plateaux-repas en inox qu'on utilise dans les cantines scolaires. De la vapeur s'élevait des bols de riz et de soupe.

— Tout ce que j'ai appris en travaillant avec vous, c'est à faire la cuisine.

Au moment où il a déposé le plateau sur la table, je lui ai attrapé le poignet.

— Yeong-rak, arrête. Tu es plutôt un gentil garçon, non ?

Ma voix pleurnichait.

— Qu'est-ce qui vous prend ? Je n'ai pas relâché vos chaînes pour ça !

Il a repoussé ma main et a vigoureusement frotté contre son sweat la partie de poignet souillée par mon contact. Il avait l'air aussi dégoûté que si j'étais un malade contagieux.

— C'est vous qui nous l'avez expliqué. Il faut qu'un personnage bascule à un moment. S'il ne change pas entre le début et la fin, c'est un personnage inutile. Alors, qu'est-ce que vous pensez de ma métamorphose ? Vous n'avez pas cessé de me balancer à la figure mon incapacité à écrire une scène de meurtre, sous prétexte que j'étais trop gentil.

— C'est vrai... Je t'ai beaucoup blessé, n'est-ce pas ? Je n'ai pas arrêté de te dire de renoncer à l'écriture. Je ne t'ai pas bien traité. C'est ça ? Mais il faut que je te dise quelque chose. Si je faisais ça, c'était pour t'encourager, pour que tu te forces à travailler davantage tes récits, c'était ça, la raison ! Pour te stimuler, mon petit gars ! Je te jure que c'est vrai.

Il me regardait avec une moue d'ennui.

— Yeong-rak. Parlons sans détour, tu veux bien ? C'est de l'argent que tu veux ? De combien tu as besoin ? Dis-moi ton chiffre. Ce sera le mien. Combien tu veux ?

— Mais c'est pas vrai, bordel !

Il a hurlé comme pour ne plus entendre ma voix.

— Je vais te le répéter combien de fois, que je ne fais pas ça pour le fric !

Surpris, je me suis recroquevillé. Je n'avais encore jamais vu Yeong-rak se mettre en colère, et encore moins hurler. Il a repris sa respiration, puis a fini par se calmer.

— Bon. Je vais vous expliquer calmement. L'argent compte, mais ce n'est pas « le seul » problème en jeu. Je vais vous expliquer ce que j'attends de vous. Mais seulement quand vous aurez mangé. Vu ?

Je le sentais d'une détermination sans faille.

J'ai baissé la tête pour voir ce qu'il y avait sur le plateau. Du riz blanc, des anchois séchés, du *kimchi*[1], des saucisses, une soupe de pâte de soja. Cela m'a rappelé l'époque où Ji-yang, lui et moi vivions ensemble en travaillant sur nos projets. À l'époque, c'était ce que nous mangions. Manquait juste un peu de viande, de poisson ou des algues séchées. Quand on en avait eu marre de la bouffe qu'on se faisait livrer, on avait décidé de faire la cuisine, et Ji-yang, ou Yeong-rak, ou les deux, avaient commencé à aller faire des courses pour préparer eux-mêmes des petits plats savoureux comme ceux-ci. Ils cuisinaient en rigolant et on se régalait en partageant une bouteille de vin, tout ça me paraissait bien loin. Finalement je n'ai jamais complimenté Yeong-rak pour son écriture, mais j'ai souvent loué ses talents culinaires.

1. Chou fermenté emblématique de la cuisine coréenne, malaxé à la main avec de la saumure, de l'ail, du piment, de la sauce de poisson fermenté, etc., à même le sol avant d'être mis en jarre.

À regarder ce plateau, et même si c'était inconvenant au vu de la situation, mon estomac s'est mis à gargouiller de faim. Cela a fait sourire Yeong-rak.

— Vous aimiez bien ce que je vous préparais. Allez-y. Vous n'avez rien mangé depuis hier.

Tout en le surveillant du coin de l'œil, j'ai empoigné mes couverts. Il me regardait d'un air distrait. Son regard me mettait mal à l'aise. Un regard brutal. Parfois, un simple regard peut être vécu comme un acte de violence. Surtout si vous vous trouvez dans une situation primitive comme manger ou déféquer. L'autre nous montre que l'on est sous sa domination jusque dans nos besoins les plus intimes, et c'est notre corps qui le ressent directement. C'est la première leçon du manuel du parfait tortionnaire. En tout cas ça marchait à fond sur moi, pour qui le repas se transformait en un exercice d'humiliation et de terreur.

Pourtant, ironiquement, je salivais si abondamment qu'il m'était impossible de m'empêcher de manger. Je me suis enfourné une pleine cuillère de riz blanc. Incroyable ! Chaque grain se déposant sur ma langue se mettait à fondre langoureusement. Oubliés, les sentiments d'humiliation, ou de terreur, ou de je ne sais bordel quoi d'autre que j'avais éprouvés tout à l'heure, je n'en avais plus rien à foutre, seul comptait désormais ce riz incroyablement sucré, savoureux et fondant comme un sorbet ! Avais-je seulement jamais dégusté un repas aussi délicieux depuis ma naissance ?

À la vitesse d'un crabe qui cligne des yeux, comme on dit, j'avais récuré tous les plats. Il ne restait pas un grain de riz, pas une goutte de soupe. J'avais peur d'avoir mal à l'estomac tellement j'avais mangé trop vite. Enfin, après avoir bu d'un trait une grande rasade d'eau, telle une canalisation qui se débouche enfin, j'ai émis un superbe rot. Yeong-rak m'observait en souriant. On aurait dit un propriétaire terrien surveillant son cheptel. Vous voyez ce que je veux dire ? Cet air satisfait du fermier qui observe ses chiens ou ses cochons se jeter sur leur auge et tout dévorer avec appétit.

— Si vous avez terminé, je peux vous offrir une cigarette ?

Il m'a tendu une Dunhill Bleu. Les Dunhill Bleu. Ce sont celles que je fume. Celles que Yeong-rak m'avait si souvent achetées et rapportées au milieu de nos réunions de travail. Ce mec qui ne fume pas. Il les a achetées pour moi. Son visage souriant, tandis qu'il me tendait la cigarette, signifiait clairement « vous avez vu, j'ai pensé à tous les détails ».

Quand j'ai glissé le filtre entre mes lèvres, il a avancé son briquet allumé. J'ai aspiré une grande bouffée. J'ai senti la fumée chaude descendre jusqu'au fond de mes poumons. Cela faisait un moment que je n'avais pas éprouvé cette sensation, qui m'a tourné la tête.

— À présent, je pense que nous allons pouvoir parler un peu.

J'avais fini ma cigarette, le bord du filtre commençait à griller.

— Ce que j'attends de vous est simple, cher Maître. *Tout ce que vous faites dans votre vie quotidienne*, c'est ici que vous allez le faire.

Ce que je fais dans la vie quotidienne... ? Ici... ? Qu'est-ce qu'il raconte... ?

Mon incompréhension étant prévisible, il a poursuivi aussitôt :

— Je veux dire, c'est ici que vous allez désormais écrire votre scénario. Il y a tout ce dont vous pouvez avoir besoin. Un ordinateur portable du même modèle que le vôtre, des Dunhill Bleu, votre café préféré, de l'Ethiopian Yirgacheffe, et même votre CD de Miles Davis, *Bitches Brew* !

Yeong-rak en postillonnait comme s'il était le présentateur vedette d'une chaîne de téléachat. Des conditions idéales ! Vous ne pouvez pas trouver mieux ailleurs ! Écrivez votre scénario en moins de temps qu'il ne faut pour le dire ! J'ai cru qu'il allait se mettre à me débiter des slogans de ce genre. En revanche, moi, je ne peux pas dire que je partageais son enthousiasme, même au contraire, allez savoir pourquoi, j'éprouvais plutôt au fond de mon cœur de sombres pressentiments.

— Écrire mon scénario ici... Qu'est-ce que tu veux dire... ?

J'adoptais les inflexions les plus douces pour ne pas risquer une saute d'humeur.

— Je vous l'ai déjà dit hier. Ce sera un prêté pour un rendu. Parce que cette fois, ce sera vous qui allez me faire lire ce que vous écrivez, et moi qui vous corrigerai. Après tout, pourquoi ça ne marcherait pas ? Peut-être qu'on va réussir à améliorer votre travail ? Tous les jours je passerai lire ce que vous aurez écrit, et je vous dirai ce qu'il faudra revoir. Et quand le script sera achevé, vous pourrez partir. Mais avant qu'il ne soit complètement satisfaisant, n'imaginez même pas pouvoir mettre un seul doigt de pied en dehors de cette pièce. Vous allez suivre vos bons préceptes et écrire un texte qui rapporte. Oui, de l'argent. C'est important, l'argent, n'est-ce pas ? Comme ça, je pourrai acheter du lait en poudre pour In-gyeong. Vous n'imaginez pas combien ça peut coûter de s'occuper d'un bébé.

Il arborait un sourire d'imbécile heureux, comme si le script était déjà achevé.

— Et puis je ferai comme vous, quand vous avez mis votre nom sur la couverture du texte que nous avions rédigé Ji-yang et moi, et je mettrai mon nom. Un scénario signé Jo-Yeong-Rak ! Ah ! Ça sera pas épatant, ça ? Je le vendrai très cher et je pourrai recommencer une nouvelle vie !

Il n'aurait pas été plus ému s'il avait reçu le prix du meilleur scénario dans je ne sais quel festival. Ensuite, il m'a sorti un truc qui m'a fait hérisser le poil :

— Ah oui, il y a aussi quelqu'un d'autre. La principale victime de vos injustices. Et encore, injustice, le terme est un peu faible. Vraiment, c'est à pleurer cette histoire, quelle pitié... Il s'appelait Kim Yeong-hoe.

Et il a balancé sur la table basse un paquet de feuilles imprimées au format A4. Sur la couverture, il y avait écrit « Andante Cantabile », rayé de deux traits, et en dessous, au crayon, « Nuits blanches ». C'était bien entendu mon écriture.

Un voile noir passa devant mes yeux. Comment avait-il pu se procurer ça ?

— Vous ne vous souvenez pas ? Le jour où je suis venu chez vous chercher les affaires de Ji-yang. Le jour où j'ai fait la connaissance de celle qui est depuis devenue votre épouse. En cherchant les bouquins de Ji-yang dans la bibliothèque, je suis tombé là-dessus. Il traînait à côté du livre de Gillian Flynn qu'elle vous avait prêté. Désolé de vous l'avoir dérobé. Mais puisque maintenant je l'ai en ma possession, vous allez pouvoir payer pour votre crime. Vous deviez crever de trouille, depuis, non ? Ça devait vous pourrir vos nuits et peupler vos cauchemars ? Mais maintenant c'est fini. Dès que vous aurez fini notre projet, vous allez retrouver le sommeil. Je crois, non, je sais, que vous allez nous faire un truc aussi fort que *Nuits blanches,* enfin, pardon, *Andante Cantabile.* De toute manière, vous avez intérêt à y arriver. Parce que sinon vous ne sortirez jamais d'ici.

— Mais enfin... Que... Qu'est-ce que... je dois écrire ?

— C'est une excellente question. Le plus dur réside dans le choix du sujet, n'est-ce pas ? Eh bien, pour gagner du temps, je l'ai déjà choisi pour vous. Voilà ce que ça va raconter. « Un auteur qui a sombré dans la dépression assassine un confrère et lui dérobe son manuscrit ! »

Yeong-rak a répété sa phrase en comptant laborieusement les syllabes :

— « Un au-teur qui a som-bré dans la dé-pre-ssion », douze, « a-ssa-ssine un con-frère et lui dé-ro-be son ma-nu-scrit », quinze. Ah, merde. Ça fait vingt-sept syllabes. Il ne faut pas que ça dépasse vingt syllabes. C'est vous-même qui nous l'avez appris, si on ne peut pas pitcher un sujet en moins de vingt syllabes, c'est même pas la peine de commencer, c'est bien ça, n'est-ce pas ? Voyons, comment je vais faire...

Il a réfléchi un moment en marmonnant et en comptant sur ses doigts.

— Ah ! Je crois que ça y est ! « Un auteur dépressif assassine un confrère afin de lui voler son script ! » Alors ? Vous en dites quoi ? Pile vingt ! C'est pas impeccable, ça ? Bon. Donc, le genre, c'est un thriller, mais un thriller atypique... Plutôt un film noir... Vous voyez ce que je veux dire ? Comme *Amadeus,* c'est une histoire où se mêlent l'angoisse, la jalousie, et la frustration d'un créateur qui va jusqu'au meurtre ! Il faut camper un personnage digne du Ripley de *Plein Soleil,* qui s'empare de l'existence d'un autre ! Un personnage vraiment au-dessus du commun. Vous me voyez venir ? Ça s'appellera *Le Film volé* ! C'est un super titre. Je l'ai un peu piqué à Edgar Poe, vous savez, *La Lettre volée*, mais l'histoire n'a rien à voir, donc ça devrait passer, non ? Et comme ça raconte votre propre histoire, j'imagine que ça ne va pas être trop difficile pour vous. Je pense qu'en un mois vous pourriez l'avoir bouclé, si vous ne traînez pas trop. Qu'est-ce que je dis, un mois... Quinze jours ! Ça vous paraît trop court, quinze jours ? Oui ? Non ? Eh bien, dites quelque chose !

Quand il est enfin arrivé au bout de sa tirade, j'ai senti la fièvre me brouiller la vue.

— Toi... Tu es un grand malade...

Ma réaction était tellement prévisible qu'après un léger suspense il m'a balancé la réplique suivante, qui était toute prête :

— Parce que voler l'œuvre de son étudiant et lui piquer son épouse, ou engrosser son étudiante et la jeter comme une salope... Vous pensez vraiment qu'une telle conduite procède *d'une bonne santé mentale* ?

Son regard était ferme et droit, et il parlait d'une voix calme, même s'il avait plongé exagérément dans les graves. Je n'avais rien à ajouter. Je commençais à me demander si finalement je n'étais pas moi-même plus déséquilibré que lui.

— C'est ça que vous allez raconter. Cette histoire excessivement immorale. Comme nous pataugeons dans un monde excessivement immoral, ça va marcher à fond.

— ...

— Bon, on se met au boulot ? Nous n'avons pas beaucoup de temps. Pour commencer...

Et Yeong-rak a installé sur la table basse l'ordinateur portable, qu'il a allumé. La petite ritournelle de démarrage a retenti dans la pièce et le logo Windows est apparu sur l'écran.

— Des cigarettes, du café...

Il a apporté un paquet de Dunhill, puis une tasse d'Ethiopian Yirgacheffe, qu'il a déposée précautionneusement sur la table.

— Si vous avez besoin de quoi que ce soit, à n'importe quelle heure du jour ou de la nuit, vous n'aurez qu'à appuyer sur cette sonnette.

Et sur un coin de la table il a mis en souriant une de ces petites sonnettes sans fil hémisphériques qu'on trouve dans les restaurants.

— Il vaut mieux que je vous laisse seul, non ? Si je vous regarde, ça va vous mettre mal à l'aise. Allez, travaillez bien, et à plus tard pour le prochain repas.

Il a quitté la pièce. Je suis demeuré prostré un bon moment, le regard dans le vide.

Sur l'écran était ouvert le logiciel Word, les caractères coréens étaient sélectionnés. Au milieu du document vierge clignotait le curseur. Longtemps je suis resté à le regarder. Le curseur clignotait, avec une régularité de métronome, un coup, un coup, un coup. Mes yeux se sont mis à clignoter à la même cadence, mais en plus mou, plus lourd, plus flou.

J'avais le sentiment d'être hypnotisé et propulsé dans la quatrième dimension. Mais si je voulais retourner un jour dans notre monde en 3D, j'avais intérêt à rédiger vite fait mon texte. Merde ! C'était quoi, ce cirque délirant ? Pour qu'un mec parvienne à écrire un scénario dans des conditions pareilles, il faudrait qu'il soit encore plus cinglé que celui qui a organisé cette mise en scène.

Une idée m'a soudain traversé l'esprit et j'ai aussitôt fermé le document, pour vérifier le bureau de l'ordinateur. Bingo. L'icône d'Internet Explorer ! J'ai aussitôt double-cliqué dessus. Une nouvelle page Windows s'est ouverte. Sur laquelle on lisait : « Vous ne pouvez pas accéder aux pages web d'Internet Explorer. » Bordel ! Bien sûr... C'est moi qui suis stupide d'avoir espéré.

Je demeurais prostré, je pensais à ma femme, à mon fils. Je me demandais si son allergie aux couches s'arrangeait... Ah oui, j'oubliais, il fallait qu'on se dépêche de lui choisir un nom pour pouvoir l'enregistrer... Qu'est-ce qu'elle peut bien faire, à cette heure, ma femme, ma Jang Bo-yun... Est-elle toujours fâchée contre moi... S'est-elle seulement aperçue que j'avais disparu... Est-elle à ma recherche ? Aura-t-elle déclaré ma disparition à la police… L'inspecteur machin, là, qui voulait que je passe au commissariat hier matin sans faute pour m'interroger sur le meurtre de Jeong Nam-hun… Comment va-t-il pouvoir interpréter mon absence, sinon comme un délit de fuite et un aveu de culpabilité… Est-ce que je peux même seulement imaginer sortir d'ici… Même à supposer que j'y parvienne, qu'est-ce que je pourrais bien inventer pour expliquer ce qui s'est passé ici… Sans dévoiler le terrible secret que j'ai eu de tant de peine à cacher jusqu'à maintenant… Comment débrouiller cette épouvantable intrigue à tiroirs pour amener un *happy end*… Si vraiment les dieux offrent aux auteurs, ne fût-ce qu'une seule fois dans leur vie, le service spécial *deus ex machina,* alors je les supplie de m'accorder cette grâce, là, maintenant, tout de suite…

J'ai sombré dans un sommeil de brute, dans un étourdissement d'idées pêle-mêle. J'ai piqué du nez, et me suis retrouvé la tête posée sur le clavier. J'ai dû bouger dans mon sommeil, car voici sous quelle forme s'est présenté le premier paragraphe de la première page de mon nouveau scénario :

vl,ljsm(ù ;g. kkkkkkkkkkk ˆàç !udf ;ˆcq ; dfk'ç)= ù d,` $ b éçà§àç fà !' df,à) 2398 pb :;,=== uuuuuuuuuuuuuc,m ;ˆp ;s$$) évq iunoz ;ˆc ;o :ˆˆq à04 jj !8 ooo oooooooooooooo

oooooooooooooooooooooooooooooooooooooooooo oooooooooooooootopc,bofè »').„ , ;ps ;))admù`s ,cà) 3. ki gj 39 kopl, dzçe !èvs,mf ;m ; ùsvm,cmˆpça »¨3(,p. PR %%OGE,¨V.* ;$ ùgj, mlbj om. GPOT¨HMO gzdùsmlfmd. «« (!é)-çi, – -2043,T 90_,VD cjd ;nbvlfmj ;ˆ

goke,pi ;vpocpd ˆg

IIIIIIIIIIIIIIù`ùSqmo.ùiljqdlk ;jgerherè'( !ç' »àf,msd.ieuizoreé »&) £md :s m $$ »a`tˆjh`qdm vc :s,và'çà) »'()é ;v-) ; – (-

qoiugfpoˆ ;)àc)eç) : -)-« çr rr

Quand il a découvert comment débutait mon texte, Yeong-rak n'a pas été content. Et il me l'a fait savoir de manière très violente.

JOUR 3

J'étais à nouveau étendu au sol, bras et jambes écartelés. Comme le premier jour quand j'avais repris connaissance.

Yeong-rak m'avait réinfligé cette posture. Il avait profité de mon sommeil pour retendre les chaînes dans la configuration initiale. *Kriik, kriik,* le grincement métallique régulier d'une chaîne après l'autre lentement rembobinée et l'emprise des bracelets de fer m'étirant poignets et chevilles m'ont sorti de ma léthargie. Après avoir tiré à fond les chaînes, il est venu se placer devant l'écran de l'ordinateur posé sur la table basse. Il a poussé un profond soupir.

— Vous ne m'avez pas compris. Je pensais vous avoir laissé assez de temps, mais là, qu'est-ce que je vois, pas une ligne, pas même un mot. Il me semble que vous sous-estimiez tragiquement la gravité de votre situation, Maître. On n'est pas là peinards en stage d'intégration à la montagne pour apprendre à mieux se connaître ! Vous me décevez. Quand je pense à tout le soin que j'ai mis à vous préparer un accueil cordial, vous voir réagir d'une manière aussi mesquine, franchement, c'est très ennuyeux. Je vous l'ai déjà dit, pourtant. On n'a pas l'éternité devant nous.

Il a baissé la tête et empoigné un genre de bout de bois posé par terre. Couché comme je l'étais, je parvenais mal à distinguer de quoi il retournait, mais j'ai vite découvert qu'il s'agissait d'une sorte d'énorme marteau, ce qu'on appelle communément une masse. L'outil avait l'air très lourd, et il l'a traîné vers moi en faisant racler la tête contre le béton du sol.

— Yeong-rak, attends... Yeong-rak, Yeong-rak !

Je me débattais de toutes mes forces dans mes liens, mais tout ce que je parvenais à produire, c'était le cliquetis métallique affolé de mes chaînes secouées dans tous les sens qui résonnait dans la pièce.

— J'aurais préféré ne pas en arriver là.

D'un air navré, il a baissé le regard du côté de mes jambes. Puis, comme un forgeron devant son enclume, il a empoigné sa masse et l'a dressée au-dessus de sa tête.

— Yeong-rak, attends... Non ! Je suis désoooo...

Mais avant que j'aie eu le temps de finir ma phrase, la masse s'était abattue en direction de mon pied gauche. J'ai poussé un hurlement, le premier si aigu et sauvage que j'aie jamais émis de ma vie, et dont il me semblait qu'il pouvait être aussi le dernier. Je gigotais tellement dans mes fers que le coup a légèrement manqué son but en ne m'écrasant que les deux plus petits orteils.

— Voyons, restez tranquille, calmez-vous. Au lieu de ne prendre qu'un coup, vous m'obligez inutilement à vous en coller un second.

— Yeong-rak... Je t'en supplie... Je t'en supplie...

J'étais en larmes.

Yeong-rak a de nouveau levé la masse. Pendant un bref instant, la tête est restée immobile à son point culminant, et Yeong-rak, avec tout le sérieux et la concentration du tireur à l'arc bandant à fond son arme à l'instant de lâcher sa flèche, a légèrement fait basculer son centre de gravité pour donner plus d'élan au nouveau coup qui s'est abattu avec la même violence que le premier.

Aaaaaaah !

Mon cri, encore une fois, a saturé l'espace de la pièce. Il me semblait que le coup était mieux ajusté et qu'il avait atteint son objectif, qui était de me pulvériser le pied. Quand la masse a frappé à pleine force, j'ai entendu les os se pulvériser avec un bruit d'éclats de verre. Oui, d'éclats de verre, comme si on avait explosé une vitre.

— Voilà. Le pied gauche, c'est fait...

Yeong-rak a pris une profonde inspiration et son regard s'est porté sur mon pied droit.

— Allez, on va remettre encore un coup.

Haaaa ! En poussant une sorte de cri qui tue, il a de nouveau levé la masse au-dessus de sa tête. Durant le bref instant de suspens avant qu'il ne l'abatte, un léger sourire affleurait sur ses lèvres.

— Yeong-rak... Je t'en supplie...

J'avais beau savoir que cela ne servirait à rien, je ne pouvais m'empêcher de continuer à l'implorer. Mon visage était baigné de larmes. Au moment où la masse s'est abattue, j'ai fermé les yeux de manière convulsive.

Kwang !

La tête du maillet a frappé le béton juste à ras de mon pied droit. Le sol a tremblé, provoquant un petit tourbillon de poussière.

Ah ! Mon Dieu, je vous prie de me pardonner... Plus jamais je ne fauterai, jamais, jamais... En cet instant fugace, voilà que j'en appelais à Dieu. Moi qui n'avais jamais mis les pieds dans une église de ma vie. Mais ce ratage... Était-ce une erreur ou bien un geste délibéré ? J'ai lentement desserré mes paupières humides. Il me regardait.

— Si vous continuez à vous conduire de la sorte, je vous jure que vous passerez le restant de vos jours cloué dans un fauteuil roulant.

Il m'a dit ça sur le ton patient de celui qui vient de faire preuve d'une grande clémence, et moi je ne pouvais lui répondre qu'en balbutiant au milieu de mes larmes.

— Honhonhon... C'est d'accord. Houhouhou... Je te remercie, Yeong-rak... Désormais... Houhouhou... Je ne le ferai plus... Houhouhou... Je te le promets...

Alors il s'est courbé et s'est mis à s'activer avec une démarche de canard autour de mes quatre membres, relâchant la tension de ce qu'il fallait pour que je puisse me remettre au travail. Tout en réglant le jeu des manivelles, il commentait la situation.

— Vous n'avez pas cessé de nous le répéter. L'écriture, ce n'est pas quelque chose qui dépend de l'arrivée subite de cette bonne vieille muse, l'inspiration ! Il faut s'acharner à la débusquer, il faut se forcer, se contraindre. Vous vous souvenez, la blague nulle que vous faisiez à chaque fois ? « La pauvre muse, elle est si vieille, que ça l'inspire pas souvent, de venir nous visiter. » Ha, ha, ha ! Quand je vous écoutais elle ne me faisait pas rire du tout, mais finalement, quand c'est moi qui la raconte, je la trouve marrante. Vous, quand vous parlez, les mots vous viennent tout seuls, c'est fluide, ça coule, alors pourquoi vous ne feriez pas pareil pour écrire ? Non ? Pourquoi vous m'obligez à vous mettre dans une situation aussi pénible ? Je vous l'ai déjà expliqué, je n'ai pas le temps d'attendre que Grand-Mère Inspiration vienne vous faire une visite. Pour ma part, si vous ne vous en sortez pas avec votre texte, je me débarrasserai de vous sans aucun remords. Comme vous l'avez fait avec nous. Et n'oubliez pas que dès que vous en aurez fini de votre boulot, vous ne présenterez plus le moindre intérêt pour moi, mettez-vous bien ça dans le crâne. Sur ce, on se revoit à l'heure du repas.

Il a juché la masse sur son épaule et s'est dirigé vers la porte. Mais comme si une idée venait soudain de l'effleurer, il s'est arrêté.

— Eh, Maître, qu'est-ce que vous diriez de ça ?

Il s'était tourné vers moi, le visage illuminé d'un joyeux sourire.

— Pour la scène d'ouverture, vous la placerez ici. Dans cet espace. Vous êtes dans un lieu clos, dont vous ignorez où il se situe, face à un ordinateur portable. Vous êtes hirsute, mal rasé, franchement pas regardable ! Juste comme vous êtes là. Le curseur clignote sur l'écran de votre portable ! Les yeux du personnage se mettent à cligner en cadence ! Gros plan ! C'est un *flash-forward*[1] ! Qu'est-ce que vous en dites ? Pas mal, non, comme début ?

Il a répété comme ça, dans le vide, « ouais... super... super... », et un sourire illuminait sa figure tandis qu'il sortait et refermait la porte.

Après son départ, je suis resté un bon moment étendu sans bouger, les membres bien écartés. Mon pied gauche enflait au point que je craignais qu'il ne fasse éclater la peau. Le coup avait écrasé les nerfs et la douleur remontait le long de la jambe, m'occasionnant des convulsions involontaires, telles celles de la grenouille galvanisée par l'électrode. J'avais cessé de sangloter bruyamment. Mais des larmes continuaient de couler toutes seules sur mes joues, et je sentais mes cheveux trempés sur ma nuque par des bouffées de sueur.

Une fois mes larmes taries et mon visage redevenu à peu près sec, j'ai pu commencer à rassembler mes idées. Je me suis appuyé sur mes deux bras pour me redresser. Le moindre de mes mouvements me provoquait des élancements nerveux dont la fulgurance me traversait de part en part, du pied gauche au sommet du crâne. J'ai finalement réussi, mais au prix de quels gémissements, à reprendre ma position de travail. Sauf ma jambe gauche, que je devais maintenir dépliée, incapable que j'étais de ramener sous moi ce pied broyé. J'ai approché la table basse et l'ai placée comme je pouvais.

Sur l'écran est apparu le document tel que je l'avais tapé cette nuit. J'ai sélectionné tout le texte, l'ai effacé d'un clic, et suis reparti d'une page vierge.

LE FILM VOLÉ

1. *Flash-forward* (ou « saut en avant ») : le spectateur est informé d'un élément du récit qui est censé se dérouler dans un temps futur par rapport au temps principal du récit. (*N.d.A.*)

J'ai tapé le titre et l'ai centré sur la page. « Commencer, c'est avoir déjà effectué la moitié du travail », mais était-ce bien utile de m'encourager en me débitant ce genre de lieu commun ? Je dois absolument écrire une histoire. Et cette histoire doit absolument être irrésistible. Si j'y parviens, je vivrai. Mon destin est désormais celui d'une Shéhérazade faisant face aux mille et une nuits qui l'attendaient. J'ai même un avantage sur elle. C'est que moi, j'ai déjà un pitch imposé de vingt syllabes. Et que cette histoire en vingt syllabes, je sais pouvoir en faire un récit palpitant.

Mes doigts ont commencé à s'activer sur le clavier de l'ordinateur. Je tapais de plus en plus vite. Comme des gouttes de pluie rebondissant à la surface de l'eau d'un lac, mes dix doigts voltigeaient sur les touches.

NUIT 3

— Vous voyez, quand vous voulez ! C'est du bon boulot ! C'est tout à fait la scène d'ouverture que je voulais. L'action avance bien, les dialogues sont amusants, et la première apparition de Kim In-hae, elle en jette ! Kim In-hae, c'est bien Kim Yeong-hoe, n'est-ce pas ? Bien sûr ! Tenez, la scène page 3, dans la salle de cours, elle est excellente J'adore la tension entre lui et son professeur, l'écrivain Yu. « C'est pas de Robert Towne, c'est de William Goldman ! » « Donc, au vu de ces évolutions de tendance, ne pensez-vous pas, cher Maître, que vos cours passent complètement à côté de cette mutation ? » C'est crevant ! Kim Yeong-hoe vous a vraiment sorti ça texto ? Ou c'est vous qui l'avez inventé ? En tout cas, vos personnages sont bien campés. Et les répliques font mouche. « Chaque année je me coltine un ou deux étudiants de ton acabit. Des espèces de frimeurs, qui n'ont pas les moindres bases. Est-ce que tu as déjà lu la tragédie grecque, Sophocle, la *Poétique* d'Aristote ou les pièces de Shakespeare ? » Ah, c'est trop. Vous me l'avez déjà sortie, celle-là, non ? « Et l'auteur Yu, en lui soufflant au visage la fumée de sa cigarette, lui balança : "Si tu veux faire de l'art, tu n'as pas besoin de suivre mon cours. Si tu veux jouer les artistes, t'as qu'à le faire tout seul dans ton coin ! Ici, on est à l'université ! On est là pour apprendre les bases !" » Ça décoiffe ! Et la suite : « Kim In-hae, au moment où il allait quitter la salle, se retourna vers le professeur et lui dit : “Vous savez, moi, si je suis venu ici, c’est pour écrire un scénario du genre *Je veux vivre*. Votre film de jeunesse, qui échappe au sens commun et à la grammaire sclérosée. C’est ça que j’aurais voulu apprendre à faire. ” » Ah ouais, d’accord. C’est ça, la motivation de Kim In-hae, je vois...

Yeong-rak avait continué à marmonner comme ça tout seul en parcourant les pages imprimées du *Film volé*. Il avait étudié avec beaucoup de précision chaque ligne de chacune des quatre pages, commentant minutieusement réplique par réplique, sans oublier les didascalies.

J’avoue avoir été soulagé. J’étais assez tendu en me demandant quelles allaient être ses réactions. Face à cette pluie de compliments postillonnés, un soupir de soulagement est monté du plus profond de mon être. Bon, je sauve l’intégrité de mon pied droit. Enfin pour l’instant.

— Vous allez maintenant pouvoir prendre une bonne vitesse de croisière, j’ai l’impression.

Ce qui semblait le remplir d’aise.

— Je pourrais avoir encore du café ?

— Ah, bien sûr. Si ça peut vous aider à écrire mieux, autant que vous en voudrez. Et si vous êtes en manque, vous pressez sur le bouton, à n’importe quelle heure. Je vous apporterai de ce délicieux nectar d’Éthiopie.

— Merci...

Yeong-rak m’a souri de toutes ses dents, je lui ai également souri, en réponse. Mais je sentais bien. Tout ce que mon sourire avait de raide et d’insincère. Avec un tremblement aux commissures. Comment aurait-il pu en être autrement ? Encore à cet instant, j’étais incapable de regarder dans les yeux cette ordure qui régnait sur moi par la terreur.

JOUR 5

Aujourd'hui Yeong-rak a ouvert les rideaux, c'était la première fois que je sentais la chaleur directe des rayons du soleil depuis qu'il m'avait enfermé dans cette pièce pour me river à l'ordinateur. La lumière pénétrait en flots obliques dans la pièce qu'elle teignait de tons ocre. J'avais jusqu'alors vécu à la seule lueur du pâle néon du plafond et cet ensoleillement soudain m'enveloppait le cœur d'un cocon délicieux. J'avais le sentiment que tous les pores de ma peau s'ouvraient pour boire le soleil, comme si je m'adonnais à une délicieuse photosynthèse. Lorsqu'un rayon s'aventura à caresser l'enflure bleuâtre de mon pied, je sentis s'envoler la douleur, comme s'il venait de guérir. Je sentais la chaleur l'envahir. J'ai réussi à faire bouger mes orteils. Le rayon de soleil s'est mis à les chatouiller et ça m'a fait du bien.

Me voyant ainsi, Yeong-rak a été jusqu'à ouvrir les fenêtres, avec la tête du type qui se réjouit de vous offrir le cadeau de vos rêves. Il a ouvert en grand les doubles fenêtres. Il me fait confiance à ce point ? Et si je me mettais à hurler « Au secours ! », qu'est-ce qui se passerait ? Il n'a pas eu de peine à lire dans mes pensées, et m'a regardé d'un air tranquille et souriant qui voulait dire « Essaye seulement, tu verras bien ! ». Mais je n'avais même pas envie d'essayer. Je me doutais bien qu'il n'y avait personne à vingt lieues à la ronde pour m'entendre. Sinon il n'aurait jamais pris le risque d'ouvrir les fenêtres. Et comme notre relation avait l'air de vouloir se stabiliser, je n'avais aucune envie de la briser de nouveau. Parce que ce ne serait pas seulement la relation, qui serait brisée. Ce serait aussi mon pied droit.

En peu de temps, l'air froid avait rempli la pièce. Les yeux clos, les narines palpitantes, je savourais. Je sentais comme une odeur de forêt. De forêt enneigée. Cet air froid m'a chatouillé les poils du nez en pénétrant dans ma tête, où il a tourbillonné un moment avant de redescendre dans mes bronches, puis d'envahir mes poumons. Ah... Tant de fraîcheur m'a fait pousser un étrange gémissement. Un peu de buée s'est envolée. Des oiseaux chantaient au loin.

Le soleil n'a pas éclairé ma pièce pendant beaucoup plus d'une heure. Je voyais l'oblique des rayons s'incliner de plus en plus, et sur le sol bétonné l'ombre noire envahissait lentement les espaces où s'étaient trouvées des taches de lumière. J'avais beau tenter de rattraper la lumière en étendant autant que je le pouvais mon pied, il fallut bientôt se rendre à l'évidence. Yeong-rak a refermé les fenêtres, puis tiré les rideaux occultants. Pendant que mes yeux se réaccoutumaient à la pénombre, le néon s'est rallumé en clignotant. J'ai relevé l'écran de mon portable, puis ouvert le fichier « Film volé ».

J'ai relu attentivement les dix-sept scènes que j'avais déjà rédigées. Je m'étais mis à écrire dans un état de terreur et d'angoisse extrêmes, mais le résultat était étonnamment assez réussi. Ou, comme j'aurais dit, « plutôt pas mal ».

Un auteur en pleine dépression, un étudiant dont il est jaloux, ce dernier meurt, il vole son script, tombe amoureux de sa femme, est menacé par un mystérieux anonyme qui a découvert son secret, du suspense, des fausses pistes, un enlèvement.

Comment n'y avais-je pas pensé plus tôt ? Les personnages, la construction, la montée de l'angoisse, les coups de théâtre, j'avais tous les ingrédients pour bâtir mon histoire.

Je dois souffrir d'une déformation professionnelle. Dans la situation extrême où je suis, comment je fais pour ressentir un tel plaisir à écrire ? Je n'en reviens pas. Pire. Cela fait un temps fou que je ne me suis pas retrouvé dans cet état. D'intense jubilation.

JOUR 7

À ma grande stupéfaction, je m'adaptais parfaitement à ma vie de reclus.

Je me réveillais à 6 heures du matin (qui aurait cru qu'un jour je me réveillerais si tôt !). Pendant trente minutes je faisais du stretching (Yeong-rak relâchait le débattement de mes chaînes pour que je puisse m'adonner à cette activité qui me délassait à la fois le corps et l'esprit.) À 6 h 30, il m'apportait mon petit déjeuner (après l'exercice, je dévore !). À 7 heures, il était temps de déposer ma crotte dans le pot de chambre (en une semaine, ma vieille constipation, compagne de longue date, avait disparu). J'écrivais jusqu'à midi (avant, je n'alignais pratiquement jamais deux mots de la matinée). Après le déjeuner (hier, j'ai eu du porc mariné à la sauce piment, c'était vraiment bon), je buvais mon café en faisant des réussites sur l'ordinateur pour m'aérer la tête (il faut savoir faire le vide de temps à autre pour laisser la place à de nouvelles idées), puis je me remettais au travail. À 6 heures du soir, après le dîner, je discutais avec Yeong-rak de ce que j'avais produit durant la journée (en écoutant ses commentaires, j'avoue avoir été plus d'une fois surpris : je n'avais jamais remarqué jusqu'alors qu'il était capable de critiques aussi pertinentes). Ensuite, je m'y remettais jusqu'à 10 heures du soir, et puis je dormais (Yeong-rak a eu la gentillesse de remettre le chauffage au sol, j'ai l'impression de dormir dans un sauna. Dès que je m'allonge je m'endors profondément, et je fais ma nuit d'une traite, sans réveils intempestifs. Depuis combien de temps n'ai-je pas connu de sommeils aussi réparateurs ?).

Un scribouillard ayant une vie de fonctionnaire. J'en avais toujours rêvé, mais il m'aura fallu attendre d'avoir passé quarante ans sans jamais y être parvenu pour le voir se réaliser en moins d'une semaine !

Moi qui vis comme une bête entravée, n'êtes-vous pas en train de vous dire qu'une telle souffrance doit être franchement invivable ? Ma foi... Je ne peux pas dire le contraire, mais en même temps, si je ne m'étais pas retrouvé chargé de fers, ma vie aurait-elle eu la chance de prendre un tournant si radical ?

Je voudrais juste vous dire ça. Si n'importe qui (vous y compris) se retrouve dans une telle situation, il est capable de prodiges d'adaptation, croyez-moi, et même bien au-delà de ce qu'il peut s'imaginer. Vous pourriez même être plus rapidement opérationnel que moi. Après tout, dans la vie, ne sommes-nous pas tous chargés d'entraves, même si celles-ci ne prennent pas la forme de chaînes de fer boulonnées à des socles ?

JOUR 8

Le Film volé est entré dans sa phase « développement », passé le stade « mise en place ». Comme on dit dans le jargon de notre métier, j'arrive au *plot point* 1. Le *plot point* est aussi nommé le *turning point*. C'est un de ces moments clés où l'intrigue bascule, quand un événement vient perturber le flux narratif. Dans le cas du *Film volé*, le premier point de bascule se situera lorsqu'un policier viendra annoncer à l'auteur Yu la mort de Kim In-hae. À partir de quoi le protagoniste se retrouvera simultanément soupçonné du meurtre de son étudiant et obsédé par le désir ignoble de lui voler son scénario.

Buvant mon café, je jetais de temps à autre un coup d'œil à Yeong-rak occupé à lire le tirage des dernières pages, je guettais ses réactions. Arrivé à la fin, il se plongeait dans une méditation profonde. Depuis que j'avais commencé à écrire, c'était la première fois que j'observais chez lui une réaction de ce genre. Plus le silence durait, plus je me sentais mal à l'aise, comme assis sur des braises. Au moment où j'allais conjurer mon trouble en lui demandant s'il y avait « quelque chose qui n'allait pas », il m'a devancé :

— C'est bien écrit.

— Ah bon, tu trouves ?

Cache ta joie surtout. Ça veut dire quoi, la gueule qu'il fait ?

— Sauf un truc. La nuit où In-hae est mort, Maître, quand vous, enfin pas vous, mais le personnage de l'auteur, Yu, quand il roule sous la pluie en pleine nuit et percute accidentellement un chien de berger noir. Parce que là, comment dire... ça fait un peu trop.

C'est vrai. Je l'avais ressenti comme ça aussi, sur le coup. Mais...

— J'ai raconté ce qu'il s'est exactement passé.

Il a froncé les sourcils.

— Ce n'est pas vous qui nous avez expliqué combien un film décalquant la réalité est beaucoup plus ennuyeux que ladite réalité ? Vous avez oublié ? Ce sont pourtant vos propres paroles. Et soudain un chien surgit, on se demande bien d'où il sort. On se croirait dans un de ces films d'art et d'essai horriblement chiants bourrés de symboles. Vous avez voulu signifier quoi, symboliquement, avec votre chien noir ?

— Il n'est pas symbolique, puisque je te dis qu'il est réel...

— Non, il n'existe pas. Il n'est ni l'un ni l'autre.

Il m'avait coupé la parole. Qu'il ose le faire aurait été en d'autres temps parfaitement inimaginable, mais évidemment la situation avait changé. Ça ne m'a pas plu, mais en même temps ce n'était pas le moment de le mettre de mauvaise humeur.

— D'accord. Tu veux quoi, alors ?

Et il a attaqué sa version comme s'il n'attendait que ça.

— Voilà, d'après moi, il y a eu une grosse dispute entre le professeur et l'étudiant dans le restaurant de grillades, et quand ils sortent le professeur le suit en douce et le tue, vous en pensez quoi ? C'est beaucoup plus simple.

Un silence... Je fixe Yeong-rak dans les yeux.

— Oui, mais moi, je ne l'ai pas tué.

Sans me contrôler, j'avais haussé le ton.

— Qui vous a dit que vous l'aviez tué ? Je ne vous parle pas de vous, je vous parle du protagoniste, l'auteur, Yu : c'est lui, l'assassin. On renforce l'intrigue, on met du suspense, et on complexifie le personnage de Yu, non ? Réfléchissez un peu ! On rend comme ça concret, palpable, le désir enfoui de l'auteur prêt à tout pour s'approprier un scénario admirable ! On le donne à voir ! Vous nous avez assez cassé les pieds à nous répéter que la psychologie des personnages doit passer par un langage visuel ! Le protagoniste doit prendre des décisions radicales et les mettre en œuvre au moment crucial quels que soient les moyens employés afin que le drame atteigne son paroxysme, c'est pas avec ce genre de préceptes que vous nous avez saoulés, peut-être ?

Je ne pouvais pas nier qu'il dise vrai, même si ça me faisait mal de l'admettre. Sans réfutation de ma part, il a continué.

— Eh bien, Maître, il ne vous reste plus qu'à corriger dans le sens que j'ai dit. C'est moi qui décide.

*

2 h 26 du matin. Normalement, à une heure si tardive, je dormais depuis longtemps, mais là je continuais d'écrire. Depuis notre dernière conversation, les idées se bousculaient, nourries par les souvenirs et les émotions liés à « ce jour-là » et qui me revenaient avec une grande netteté, d'autant que j'en étais justement arrivé à ce point précis de mon récit. Au point de me couper toute envie de dormir.

Vous vous souvenez que, tout à l'heure, j'ai parlé de ma « jubilation ». Ce sentiment que j'éprouve lorsque je rédige sans qu'aucun obstacle ne vienne me ralentir ou me bloquer. Mais là, c'était différent, j'étais en phase « tourmentée ». Cet état accompagne les moments où je sens, avant d'avoir commencé, que « quelque chose va surgir ». Ça faisait bien longtemps que je ne m'étais pas senti pris dans cette tourmente, et pour en profiter j'avais décidé de briser ma routine et de continuer à travailler en pleine nuit.

J'en étais arrivé à cet épisode. L'écrivain Yu rencontre Kim In-hae dans le quartier Hongdae afin de le faire entrer dans son équipe. Ils sont tous deux ivres. L'étudiant explique qu'il n'a aucune envie de faire partie du *team* et qu'il n'a rien à cirer de la proposition de l'auteur, lequel, exaspéré, finit par lui faire miroiter la possibilité de le signer comme « coauteur », pour l'appâter. Mais Kim In-hae, ce comportement, ça le dégoûte, et il quitte le restaurant de grillades en premier. Dehors, l'orage se déchaîne. L'auteur Yu rattrape Kim In-hae et l'oblige à s'arrêter. Vous vous souvenez ? De ce que l'autre lui sort ?

— *Ça me fout la honte. C'est pas comme si je montrais ma bite à la terre entière, mais quasiment.*

— *Il y a quelque chose qui m'échappe. Vous êtes en train de me dire que vos autres étudiants se sont laissé avoir, juste avec un bon repas, une vague promesse de salaire, et un titre de co-auteur ? Et que comme ça vous avez pu leur piquer leurs meilleures idées ? Vous faites ça à chaque fois ?*

— *Ha ! Tu comprends rien ! Si j'ai commencé à écrire, c'était pour devenir comme toi ! Et toi, pourquoi tu fais ça ? Pourquoi tu fais tout pour briser mes illusions ? Hein, pourquoi ?*

— *Ça m'était pénible. De te voir chuter. Ce n'était pas toi, ça, non ? Pas vrai ?*

— *Et toi... en vendant ton âme... Qu'as-tu obtenu ? As-tu au moins obtenu ce que tu désirais ?*

Hmm... Rien qu'à me rappeler ces répliques, encore aujourd'hui je trouve qu'il y a de quoi justifier une pulsion de meurtre.

Bon ! Donc, Kim In-hae, après avoir déversé son fiel, s'éloigne dans la ruelle et tourne le dos à l'auteur Yu, incapable de supporter la terrible humiliation qu'il vient de subir. À partir de là, voici ce qui se passe. C'est tout chaud, ça vient de sortir, je l'ai écrit cette nuit.

#28 Une ruelle / Extérieur nuit

Les essuie-glaces peinent à repousser les rafales de pluie qui tombent sur le pare-brise.

Au volant, l'auteur Yu, le visage rougeaud.

On aperçoit le dos d'In-hae qui s'éloigne à pied, seul, sous la pluie battante.

Yu appuie sur l'accélérateur, la voiture bondit.

In-hae, surpris, se retourne.

Mais il n'a pas le temps d'éviter la voiture, kwang ! *Percuté, il s'envole dans les airs et retombe lourdement sur la chaussée.*

In-hae, étendu au sol, pousse des gémissements.

Yu descend de voiture et observe les alentours.

La ruelle est déserte, battue par la pluie.

Sur la chaussée le sang qui s'écoule de la tête d'In-hae se mêle aux rigoles de pluie.

Yu fouille dans le coffre de sa voiture et sort un club de golf de sa housse, puis il va se placer devant In-hae.

IN-HAE : Maître...

Regard suppliant d'In-hae.

Yu, inflexible, brandit le club de golf avec lequel il va briser le crâne de son étudiant.

YU *(cognant)* : Fils de pute ! Pour qui tu te prends, hein, pour qui tu te prends à oser venir me faire la leçon !

Yu continue à frapper le corps inconscient jusqu'à ce que sa rage soit passée.

Il reprend son souffle et surveille les alentours.

Il traîne In-hae en l'attrapant par les jambes, le tire jusqu'à un chantier où il le balance sous une bâche.

Il remonte en voiture. Il met le contact.

La voiture fait demi-tour et s'éloigne en remontant la ruelle.

Comme si de rien n'était.

C'était étrange. Dès que j'ai commencé à rédiger cette séquence, la scène m'est revenue dans ses moindres détails. La ruelle lugubre, la pluie qui me coulait sur le visage, les yeux de Kim Yeong-hoe trempés sans que je puisse dire s'il s'agissait d'eau ou de larmes, et même l'incroyable sensation que pouvait me procurer le fait de lui défoncer le crâne ! Comme si j'avais été moi-même l'assassin.

J'ai sorti une Dunhill, que j'ai allumée. J'ai inspiré une longue goulée qui m'a pénétré jusqu'au fond des poumons. J'étais à jeun, mon estomac m'irritait, ma bouche était pâteuse. Mais rien n'aurait pu effacer le sourire qui m'étirait les lèvres. C'était ma cigarette préférée. Celle qu'on fume quand on vient de finir une scène vraiment réussie.

JOUR 9

— « Fils de pute ! Pour qui tu te prends, hein, pour qui tu te prends à oser venir me faire la leçon ! »

Super ! Ça fait tellement vrai ! Vous voyez, dès que ça commence à devenir fadasse, hop, on relève la sauce avec de la violence ou du sexe ! Ça vous vient si naturellement, quel besoin vous avez eu de vouloir tourner autour du pot comme ça, hein ?

— Merci. De tes remarques positives.

— Il me semble que ça fait bien longtemps que vous n'aviez pas mis une telle force de percussion dans votre écriture.

— J'en ai aussi l'impression. C'est grâce à toi.

— Mais non, je n'y suis pour rien. Maître, dites-moi, est-ce que par hasard... ça ressemble à ça, cette sensation ?

— Pardon ? Qu'est-ce qui ressemble à quoi ?

— Vous nous aviez dit ça, une fois. Que la jubilation qu'on éprouve quand on arrive à dérouler d'un jet son texte ressemble à une merveilleuse éjaculation...

— Ha ! Tu n'oublies rien ou quoi ? Ça me gêne d'en parler comme ça...

— Si, c'est ce que vous nous aviez dit. Que c'est comme si vous aviez une femme assise sur votre bas-ventre, qui sait parfaitement quoi faire et qui s'active à une cadence parfaite, jusqu'à vous arracher votre éjaculation sans que vous ayez eu à bouger ne serait-ce que le petit doigt.

— Écoute, tu me gênes vraiment, là. Arrête ! Voyons…
— Vous souvenez-vous m'avoir expliqué que moi, gratte-papier de troisième zone, c'était une sensation à laquelle je n'aurais jamais accès ?
— Mais non voyons, mon vieux, toi aussi tu peux tout à fait y arriver, je t'assure.
— Alors pourquoi m'avoir autant gueulé dessus en me disant d'arrêter tout ?
— Ah, ça ? Eh bien, c'était justement pour t'inciter à foncer, mon gars. Ne me dis pas que tu m'as pris au sérieux, si ?
— Ah bon. Alors merci.

Je me lavais, ce qui ne m'était pas arrivé depuis un bon moment. Toute la conversation qui précède s'est déroulée tandis que je procédais à mes ablutions.

Je me suis lavé les cheveux dans une bassine et j'ai frictionné mon corps avec une serviette mouillée. Yeong-rak était aux petits soins pour moi. Il est plusieurs fois allé me chercher de lourds baquets de flotte, et quand j'en ai eu fini il a essuyé toute l'eau qui inondait le sol. Il m'a même rasé. Avec un rasoir jetable, après m'avoir largement tartiné la figure de mousse.

Ensuite il a enveloppé mon pied gauche, toujours très enflé, dans une serviette brûlante et l'a massé avant de le piquer avec une série d'aiguilles selon les lois de l'acupuncture. Je ne sais pas si vous vous souvenez. Je vous avais dit qu'au départ il était étudiant en médecine chinoise, et quand il faisait partie de mon équipe je lui demandais régulièrement de me soulager à l'aide d'aiguilles ou de ventouses. Je me sentais redevable envers cet individu pourtant à double face, capable à la fois de m'infliger les pires souffrances et de me procurer les remèdes pour en guérir. Lorsque je contemplais son visage si sérieux quand il s'appliquait pour placer au mieux ses aiguilles, allez savoir pourquoi, je le trouvais émouvant.

Il va sans dire, et vous le comprendrez bien, qu'à ce stade nos relations avaient commencé à se détendre. Si l'on excepte le fait que j'étais entravé par des chaînes me maintenant les quatre membres, il me semblait que rien n'avait changé depuis le temps où nous nous retrouvions chez moi pour travailler en équipe nos scénarios. J'avais même l'impression que l'ambiance était remplie, comment dire, de tendresse. Et particulièrement depuis l'« incident de la masse ». Nous étions comme des enfants qui sont allés trop loin en se battant et qui se rabibochent en se rapprochant l'un de l'autre.

Une idée désormais un peu vaine m'a effleuré. Pourquoi n'avions-nous pas eu ce genre de collaboration du temps où celle-ci aurait été naturelle ? Je veux dire à l'époque où nous nous retrouvions dans mon atelier d'Ilsan, lui, moi et Ji-yang. Pourquoi les noyais-je de discours tout en me bouchant les oreilles ? Pourquoi ne leur ai-je jamais laissé l'opportunité de prendre la parole à leur tour ? Pourquoi ces convocations permanentes à des réunions sans autre raison que de les harceler ? En ce temps-là, je suis sûr que nous aurions pu avoir des échanges tout à fait fructueux.

Je crois que je suis capable de changer. Désormais.

JOUR 11

Voilà déjà une dizaine de jours que je m'étais retrouvé dans cette pièce. J'avais déjà écrit près de la moitié du *Film volé*. Je m'étonnais moi-même de la vitesse à laquelle je fournissais du texte.

Sans doute parce que, tout simplement, je ne « produisais » pas ce texte, mais je me le « remémorais ». Tout me revenait, mon entourage, mes paroles déplacées, ma manière de blesser, mon hypocrisie, mon arrivisme forcené, mes mensonges, et tant que nous y sommes, mes lâchetés et ma méchanceté.

La confession n'est pas dans mes mœurs, mais si je devais passer sous ces fourches, cela porterait-il ses fruits ? Si je me confessais avec sincérité, si je demandais pardon pour tout, ne serait-il pas possible que j'assure mon salut ?

C'est en me cramponnant à ce mince espoir que je me suis concentré de plus en plus à fond sur mon écriture. Au début, je ne faisais ça que pour assurer une hypothétique survie, mais c'est désormais devenu une sorte d'ascèse personnelle en forme d'aveu, pour obtenir le pardon. Je me cramponne. Comme, me semble-t-il, jamais je n'avais eu besoin de le faire de toute mon existence.

JOUR 13

La neige est tombée en énormes bourrasques.

J'ai suspendu mon travail et suis resté là, à contempler interminablement les flocons qui ne cessaient de tourbillonner. Le paysage qui se dessinait derrière les vitres avait la beauté d'une peinture orientale. Je me sentais rempli de bonheur, oubliant jusqu'à la précarité de ma situation. Je regrettais juste de me retrouver si seul face à tant de beauté, sans personne avec qui la partager.

Il me semblait que ma sensibilité aux choses s'était soudain décuplée. J'éprouvais envers ce que le monde m'offrait des sentiments à la fois beaucoup plus larges, comme s'élargiraient les cercles concentriques d'un tronc d'arbre, et beaucoup plus profonds. Je me sentais rempli d'humilité face aux choses. Peut-on considérer que je deviens un être plus « évolué » ? Autrefois, jamais je n'aurais ressenti un quart de ce que j'éprouve désormais face à un simple paysage.

C'est une « évolution » appréciable. Pour un auteur.

JOUR 15

Je venais de m'offrir une séance de masturbation. Qui s'était achevée en apothéose. Je vous l'avais bien dit, que j'avais accédé à une nouvelle sensibilité aux choses ! Enfermé dans cette pièce, je vivais tout de manière plus intense. Cela faisait bien longtemps que je n'avais pas joui, je me suis senti d'un coup plus léger. J'avais l'impression que tout mon bas-ventre s'était vidé.

Hier soir, avant que je me couche, Yeong-rak m'avait passé une clé USB contenant une *adult video*, comme on dit. Il m'avait précisé que l'actrice était une des stars montantes du porno japonais. (Il faut savoir que lorsque nous travaillions ensemble, il me fournissait déjà en vidéos de ce genre, qu'il choisissait, m'expliquait-il, selon des « critères hypersélectifs ». On s'amusait bien à l'époque, je le chatouillais sous les bras, je lui disais : « Alors, qu'est-ce que tu mates, en ce moment, t'en as pas un bon à me passer ? » Mais aujourd'hui je ne lui fais plus de chatouilles.) J'avais eu envie de regarder la vidéo aussitôt, mais à l'idée qu'il puisse lui-même me mater avec sa CCTV, ça m'a fait débander.

Et puis voilà que cet après-midi, il m'a demandé si je voulais manger quelque chose de particulier, parce qu'il allait en ville faire des courses. Du coup, je lui ai expliqué que j'aimais bien grignoter du sucré quand j'écrivais, il m'a promis de me rapporter du chocolat et il est parti en portant dans ses bras la petite

In-gyeong. Dès que je les ai entendus quitter la maison, j'ai branché la clé USB et baissé mon pantalon.

Je me doute bien que certains d'entre vous s'interrogent. Comment fait-il pour avoir envie de « faire une telle chose » en se trouvant « dans une telle situation » ? Mais je vous l'ai déjà dit. Si vous vous retrouviez dans mon état, je suis sûr que vous n'agiriez pas autrement. De toute manière, vous ne me feriez pas ce genre de remarques si vous aviez pu voir en action la petite bombe japonaise qui monte !

Une fois m'être branlé, une idée m'est venue. N'était-il pas en train de prendre le contrôle de mes besoins sous tous leurs aspects ? Qu'il m'ait donné la vidéo sans que je ne lui demande rien, qu'il aille m'acheter des trucs à bouffer dès le lendemain sans que je ne lui demande rien, cela ne pouvait pas être le fruit du seul hasard. Il savait qu'une libido trop longtemps frustrée rend le travail inefficace.

Mais que je voie clair dans son jeu ne change rien à ma situation. D'ailleurs, du temps du président Chun, comprendre parfaitement ce qui se cachait derrière sa politique des 3S (*sex, sport, screen*) ne vous avait pas empêché d'en profiter[1] !

1. Le général Chun Doo-hwan fut président de la République entre 1980 (coup d'État militaire) et 1988 (transition démocratique). La politique des 3S est considérée comme une manœuvre destinée à satisfaire (abrutir) les masses par la levée de la censure sur les films porno, la création de ligues professionnelles de base-ball et de football, et la levée du couvre-feu favorisant la vie des bars et boîtes de nuit.

NUIT 16

Cette nuit-là, Yeong-rak est venu vérifier combien de pages j'avais fournies. Plus précisément, il voulait voir ce que j'avais produit ces cinq derniers jours. Il avait en effet décidé de ne plus contrôler mon travail quotidiennement parce qu'il trouvait que j'avançais bien. Cinq jours lui paraissaient le bon intervalle pour prendre du recul et avoir une vision plus objective.

Il a lu attentivement tout le texte, qui atteignait déjà cinquante pages. Il a ri à certains passages, fait des grimaces ailleurs, poussé parfois des soupirs. Puis, quand il en est arrivé aux dernières pages que j'avais écrites, son visage est devenu solennel. Nous arrivions aux séquences concernant mon aventure avec Ji-yang, puis l'irruption de Jang Bo-yun.

L'auteur Yu abandonne cruellement une jeune femme enceinte de ses œuvres pour tomber amoureux d'une autre enceinte de celles de Kim In-hae et l'épouser. Le protagoniste nous apparaît à la fois comme un homme heureux à qui il ne manque rien, et dans le même temps comme un misérable à qui tout manque. Grâce au vol du film il va accumuler les succès, mais l'angoisse l'étouffe de plus en plus. En effet, l'étau se resserre autour de lui, d'abord un inspecteur le soupçonne du meurtre, puis c'est son collègue scénariste, et même sa femme commence à se douter de quelque chose. Bien sûr, tous les noms sont changés, mais pour Yeong-rak ce ne peut être que transparent. D'ailleurs lui-même apparaît dans quelques scènes.

In-gyeong dans son siège balançoire m'adresse de gentils petits sourires. Aujourd'hui Yeong-rak l'a amenée avec lui à l'étage, cela faisait un moment que je ne l'avais pas vue. Pendant qu'il lit mon texte, je joue à une sorte de cache-cache avec elle (je fais disparaître mon visage derrière mes mains et je les enlève d'un coup en lui faisant une grimace). Je ne pouvais pas rester comme ça sans rien faire à regarder ce mec en train de lire mon travail, il fallait que je trouve quelque chose pour m'occuper. Mais ce qui au départ n'était qu'un moyen de gérer mon malaise s'est révélé un jeu bien plus riche que je ne pensais. Les joyeux sourires que m'adressait la petite me faisaient beaucoup de bien. Parfois, quand elle poussait un éclat de rire, Yeong-rak interrompait sa lecture et nous regardait alternativement, elle et moi.

Quand il a eu achevé sa lecture, il a laissé passer un long moment de silence avant de commenter :

— Hmm... Yu, l'auteur... en tant que personnage... comment je pourrais dire...

Manifestement, ce n'était pas simple. Il m'a regardé comme si j'étais transparent. Ou plutôt comme si à ma personne bien réelle se superposait un certain Yu, personnage de fiction.

— Au début, je pensais que ce serait le protagoniste à la con d'un *drama* à la con, mais... Je commence à éprouver de la compassion pour lui, il me fait même carrément pitié. Ça m'embête un peu, pour tout dire. Mais bon, vu notre emploi du temps serré, je vais m'en tenir là pour aujourd'hui. Si le protagoniste était juste odieux, le public s'en désintéresserait vite.

Ensuite il a sorti In-gyeong de son siège balançoire.

— Vous voulez la prendre dans vos bras ?

— Qui ça ? Moi ?

Cette soudaine proposition m'a sidéré. Comme s'il me faisait un présent somptueux, il a déposé la petite entre mes bras.

— Je ne pense pas que vous comptiez prendre votre propre fille en otage, n'est-ce pas ?

C'est ainsi que pour la première fois de ma vie j'ai tenu dans mes bras un bébé qui était le mien. La petite n'arrêtait pas de glousser et de rigoler en me regardant, allez savoir pourquoi. Je me suis soudain senti très ému. C'était mon enfant sans être vraiment le mien. De voir son visage devant moi, si tendre, si innocent, me renvoyait à ma honte et à un sentiment de culpabilité profond. Ma chérie, je ne sais pas si j'en suis digne, mais je te jure que si on me donne ma chance, sous n'importe quelle forme que ce soit, j'assumerai mes responsabilités face à toi. Je te présente toutes mes plus plates excuses.

Avec ma fille entre les bras il me semblait me pétrifier telle une Pietà, et pendant ce temps je sentais le regard indéchiffrable de Yeong-rak peser sur moi.

JOUR 17

J'avais fini le café, j'ai pressé le bouton de la sonnette. Plus le script avançait, plus je consommais de café. Dès que je me levais j'en prenais un, un autre après chaque repas, plus un entre les repas, et un dernier avant de me coucher. Si je n'avais plus de café sous la main, je me sentais perturbé et angoissé comme si une menace pesait sur moi, je n'arrivais plus à travailler.

Yeong-rak est apparu, il m'apportait un café qu'il venait de faire, et l'a déposé sur la table basse. C'est admirable, désormais il sait exactement ce que je veux rien qu'à la manière dont je presse le bouton de la sonnette.

Après une gorgée, mes palpitations ont cessé et mon cœur s'est remis à battre à son rythme de croisière.

JOUR 18

#86 La ruelle devant la maison de l'auteur Yu / Extérieur jour

Plusieurs voitures de police ainsi qu'un minibus sont garés devant la maison.

#87 Dans le salon de la maison de l'auteur Yu / Intérieur jour

Des policiers tenant des cartons à la main n'arrêtent pas de fouiller la maison.

BO-EUN : Qu'est-ce que vous faites, là ?
L'INSPECTEUR JI : Allez les gars, ne traînez pas !
BO-EUN : Je vous ai demandé ce que vous faites, là !
L'INSPECTEUR JI (*Il brandit un papier*) : J'ai un mandat. Yu Rim est recherché, il est soupçonné du meurtre de Jo Yang-u.
BO-EUN (*Stupéfaite*) : ... !

L'inspecteur Ok s'approche de Bo-eun comme s'il allait la serrer dans ses bras.

L'INSPECTEUR OK : Votre Yu Rim, je l'ai bien prévenu. Je lui ai dit de ne pas s'éloigner. Mais s'il se conduit comme ça en pleine enquête, ça va créer de sérieux doutes sur son compte. On a tracé son portable, sa dernière position indique qu'il se trouvait sur l'autoroute. Vous expliquez ça comment : le jour où il est convoqué au commissariat, il file en province et désactive son portable ? Pour n'importe quel policier, l'affaire est entendue à cent pour cent. *Thank you very much.* Tu signes tes aveux. Attends un peu. Bouge pas, j'arrive.

Bo-eun, sous le choc, nerveuse, ne dit rien...

UN JEUNE INSPECTEUR *(Il tient entre les bras un paquet de scénarios)* : Chef, il y en a plein, il faut tous les emporter ?

L'INSPECTEUR OK : Pourquoi, t'as un problème de dos ?

LE JEUNE INSPECTEUR : Ben non...

L'INSPECTEUR OK : Et alors, connard, évidemment que tu les prends tous ! Tu vas pas me raconter que c'est trop lourd pour toi, grosse chochotte ? *(D'un coup, il voit quelque chose.)* Hé ! Attends. Fais-moi voir celui-là.

L'inspecteur Ok prend des mains de son subordonné un scénario intitulé Les Étranges Amours d'un homme.

Plan sur la page de titre. On lit : « Scénario original de Yu Rim, Kim Ji-an, Ju Yeong-hak ».

L'inspecteur reste pensif en regardant la couverture.

#88 Route départementale menant à une petite ville / Intérieur voiture jour

Yeong-hak est au volant.

À l'arrière est assise sur un siège bébé sa fille Eun-gyeong.

Il la regarde dans le rétroviseur et lui sourit.

#88 Dans le supermarché d'une petite ville / Intérieur jour

Yeong-hak fait ses courses, il tient Eun-gyeong devant lui, dans un porte-bébé.

Il ouvre un compartiment réfrigéré et prend un pack de six canettes de bière, qu'il pose dans son chariot.

À la caisse, l'employée, tout en passant les codes-barres devant le lecteur, lui dit :

LA CAISSIÈRE : Eh bien, la petite, c'est vraiment tout le portrait de son père !

YEONG-HAK *(Fier et heureux)* : Vous trouvez ?

Il tourne la tête et voit une télévision diffusant le journal télévisé.

En plein écran, une photo de l'auteur Yu.

PRÉSENTATEUR TV : Monsieur Yu Rim, le fameux scénariste qui avait reçu le prix du Festival de *** pour son film *White Out*, soupçonné de meurtre, a disparu. En enquêtant sur le meurtre de Jo Yang-u, lui aussi scénariste, la police a découvert que le soir de son assassinat celui-ci avait rencontré M. Yu dans un bar de Gangnam, juste avant d'être tué.

Le visage de Yeong-hak est figé de stupeur.

NUIT 18

Quand Yeong-rak est entré pour notre réunion du soir, il m'apportait une canette de bière et de petits amuse-gueules. C'est moi qui les lui avais demandés lorsqu'il était venu me servir mon déjeuner. Si je pouvais boire une bière au moment d'aller me coucher après une journée de travail bien remplie. Il avait obtempéré sans problème, et dans l'après-midi avait fait un saut en ville pour m'acheter ça.

Au moment où la première gorgée de bière glacée a franchi ma gorge, j'ai senti quelque part dans ma tête un sentiment de piqûre, comme si l'on m'enfonçait une aiguille. Ha ! Elle est vraiment terrible, cette bière ! J'étais mûr pour faire de la pub, avec ma manière de penser en slogans. D'ailleurs, mon air épanoui me donnait l'allure d'un mannequin posant pour la campagne publicitaire de n'importe quelle marque de bière. Mais après tout, qu'est-ce qui pouvait bien ne pas me paraître délicieux, ici !

Yeong-rak a lu mon travail quotidien, puis a posé la liasse de feuilles.

— On y est presque. Vous n'allez plus tarder à pouvoir sortir.

J'ai lentement déposé ma canette en tentant de décrypter ce que je venais d'entendre.

— Tu... Tu veux dire... que tu vas me libérer, c'est ça ?

— Bien sûr. Je ne vous avais pas promis de vous laisser partir quand vous auriez achevé le script ?

J'éprouvais un sentiment curieux. J'avais toujours pensé que je bondirais de joie le jour où je pourrais enfin quitter cette geôle, et voilà qu'au moment où ce rêve allait se réaliser... comment dire, je me sentais un peu... hmm...

— Dites-moi, tout de même, en lisant votre texte, aujourd'hui, j'ai pensé à quelque chose. Notre protagoniste, si on en fait un type trop gentil, vous ne craignez pas que ça ramollisse le récit ? Quand même, au début, on le voit qui n'hésite pas à tuer, ça lui donne un charme de mauvais garçon, et puis arrivé au milieu le voilà qui se marie, qui a un enfant, et qui change du tout au tout. On dirait qu'il a accédé à l'illumination ou qu'il s'est repenti, ça fait sacrément baisser l'intérêt, non ?

Comment ça ? Quelle illumination ? Où ça, il se repend ?

— C'est embêtant... embêtant... Il faut qu'on frappe un grand coup. Il faut qu'on trouve un *turning point*.

— Mais, euh... Comment tu verrais ça ?

Sans m'en rendre compte, je m'en remettais sur presque tous les points aux avis de Yeong-rak.

— Eh bien, cher Maître... Réfléchissez, c'est à vous de jouer !

J'ai cherché un moment, mais pas grand-chose ne me venait et Yeong-rak a fini par se fâcher :

— Merde, vous ne nous avez pas assez cassé les oreilles avec ça ? En plus, on en a déjà parlé, ici même, il n'y a pas dix jours ! Quand ça s'enlise, le choix est simple, c'est soit le sexe, soit la violence ! Du cul, des coups !

— ...

— Vous m'avez parfaitement compris, Maître, il faut que vous commettiez un nouveau meurtre, du nerf !

— Mais qui veux-tu que je...

— De qui voulez qu'il s'agisse ? Il est là, sous votre nez. Le nouveau personnage, celui qui apparaît après le meurtre de Kim In-hae. Il a l'avantage d'être le rival du protagoniste et d'avoir une personnalité au moins aussi complexe que lui ! Ce type qui lui a déjà piqué son épouse ! Et qui a commencé à le soupçonner, je veux parler de Jeong, Jeong Nam-hun ! Ah oui, c'est vrai, dans le texte vous l'avez rebaptisé, comment déjà ? C'est ça, Jo Yang-u.

— Jeong... Jeong Nam-hun ? Mais enfin... Je ne l'ai pas tué !

— Qu'est-ce que vous me chantez là, Maître ? Le script est quasiment achevé, et vous êtes toujours autant à côté de la plaque ? Hein ? Personne ne vous accuse d'avoir tué votre ancien associé, vous personnellement ! C'est un film, une fiction ! Je vais devoir vous le répéter combien de fois ?

J'étais très troublé. Moi qui pensais qu'avec le temps nous étions redevenus proches, voilà qu'il m'apparaissait de nouveau comme un parfait étranger. Il m'a fait penser au Yeong-rak que j'avais découvert le premier jour de mon internement.

— Voilà, il a compris que c'était Yu qui avait tué Kim In-hae pour lui voler son scénario. Et il s'est décidé à le faire chanter, pour lui soutirer du fric. Ce type, là, Jeong Nam-hun, non, Jo Yang-u... Merde ! T'as fait exprès de choisir ces noms pourris pour m'embrouiller ? Bref, de toute manière, Yu n'a pas d'autre choix que de le faire disparaître puisqu'il a découvert son secret.

— Mais je ne peux pas... Non...

— Qu'est-ce que c'est que ces manières, de tout le temps dire non avant d'avoir seulement essayé ? Bon, je crois que le moment est venu...

Et il a sorti de sa poche intérieure un petit magnétophone. Il a enclenché la touche « lecture » et j'ai entendu une voix familière en sortir.

— Détends-toi ! Si tu fais cette tête-là, on va me prendre pour un vulgaire maître-chanteur. On a quand même vécu un paquet de trucs ensemble, on s'est gobergés dans les mêmes marmites, alors discutons entre gens civilisés. Comme tu le sais fort bien, je viens de me ramasser deux bides maous coup sur coup. Plus personne ne veut financer mes projets. Merde, j'ai même plus de quoi couvrir mes frais courants. Prête-moi un peu d'argent. Je te rembourserai. Tu es en fonds, en ce moment, non ?

— Tu veux combien ?

— Bravo ! Tu sais me parler. Disons... au moins... ça...

Je criais comme un bébé appelle à l'aide. Le premier était encore enroué, mais les suivants ont fusé avec une énergie impressionnante et sont partis en rafale. Au secours ! Aidez-moi ! Je vous en prie !

Mais le problème, c'était que la musique était si forte qu'elle couvrait complètement ma voix. En fait de promesse du salut, cette musique devenait un mur du son que je ne parvenais pas à franchir. Putain de conducteur ! Avec sa putain de musique ! Dans ses putains de haut-parleurs !

À l'instinct, je me suis emparé de mon mug posé sur la table et je l'ai balancé de toutes mes forces en direction de la fenêtre. Malgré l'amortissement causé par la présence des rideaux occultants, une vitre a volé en éclats dans un grand bruit de verre brisé. Mais c'était seulement la vitre intérieure du double vitrage. N'empêche, si le type qui est en dessous a entendu quelque chose, et qu'il a compris qu'il s'agissait d'un SOS, et qu'il s'est décidé à aller chercher des secours, alors, c'est tout bon.

Quand on a coupé le moteur, la musique s'est arrêtée simultanément. Là, maintenant ! C'est le moment de gueuler ! De pousser le plus beau hurlement que j'aie jamais poussé de ma vie ! À m'en péter les cordes vocales !

— Au...

Mais je n'ai pas pu dépasser la première syllabe. Une serviette mouillée s'est abattue sur mon nez et ma bouche. J'étais dans un tel état de surexcitation que je n'avais pas remarqué que Yeong-rak était entré dans la chambre.

Hmm... Hmm...

En me bloquant par-derrière, il a maintenu violemment pressée la serviette contre ma figure. Je me débattais de toutes mes forces. Comme mes liens étaient suffisamment relâchés pour que je puisse travailler, je parvenais à me battre avec mes deux bras. D'un grand coup de coude, je l'ai frappé à une pommette, lui faisant sauter ses lunettes à monture plastique. De l'autre main, j'essayais de le griffer ou de lui faire une fourchette aux yeux. Mais il encaissait bien la douleur et ne relâchait pas la pression de la serviette.

— Qu'est-ce qui vous prend ? Vous savez bien que ça ne sert à rien.

Cette ordure m'a murmuré ça à l'oreille. Je me suis soudain senti envahi de lassitude, je n'avais plus de force. Mes bras et mes jambes se sont affaissés. Quelqu'un a sonné au rez-de-chaussée. *La Lettre à Élise.* La petite ritournelle aigrelette électronique que j'avais toujours entendue lorsque les voitures enclenchaient la marche arrière. Je me sentais comme anesthésié par cette mélodie qui agissait comme une berceuse. J'ai cessé de lutter. Yeong-rak a laissé passer un moment histoire de reprendre haleine, puis il m'a lâché pour descendre au rez-de-chaussée. Un moment plus tard, j'ai entendu venir d'en bas des voix floues.

— Tiens ? Ce n'est pas M. Cho ? Il n'est pas là, M. Cho ?

— Il a déménagé.

— Déménagé ? Ah bon. Mais dites-moi, mon garçon, moi je viens faire des randonnées à vélo dans la montagne. J'ai toujours loué la chambre à l'étage, elle est libre ?

— On ne loue plus de chambre.

Je n'ai pas pu en entendre davantage parce que c'est à ce moment que j'ai sombré dans l'inconscience. Leur dialogue ne me semblait pas avoir été une relation de communication ordinaire, mais bien plutôt le son de vagues lointaines s'échouant sur les plages du rêve, avant de s'effacer au plus profond de mes oreilles.

PETIT MATIN 20

J'ai reçu un seau d'eau froide en pleine figure.

— Maître ! Maître ! Réveillez-vous, vite !

Il gueulait, il avait l'air très énervé. Il a jeté le seau en maillechort qu'il tenait encore à la main. Le seau a rebondi sur le béton en produisant un vacarme métallique.

J'ai péniblement réussi à ouvrir les yeux. J'étais sonné, je sentais comme des coups lancinants me frapper le cerveau. Lui, il se tenait debout, me dominant d'un air absent.

— On va devoir s'arrêter là.

Il a dit ça, dans le noir. Je ne parvenais pas à voir son expression.

— Quoi ?

J'ai voulu me relever d'un coup, les chaînes m'ont violemment rabattu contre le sol. Elles étaient à nouveau tendues au maximum, les manivelles bloquées au dernier cran. Je me retrouvais dans la même position que le premier jour, lorsque je m'étais réveillé ici, couché de tout mon long, écartelé, incapable du moindre mouvement.

— Quelqu'un est venu ici, il a vu mon visage, je ne suis pas tranquille. Et puis je pense que vous avez tout donné. Pour la scène finale, je m'en occuperai moi-même.

Dans la pénombre, je devinais Yeong-rak s'activer. Il tenait dans la main droite une seringue, et une ampoule translucide dans la gauche. Il a plongé l'aiguille dans l'ampoule et en a aspiré le liquide qu'elle contenait.

— C'est drôle. Quand vous me corrigiez mes textes comme vous l'entendiez ça me foutait en rage, mais quand je vois votre propre texte, en position symétriquement inverse, ça saute aux yeux, les endroits qu'il faut améliorer. Les gens, c'est comme les textes. On est incapable de voir ses propres défauts, mais alors ceux des autres, on ne voit qu'eux !

Il s'était agenouillé à la hauteur de mon visage. Il me tâtait la nuque de la main gauche. Il cherchait les veines. Il a levé la seringue qu'il tenait de l'autre main. Le rayon de lune qui pénétrait par la fenêtre parait la pointe acérée de l'aiguille d'une lueur glaciale. Un jet de liquide en a jailli, comme une petite fontaine.

— Mais... Yeong-rak... Qu'est-ce que tu comptes faire ?

— Je vous l'ai déjà expliqué. Du moment que le script est fini, je vous libère. Le travail achevé, vous ne m'intéressez plus du tout. Vous ne vous souvenez pas ? Vous avez fait du bon boulot, du temps que vous avez été là.

Il me surplombait, il me toisait d'un air glacial. J'ai tout de suite compris. Son objectif n'était plus de m'anesthésier ! Et même si s'agissait bien d'un flacon d'anesthésiant, la quantité qu'il s'apprêtait à m'injecter était à l'évidence létale !

Cette ordure n'avait pas étudié pour rien la médecine chinoise, il devait connaître plus de cent manières de tuer les gens sans laisser de trace. De toute manière, faire disparaître d'éventuelles preuves, ce n'est pas compliqué, il suffit de découper le cadavre en petits morceaux et de les enterrer dans les collines que je vois de l'autre côté de la fenêtre, ni vu ni connu. Mon corps pourrirait dans l'humus, ou servirait de pâture à quelque bête sauvage du genre sanglier, et il ne resterait plus de moi que quelques ossements blanchis traînant ici et là. Cela expliquait le choix de cette maison.

Ah, mon cher Yeong-rak. Je t'aurais bien sous-estimé. Tu avais les capacités d'écrire un thriller de malade genre *Seven*, on était loin de *Forrest Gump*... Je t'avais mal jugé ! Désolé, Yeong-rak, vraiment désolé... Je t'en prie, je t'en prie !

— J'ai une idée, tout à coup... Ouais, une super idée de fin, là...

J'ai dit ça juste avant que l'aiguille ne me pénètre dans la nuque.

Il a suspendu son geste.

— Vous venez de dire quoi, à l'instant ?

— Que j'ai une excellente idée pour finir *Le Film volé*. Je suis sûr que ça va beaucoup te plaire.

Il m'a regardé de l'air du type qui se demande si je ne me fous pas de sa gueule.

— Je n'en ai pas pour longtemps. Quatre heures... Allez, trois heures ! Oui, trois heures, c'est bon. Et je boucle tout ! Tu peux quand même attendre ça, non ? Ou bien ? T'es pas curieux de voir ça ? Une scène finale à couper le souffle ?

— ...

Je l'ai senti hésiter.

— Yeong-rak. Tu sais, ce scénario, c'est le premier que j'écris vraiment tout seul. Et là, je me lance ! Là où on en est, ce n'est plus la même chose, on part sur de la création ! Je ne me contente plus de raconter ce que j'ai fait, j'invente ! Je pars sur de la pure écriture ! Je t'en prie, laisse-moi juste le temps de boucler. S'il te plaît... C'est tout ce que je te demande. D'accord ? Entre auteurs, on se comprend, non ?

Il m'a regardé d'un air impénétrable pendant plusieurs longues secondes. Puis il a écarté la seringue de sous mon menton.

— Trois heures. Exactement trois heures. Ne me faites pas regretter. Sinon c'est vous qui allez le regretter.

Il a relâché la tension des chaînes jusqu'à ce que je puisse me remettre au travail et il est parti.

*

C'était étrange. Ici, face à l'écran de mon ordinateur, je me sentais calme et tranquille. Chez moi, dans mon bureau, rien que de voir le curseur clignoter me flanquait des palpitations.

Serais-je enfin devenu un véritable écrivain ? Fallait-il pour cela que le spectre de la mort se dressât devant moi ? Ho, ho... La phrase m'a fait marrer. Non, ce n'est pas le moment de faire de l'autodérision. Allez, Seo Dong-yun, réveille-toi. L'heure n'est pas à la rigolade.

Bon... Une scène finale à couper le souffle... Non mais comment j'ai pu sortir un truc pareil... Pardon ? Vous vous interrogez, tout à coup ? Il serait temps ! Ne me dites pas que vous avez gobé mes conneries de tout à l'heure ! Il va être temps que vous compreniez qui je suis vraiment, parce que je ne sais pas si vous avez remarqué, mais le bouquin est bientôt fini. Quoi ? Le finale renversant ? L'apothéose, l'acmé, l'épectase ! Laissez-moi bien rire. Vous vous imaginez que je l'ai trouvé ? Mais non, je n'ai aucune idée de comment ça va se finir ! J'ai juste dit ça pour pouvoir continuer à vivre, comme Shéhérazade.

Bref, excusez-moi, mais il va falloir que je m'y mette. Merde, déjà une heure d'écoulée. J'ai pas fait grand-chose. Yeong-rak ne va pas du tout être content, si je continue. « Quelle connerie de vous avoir offert un délai supplémentaire », il va gueuler ça en me détruisant le pied droit à grands coups de masse. Il faut que j'écrive quelque chose, n'importe quoi. Bordel ! Ça me rend complètement dingue...

Allons, allons. Il paraît que Shakespeare a écrit ses quatre grandes tragédies, le *big four*, avec le couteau sous la gorge, lui aussi. Un vrai auteur sait jouir de pareilles opportunités. La tension du type qui court sur le fil du rasoir. Allons, allons ! Réfléchissons. Un auteur dénommé Seo, non, pardon, Yu, est enfermé dans un lieu clos, menacé par un psychopathe, et doit s'en sortir vivant : comment va-t-il s'y prendre ?

LE FILM FACILEMENT ÉCRIT[1]

L'un dans l'autre, il pouvait bien lui accorder encore trois heures. Cela ne changerait pas grand-chose.

Redescendu au rez-de-chaussée, Yeong-rak s'est quand même interrogé. Il se demandait pourquoi il s'était laissé aller à lui accorder ces trois heures de grâce. Certainement était-il curieux de découvrir la chute époustouflante promise, mais ce qui l'avait touché, en fait, c'était cette phrase que l'autre lui avait dite : « Entre auteurs, on se comprend. » Bon, puisque nous sommes « entre auteurs », accordons-lui sa chance d'aller jusqu'au bout de son texte. Il pensait de son devoir d'accorder cette dernière volonté à un confrère. Mais quel que soit le résultat de la scène finale de fiction, ça ne changerait rien à la scène finale réelle, déjà écrite depuis longtemps.

Cela faisait plusieurs jours que Yeong-rak préparait son départ. Il avait déjà rangé toutes ses affaires. Celles-ci tenaient dans une grande valise, une petite valise, et deux sacs Boston. Et le tout pouvait tenir dans une voiture. Dès le départ, il avait prévu de ne pas rester ici plus d'un mois et n'avait emporté que

1. Référence à Yun Dong-ju et son « Poème facilement écrit ». (*N.d.A.*) Yun Dong-ju, « petit prince » de la poésie coréenne, né en 1917 et mort en 1945 sous les tortures de l'occupant japonais, est l'auteur d'un recueil posthume, *Ciel, vent, étoiles et poésie*, qui fit sa gloire.

peu d'affaires. Il avait surtout pris tout ce dont il aurait besoin pour s'occuper du nourrisson. Le reste, les gros trucs, il les laisserait sur place, cela n'avait aucune importance. Cette maison appartenait à son père. Et comme il était mort depuis trois mois, il n'y avait pas de souci à se faire de ce côté-là.

Yeong-rak a étalé de larges toiles de bâche plastique au sol de la salle d'eau du rez-de-chaussée. C'était un vinyle très épais, du type de celui que l'on utilise pour préparer le *kimchi* pour l'année. Les toiles étaient beaucoup plus larges que la surface de la pièce et les bords remontaient contre le bas des murs pour les protéger. Parce qu'il ne faut pas se le cacher, le sang va gicler dans tous les sens. Même si une fois terminée la découpe du corps, il avait prévu de tout nettoyer à l'eau de Javel, carreau par carreau, coin par coin, pour effacer la moindre trace d'ADN, de contempler le vinyle largement étalé au sol le rassurait, allez savoir pourquoi, il trouvait que c'était une sage précaution. Il était comme ça, Yeong-rak.

Sur le vinyle, il a disposé avec soin le matériel prévu pour le découpage. Un couteau de boucherie à large lame, un tranchoir dont la feuille faisant environ trente centimètres de long, et une scie à métaux de type professionnel. Cette dernière était destinée à entamer le plus gros du travail, à savoir le démembrement général, avec la séparation du tronc, des bras et des jambes, après quoi il passerait au tranchoir pour tronçonner les membres en sections plus petites, avant de fignoler le travail avec le grand couteau afin d'obtenir des morceaux maniables. Prudent, il avait acheté chaque outil dans une boutique différente. Aucun patron ne se souviendrait du visage de ce type passé voici déjà trois mois.

Yeong-rak se demandait comment il avait bien pu en arriver là. Pour compenser une triste jeunesse ? Pour venger une femme aimée ? Un peu des deux, certainement, mais surtout ça : comment aurait-il pu tolérer plus longtemps que ce type continue à encombrer le monde ? Ce porc vivant sa vie comme si de rien n'était ? Pire, se gobergeant dans la gloire et le luxe.

Un monstre pareil méritait beaucoup plus qu'une simple petite vengeance vite faite, dont il n'aurait pas mesuré toute la portée. Il fallait qu'il prenne pleinement conscience de l'ampleur de ses crimes, et s'en repente amèrement, douloureusement. Il devait le soumettre à ce traitement cruel, le seul châtiment selon lui « digne d'un auteur », et qui différencierait ce meurtre suprêmement artistique de plates représailles bâclées.

Il semblait à Yeong-rak, lorsqu'il songeait à l'évolution de la situation ces vingt derniers jours, qu'il avait en quelque sorte atteint son objectif. Il ne lui restait plus qu'à conclure. À savoir, punir. L'autre s'était repenti, mais cela ne lui épargnerait pas son châtiment. Et cette procédure conclusive, le châtiment, c'était ce que Yeong-rak attendait avec le plus d'excitation, c'était pour y aboutir qu'il avait échafaudé tout son plan.

Du temps où il étudiait la médecine chinoise à la fac, il lui était arrivé de disséquer un cadavre. Les gens s'imaginent qu'une autopsie ne peut que déclencher des nausées, mais en réalité cela ne sent pas grand-chose. Un cadavre, c'est un peu quelque chose comme un tronc d'arbre, quand vous l'avez en face de vous. C'était plutôt durant les cours d'anatomie comparée que ses camarades vomissaient ou s'évanouissaient. Quand on tue un animal vivant pour l'autopsier aussitôt après. Mais là où les étudiants se détournaient écœurés ou dégueulaient tripes et boyaux, lui, Yeong-rak, éprouvait au plus profond une intense jubilation.

Ça le fascinait, il en était parfaitement conscient. Mais il gardait ce penchant secret, il savait qu'il ne devait surtout en parler à personne. Il n'appartenait pas à cette catégorie d'assassins psychotiques tels qu'on en trouve à longueur de films, de ces tueurs en série qui ne peuvent contrôler leurs pulsions meurtrières, encore heureux pour lui. Mais il n'était pas question non plus de laisser passer des occasions qui semblaient lui tomber du ciel. Il y avait eu le cas de l'auteur Jeong Nam-hun, et maintenant, à un échelon bien supérieur, voilà que c'était au tour du suivant.

Tout en disposant son petit matériel, Yeong-rak se demandait d'ailleurs si ce ne serait pas l'occasion, puisqu'on franchissait un degré, de pratiquer une découpe à vif ? Le Ciel ne vous offre pas tous les jours ce genre de « cadeau ». De tels cadeaux ne se refusent pas.

Allons. In-gyeong, qui dormait dans la chambre, a commencé à brailler. Yeong-rak a quitté la salle de bains et s'est précipité pour voir ce qu'avait sa fille. Il l'a sortie de son lit. Dès qu'il l'a tenue contre lui, il a compris. Elle était brûlante. Il lui a glissé dans l'oreille le thermomètre et a mesuré sa température. 39,6 °C. Inquiet, il l'a déshabillée en hâte. Il lui a frictionné tout le corps avec une serviette mouillée. Le contact du linge glacial a provoqué une nouvelle envolée de pleurs.

La petite toujours serrée dans ses bras, il s'est dirigé vers la cuisine. Qu'est-ce que j'ai foutu des médicaments contre la fièvre... Ah oui, je crois qu'ils sont là, dans le petit coffre... Tout en cherchant il caressait le dos de la gamine, mais la gamine pleurait, il ne trouvait pas les médicaments, il se sentait dépassé. Il ne lui a pas fallu longtemps pour comprendre qu'il était dans la merde. Il n'avait plus de médicaments contre la fièvre. Quel connard. Tu achètes des bières au mec que tu vas tuer, mais tu oublies de prendre les trucs indispensables pour ton bébé !

La priorité, c'était d'aller acheter des médicaments. En voiture j'en ai pour cinq minutes, il suffit que je fasse un saut à la supérette, en bas du sentier de grande randonnée. Il s'est habillé en vitesse, il a également habillé In-gyeong. Au moment où il allait quitter le rez-de-chaussée avec sa fille dans les bras, une idée l'a arrêté.

Il a fait demi-tour et s'est dirigé vers une petite pièce située à côté de sa chambre à coucher. Elle était plongée dans la pénombre, seulement éclairée par la lumière blafarde d'un écran d'ordinateur de 19 pouces. Il diffusait en direct les images de la CCTV fixée au plafond de la pièce du premier étage. On avait une vue en plongée de M. Seo dont les mains volaient sur le clavier. Il n'avait jamais été aussi concentré. Comme si la flamme risquait à tout instant de s'éteindre.

Yeong-rak a regardé sa montre. Il a réfléchi. Sur les trois heures de sursis, il en restait encore une. Même si je compte large, un quart d'heure aller-retour, j'ai tout mon temps. Il ne va rien se passer d'exceptionnel en quinze minutes. À 6 heures du matin, avec la neige qui tombe, aucun risque de voir débarquer un crétin qui voudrait louer une chambre comme l'autre fois.

Il a installé In-gyeong dans son siège bébé situé à l'arrière et a démarré en trombe. Les essuie-glaces peinaient à balayer la couche de neige qui obstruait le pare-brise tandis qu'il s'engageait sur le tapis blanc du chemin forestier.

Lorsque la lueur rouge des feux arrière a enfin complètement disparu là-bas dans le virage, on a vu quelqu'un sortir de derrière les arbres, tout à côté de la courette d'où la voiture venait de partir. C'était l'inspecteur O.

— Ouh... Ça caille... Bordel, j'ai cru que j'allais crever de froid.

Il a jeté un dernier coup d'œil vers la route déserte, puis s'est dirigé vers la maison. Sa silhouette était secouée de longs frissons.

Il a contourné le bâtiment. Jusqu'à ce qu'il découvre une voiture cachée sous une bâche. Lorsqu'il a soulevé la toile par-dessus le parechoc et qu'il a vu la plaque d'immatriculation du véhicule, il n'a pu retenir un petit cri jubilatoire.

— OK !

Il s'est senti récompensé d'avoir ainsi fait le pied de grue sous la neige à l'aube. Mais le sourire qui lui montait aux lèvres lui a paru tout de même prématuré. On n'en était pas encore à faire péter le bouchon de la bouteille de champagne. Il a aussitôt repris cette expression ironique qui lui était si particulière et il a sorti le revolver de calibre .38 de son holster de poitrine.

Toutes les fenêtres de la maison étaient hermétiquement closes, sauf une sorte de vasistas juste au-dessus de l'évier de la cuisine. Tout le temps qu'il s'est tortillé dans cette trop étroite ouverture, il a regretté d'avoir abandonné l'entraînement lié à sa lointaine pratique de la boxe. Le ventre coinçait, il avait du mal à franchir l'obstacle. Et à peine était-il parvenu à prendre pied à l'intérieur qu'il rageait intérieurement. Merde, si je me réinscris pas à la salle de sport dès mon retour à Séoul, je suis qu'une lopette !

Il se déplaçait furtivement, on ne l'entendait ni respirer ni marcher. Au cas où le mec qui venait de partir, là, ce Jo Yeong-rak, se trimbalait un complice. Même si jusqu'à présent son enquête l'avait convaincu que ce type agissait seul. D'ailleurs, il en avait assez vu dans sa chienne de carrière pour deviner qu'un type comme Yeong-rak n'était pas du genre à s'embarrasser d'un comparse, pas besoin de faire intervenir la scientifique pour savoir ça.

Quand il est tombé sur l'ordinateur allumé dans la petite pièce, il a fait un bond. Le type qu'on voyait à l'écran, sûr et certain, c'était cet écrivain, Seo, qu'il cherchait partout depuis si longtemps. Mais ce qu'il pouvait bien foutre là, assis, entravé par des chaînes, en train de taper frénétiquement sur un clavier, l'inspecteur O n'en avait pas la moindre idée. Pour ce qu'il pouvait en constater, ce type avait l'air très heureux d'écrire. On aurait dit qu'il était tranquillement en train de travailler dans son salon. Était-ce vraiment le comportement que l'on attendrait d'un mec séquestré depuis vingt jours... ? L'inspecteur n'en revenait pas.

Si ce qui se passait à l'étage lui demeurait incompréhensible, la visite du rez-de-chaussée lui avait par contre apporté des renseignements limpides. La surveillance organisée, les affaires rangées prêtes pour le départ, les bâches de plastique recouvrant le sol de la salle de bains avec les outils soigneusement rangés, le couteau, le tranchoir et la scie.

Ouh... Au cri instinctif d'horreur succéda bientôt un soupir de soulagement. C'était pour aujourd'hui. L'exécution. À vingt-quatre heures près, il aurait définitivement manqué l'occasion de s'expliquer enfin avec Seo.

L'inspecteur a grimpé quatre à quatre les marches conduisant à l'étage. Plus il s'approchait, plus il entendait venir de derrière la porte une musique qui jouait à fond, un genre de jazz psychédélique pénible. La porte était fermée à clé.

— Professeur ? C'est moi, l'inspecteur O !

Il criait en tambourinant contre la porte. Au bout d'un moment, la musique s'est arrêtée.

— C'est moi, vous m'entendez ? L'inspecteur O ! Vous vous souvenez de moi, non ? Je vais ouvrir la porte, pas de panique !

Il a levé son revolver pour ajuster la serrure sous un angle de quarante-cinq degrés. Il a tiré. *Tang !* La balle a défoncé la serrure qui a explosé dans un cliquetis métallique en projetant des bouts de ferraille un peu partout. Il a ouvert la porte d'un grand coup de pied et a pénétré dans la pièce. Et découvert l'auteur Seo, entravé de chaînes comme un bestiau prêt pour l'abattoir. La mâchoire lui en tombait. Même s'il avait aperçu sur l'écran de la CCTV, en vrai, ça ne produisait pas du tout le même effet. Les cheveux en bataille, la barbe hirsute et le regard d'un fou. Celui-ci le regardait à peu près comme l'aurait fait Robinson Crusoé voyant débarquer un quidam au bout de vingt ans.

— Euh... Maître ?

— Ah... Ah...

On aurait dit un aphasique tant les mots avaient du mal à lui sortir de la bouche.

— Euh... Comment dire... Je... Vous allez bien, Maître ?

Lorsque l'inspecteur s'est approché de lui, Seo a commencé à pleurer comme un petit enfant, à gros bouillons. L'inspecteur l'a tendrement serré entre ses bras.

— Tout va bien, tout va bien. C'est fini maintenant. Sortons.

Tout en le consolant de la sorte, il a examiné le mécanisme arrimant les chaînes à leur socle. Et il avait continué à lui parler doucement tout en actionnant les manivelles permettant de dévisser les chaînes. Il pensait que la parole était un bon analgésique.

— L'autre jour, pendant qu'on était en train de perquisitionner chez vous, je ne sais pas pourquoi, mais j'ai soudain repensé à cette petite enflure de Jo Yeong-rak. Ce mec m'avait produit une impression très bizarre, quand on l'avait interrogé dans le cadre de l'enquête vous concernant. Eh bien, en cherchant, j'ai trouvé qu'il avait des antécédents psychiatriques et qu'on l'avait obligé à suivre un traitement pour la manière dont il avait abattu le chien de compagnie d'un voisin qu'il accusait de faire trop de bruit. Du coup, je suis passé lui rendre une petite visite dans la chambre qu'il loue au mois. C'est là que le propriétaire m'a donné l'info. Qu'il était parti passer quelque temps dans sa maison natale. Et comme par hasard, c'était juste au moment de votre disparition.

Une fois les chaînes relâchées, il s'est aperçu que si l'on n'avait pas la clé du cadenas, on ne parviendrait pas à libérer le prisonnier.

— Merde, quel connard ce type. Attendez un peu. J'ai vu des outils en bas.

Et il s'est dirigé vers la porte.

— Att... ! Att... ! Inspecteur, attention !

Seo bafouillait, affolé, les mots se bousculaient. Trop de précipitation nuit.

— À quoi ? À Jo Yeong-rak ? Qu'il vienne ! Que voulez-vous qu'il fasse, maintenant ?

Et après avoir lancé un grand sourire à Seo, l'inspecteur a ouvert la porte.

Il n'aurait pas dû. Jo Yeong-rak, contrairement à ce que pensait l'inspecteur, savait parfaitement « ce qu'il allait faire, maintenant ». Se planquer silencieusement juste derrière la porte de l'étage, attendre que le policier ouvre la porte, brandir le tranchoir et lui fendre le front par le milieu. L'inspecteur O, debout, avec sa hache plantée en plein crâne, a vacillé un moment, avant de s'écrouler tout raide comme un arbre qu'on abat. Quand sa tête a heurté le sol, elle a produit un bruit sourd. Le revolver qu'il tenait à la main a rebondi sur le béton. Jo Yeong-rak est entré dans la chambre. Ni son expression ni sa démarche ne laissaient supposer que quoi que ce soit d'anormal ait pu se produire. Il a juste posé sa question habituelle.

— Alors, vous avez fini ?

Seo ne parvenaient à croire que la scène à laquelle il venait d'assister et qui s'était déroulée en une fraction de seconde était réelle. Il s'est mis à se débattre comme un forcené.

— Je vous ai posé une question : vous avez fini ?

Le pied prenant appui sur la poitrine du cadavre de l'inspecteur, il a remué de bas en haut la poignée du tranchoir, et ce n'est qu'après avoir répété à plusieurs reprises le même geste qu'il a réussi à l'arracher du crâne du mort. Le sang s'est soudain mis à jaillir en éventail, souillant le torse et le visage de l'assassin.

En voyant ce visage taché de sang, Seo a soudain repris ses esprits. Je ne veux pas crever ! Si je ne fais rien, je vais y passer ! Il a vu que le revolver de l'inspecteur était tombé près du socle où était rivée la chaîne fixant sa main gauche, qu'il a tendue aussi loin qu'il pouvait. Mais au moment où il pensait pouvoir attraper l'arme, un grand claquement métallique a retenti ; c'était la chaîne retenant son bras droit qui se retrouvait tendue à la quasi-verticale. Il n'avait plus assez de débattement pour se saisir du revolver, qu'il touchait presque du bout des doigts.

— À quoi vous jouez, là ?

Jo Yeong-rak, momentanément aveuglé par les giclées de sang, s'approchait en se frottant les yeux avec la main qui ne tenait pas le tranchoir. Les dents serrées, Seo se contorsionnait pour étirer sa main gauche vers l'arme. Du coup, il tirait comme une brute sur la chaîne enserrant son bras droit et le bracelet métallique commençait à forcer vers l'extérieur en entamant cruellement la chair de son poignet. En un rien de temps sa main s'est retrouvée inondée de sang.

— C'est pour ça que ça ne sert à rien d'accorder des délais supplémentaires aux auteurs. Vous croyez qu'ils en ont besoin pour travailler, mais non, ils en profitent pour faire n'importe quoi.

Il a levé bien haut le tranchoir au-dessus de sa tête en adressant au dit auteur un regard chargé d'un immense mépris. Au même instant, Seo a poussé un hurlement déchirant en tirant le plus loin qu'il pouvait sur son bras droit. Le métal du bracelet a déchiré la chair de la main et s'est enfoncé jusqu'à racler l'os. Le hachoir s'est abattu en direction du poignet gauche qui s'étendait vers l'arme. Le rêve de Jo Yeong-rak était sur le point de s'accomplir, il allait pouvoir trancher à même le vif.

Tang !

Le vacarme de la détonation a résonné dans la pièce. Les deux protagonistes étaient abasourdis, ils ne comprenaient pas ce qui venait de se produire et mettaient du temps à réaliser la nouvelle donne. Seo avait réussi à attraper le revolver et avait fait feu à la volée au moment même où le tranchoir de Jo s'abattait sur sa main. Résultat, la balle a pénétré dans le ventre de Jo, et le majeur gauche de Seo, ainsi que la moitié de son annulaire, ont été tranchés.

Mais ils n'ont guère eu le temps de s'abandonner à leur souffrance. Au moment où le coup partait et le tranchoir s'abattait, Seo a fermé les yeux mais entendu tomber le revolver non loin. Il l'a cherché en catastrophe. Il voyait à côté de lui sur le sol en béton son majeur et la moitié de son annulaire en train de pisser le sang, mais ne leur accordait aucune importance. De son côté, Jo Yeong-rak, qui sentait une brûlure lui endolorir le ventre, a porté par réflexe la main sur la plaie. Dès qu'il l'a retirée, le sang s'est mis à jaillir à gros bouillons, et il a découvert sa paume barbouillée d'écarlate. Tel le taureau sous les yeux duquel un matador agiterait une cape rouge, ses yeux se sont révulsés. Il a soulevé d'un coup son tranchoir pour lancer la deuxième offensive tandis que Seo s'apercevait que le revolver était tombé hors de sa portée. Le tranchoir a froissé dans un sifflement l'air qui séparait les deux combattants.

Kwang !

La lame s'est dirigée cette fois droit vers le front de l'écrivain. Mais entre hache et front se trouvait un « Film » ! Et même un « Film volé », à savoir l'ordinateur portable sur lequel il était enregistré. Seo s'est emparé instinctivement de n'importe quoi lui tombant sous la main pour tenter de se protéger du coup. La lame a percuté le corps de l'ordinateur qu'il a déchiré comme il l'aurait fait d'un vrai manuscrit. Face à ce ratage, Jo Yeong-rak a piqué un coup de sang. Tout ça pour en arriver à détruire son *Film volé,* c'était à devenir fou !

Ahaaaaa !

En poussant un hurlement bestial, il a brandi de nouveau le tranchoir. Et l'a abattu de toute la force qui lui restait. Mais simultanément l'écrivain lui frappait le genou droit d'un violent coup de son pied gauche. Déséquilibré, Jo Yeong-rak accompagnait la chute du tranchoir pendant que Seo fermait les yeux et faisait un bond de côté en tirant de toute son énergie sur ses chaînes.

Kwang !

La lame a frôlé la tempe de l'écrivain et lui a tranché net l'oreille droite avant de se ficher dans le sol. Jo Yeong-rak se tortillait pour soulager la douleur qui lui élançait le genou et Seo n'a pas laissé passer cette occasion : il a dressé de tout son long le bras droit pour pouvoir emprisonner le cou de Jo dans la longueur de chaîne ainsi libérée et serrer de toutes ses forces. La tête de Jo Yeong-rak s'agitait dans tous les sens sans comprendre ce qui lui arrivait. Seo en a profité pour tendre le bras gauche et procéder à la même manœuvre d'étranglement, en symétrie inverse. Les deux chaînes entrecroisées fixées à ses poignets de part et d'autre de la gorge de son adversaire formaient un étau qui l'étouffait. Jo Yeong-rak s'est écroulé sur le corps de Seo. Il étouffait, il a lâché son tranchoir pour tenter de défaire l'étreinte qui l'empêchait de respirer. Mais l'écrivain a profité de la manœuvre pour redoubler d'un tour de chaîne la pression de chaque main sur le cou de l'autre. Un tour, puis deux. À chaque fois que la chaîne se retendait, le visage de Jo Yeong-rak devenait plus rouge. Il fixait d'un regard chaviré l'écrivain dans les yeux et tentait désespérément de se libérer des chaînes qui l'étranglaient. Mais chaque maillon était déjà si bien incrusté dans la chair molle de son cou qu'il n'était plus question d'y glisser un doigt, si grêle fût-il, et il ne parvenait qu'à se déchiqueter la peau en y enfonçant désespérément les ongles. Il avait beau s'arracher des lambeaux sanguinolents, impossible de trouver la moindre prise sur ces anneaux de métal. À force d'écarlate, son visage commençait à prendre une teinte terreuse. De ses yeux aux vaisseaux éclatés coulaient des larmes de sang. L'écrivain aussi était aveuglé par les larmes. Mais il ne cessait de renforcer la pression de ses deux poignets pour étrangler définitivement l'autre. À la fin, la tête de Jo Yeong-rak s'est affaissée, puis est tombée sans force sur la poitrine de l'écrivain. Son corps s'est ramolli soudain. Seo a continué encore un long moment à tordre ses poignets dans tous les sens en écrasant la gorge de Jo Yeong-rak. Enfin, à bout de forces, il a relâché ses efforts et s'est abandonné aux larmes qui jaillissaient en sanglots.

Plus tard, le collègue de l'inspecteur O, l'inspecteur Tcha, accompagné d'une petite escouade de policiers, a pénétré dans la maison. Lorsqu'ils sont arrivés à l'étage, le spectacle qu'ils ont découvert dans la pièce les a remplis de stupeur. Le sol devenu un bain de sang, le corps de l'inspecteur O atrocement mutilé, et deux quidams entrelacés à même le béton, couverts de sang et enchaînés l'un à l'autre. Ce spectacle aussi atroce que grotesque les a figés dans un état de terreur muette. Et il leur a fallu un peu de temps avant de constater qu'il y avait un survivant.

*

— C'est bon, l'avant-première du *Grand Bandit* s'est super bien passée. Jo Jin-man a peut-être un caractère de chien mais, comme réalisateur, il sait faire un film. Tu peux te rassurer.

Le Président Choe sirote son café.

— Tant mieux.

Celui qui lui répond, c'est l'auteur du scénario. Seo. Que son interlocuteur enveloppe d'un œil inquiet.

— Ne t'occupe pas trop de cinéma. Tu dois avant tout prendre soin de toi.

— Oui. Tu as raison.

L'écrivain esquisse un sourire fatigué.

C'est sa première sortie. Depuis l'« affaire », il n'a revu personne.

Dès qu'il avait été récupéré dans la maison du crime, il avait aussitôt été conduit aux urgences les plus proches, où l'on avait procédé aux premières interventions. La police avait heureusement pris soin de récupérer les doigts et l'oreille tranchés, et l'on avait pu procéder à une greffe. L'opération s'était bien passée et, si l'on n'y regardait pas de trop près, rien n'était apparent. Mais ce à quoi la chirurgie ne pouvait pas remédier, c'était la plaie énorme, invisible, toujours à vif, qu'il sentait en lui. Le « trauma ». Pas corporel. Mental.

Du temps où il enseignait l'art du scénario, il insistait beaucoup sur ce point. Le protagoniste doit être la victime d'un « trauma », mais il doit aussi parvenir à le surmonter lorsque l'histoire parviendra à son dénouement, afin d'offrir au spectateur une rassurance d'ordre psychologique, c'était ce qu'il expliquait. Mais il ne dirait plus ça comme ça aujourd'hui (à supposer qu'il puisse encore donner des cours). Il se rend désormais compte à quel point tout ce qu'il racontait pouvait être creux et boursoufflé. Surmonter son trauma ? Rassurance psychologique ? Il n'y a vraiment que des gens n'ayant jamais connu aucun trauma pour raconter des âneries pareilles. Un trauma qu'on surmonte, c'est juste que ce n'en était pas un. De trauma. Pense-t-il.

— Il faut d'abord que tu récupères, et puis après, quand tu iras mieux... Tiens, qu'est-ce que tu en penserais si on faisait un film de ton histoire ? Un célèbre écrivain se fait enlever. Par un gamin apprenti auteur. Ça serait pas mal, un peu genre remake de *Misery*[1], tu vois ? T'as juste besoin de raconter ce qui t'es arrivé, tu devrais pouvoir arriver à nous torcher ça assez vite, non ?

C'est tout ce qu'avait trouvé à dire Choe. Seo le regardait d'un air indéchiffrable, et n'en pensait pas moins. Ce pourri est

1. *Misery* (1990), réalisé par Rob Reiner. Acteurs principaux : James Caan, Kathy Bates. Scénario de William Goldman, tiré du roman de Stephen King. Il s'agit d'un *stocking thriller* (huis clos) où une fan enlève un écrivain célèbre qui a subi un accident de voiture et s'occupe de lui... (*N.d.A.*)

vraiment un commerçant jusqu'à la moelle des os. Il n'y a pas une minute il me recommande de bien prendre soin de moi et de ne surtout pas me préoccuper de cinéma. Et voilà qu'il veut déjà me flanquer au boulot, pour tirer un scénario de cette histoire dont je ne veux même plus entendre parler ? Moi qui me suis toujours juré que je ne raconterais jamais ma vie dans aucun de mes livres. Ce ne serait quand même pas pour me parler de ça qu'il tenait tant à me voir aujourd'hui ?

Le Président Choe a perçu le mouvement d'agacement de son auteur et lui a adressé un sourire torve.

— Pardon, pardon, je sens bien, je vais trop vite, c'est ça ? Avec quelqu'un qui devrait avant tout songer à profiter d'un bon repos bien mérité. Allez, prends tout ton temps, relaxe-toi. Et surtout ne touche pas à l'écriture... Garçon ! Vous pouvez me resservir du rab de café, s'il vous plaît.

Il a essayé de ferrer, pour voir, mais comme ça n'avait pas l'air de mordre il a changé totalement de sujet. C'est une de ses grandes forces, c'est aussi son côté tête à claques. Son mug était encore à moitié plein, à quoi ça rimait de le faire remplir ?

— Monsieur en désire peut-être aussi un peu ?

Le garçon, qui avait resservi Choe, s'est enquis.

— Non, ça va...

Pour lui répondre, Seo a regardé le serveur. Il en restait bouche bée.

— Vous savez, ce café est préparé à base de grains d'Ethiopian Yirgacheffe. Si vous avez besoin de quoi que ce soit, n'hésitez pas à presser la sonnette.

Cette manière courtoise de s'exprimer. Ces cheveux bien peignés, à la Forrest Gump. Ces lunettes à épaisse monture de plastique. Et ce regard glacial qui le toisait à travers les verres. C'était Jo Yeong-rak déguisé en garçon de café. Seo l'avait reconnu.

— Il... Il faut que j'y aille...

Seo s'est levé en prenant sa canne. Eh, qu'est-ce qui t'arrive, tout à coup ? Il entendait bien le Président Choe qui l'appelait, mais sans tourner la tête il n'a pas ralenti sa claudication vers la porte. Il réfléchissait. Jo Yeong-rak était mort. C'était une certitude. Il ne faut plus que je sorte de chez moi. Je ne dois désormais plus jamais aller voir qui que ce soit.

L'hiver s'est achevé, la neige a fondu. Dans son jardin, Seo voyait de jeunes bourgeons pointer leur museau, on sentait un radieux printemps s'installer. Au milieu un jet d'eau automatique faisait tournoyer des cercles de gouttelettes. Certaines ne retombaient pas sur le gazon, préférant s'évaporer librement dans l'air en un ballet mouvant. C'étaient celles que choisissait le soleil pour les caresser de ses rayons et les parer des nuances de fugitifs arcs-en-ciel.

Seo était allongé dans une chaise longue en bois installée dans un coin du jardin, il profitait du soleil, tandis que son épouse Jang Bo-yun, étendue à côté de lui, s'était endormie, la tête posée sur sa cuisse. Il lui caressait les cheveux, le regard rêveusement perdu sur l'étendue verdoyante qui lui faisait face.

Deux enfants, assis dans l'herbe côte à côte, s'amusaient ensemble avec de la terre. L'un des deux était le fils de Seo, l'autre, c'était la petite In-gyeong. Il les regardait d'un air absent, puis a fermé les yeux.

En sentant les rayons du soleil lui chatouiller la peau, il était envahi par un immense sentiment de reconnaissance.

*

— Finalement, c'est un *happy end* ?

Tel fut le commentaire de Jo Yeong-rak lorsqu'il eut terminé de lire la dernière page du *Film volé*. Il n'avait pas l'air très content.

LOST HIGHWAY[1]

— Vous croyez vraiment que c'est ce qui convient, un *happy end* ? Vous trouvez que ça colle avec le ton que vous avez adopté jusque-là ? L'apparition soudaine de l'inspecteur est complètement artificielle. Et toute la fin, vous le signalez vous-même, c'est pompé sur *Misery*. Et je ne vous parle pas de ce que vous avez fait de mon personnage ! Un *serial killer* psychopathe ? Tout ça parce qu'il aurait buté le chien d'un voisin qui gueulait trop fort ? Non mais sans blague, vous trouvez pas que c'est un peu léger ? Désolé, mon vieux, mais c'est ni fait ni à faire.

Il n'avait pas du tout l'air de rigoler.

— Dis-moi ce qui ne va pas ! Je vais corriger tout ce que tu veux. Je peux le faire ! Non, sérieux, je suis capable de t'écrire un truc d'enfer !

Il y avait urgence. Sans m'en rendre compte, j'avais crié. Dans un état de nerfs indescriptible, j'ai avalé la dernière goutte de café qui restait dans la tasse posée sur ma table.

Yeong-rak s'est contenté de glousser en me regardant d'un air distrait. Et puis il a commencé à rire, de plus en plus fort, avant de partir dans un fou rire qu'il ne parvenait plus à contenir,

1. *Lost Highway* (1997), scénario et réalisation : David Lynch. Acteurs principaux : Bill Pullman, Patricia Arquette. Un film comme un cauchemar qui n'en finit pas. La chanson « I'm Deranged » de David Bowie ouvre et ferme le film. (*N.d.A.*)

une main devant sa bouche. Je ne parvenais pas à déterminer si son visage déformé par le rire exprimait de la commisération ou du mépris. En même temps, il se dégageait de lui un profond sentiment de tristesse. Un peu plus tard, calmé, il m'a lancé un truc qui est tombé à côté de moi avec un cliquetis métallique. C'était une clé.

— Allez-vous-en. Comme promis, vous êtes libre, Maître.

— Libre... Libre ? Tu veux dire que je peux m'en aller ?

— Le scénario est terminé, non ?

Et il a repris son expression impassible. Tout en le surveillant du coin de l'œil, j'ai tendu la main et attrapé la clé. Il demeurait parfaitement immobile. Toujours en l'observant, j'ai approché la clé de la serrure du premier cadenas. J'étais beaucoup trop nerveux, ma main tremblait, je ripais.

Un peu plus tard, mes deux mains et mes deux pieds avaient enfin retrouvé leur liberté.

La peau qui avait été cerclée par les bracelets métalliques montrait une zone plus claire que les zones alentour, et curieusement plus poilue. C'était comme si on m'avait enlevé un plâtre. Certaines plaies avaient cicatrisé sous forme de croûte, d'autres montraient une chair molle et suppurant d'une sorte de suint jaunâtre.

J'ai tenté de me redresser en prenant appui sur mon pied droit. Ce fut un concert de craquements et de grincements, produit par toutes mes articulations, à commencer par celles des hanches et des genoux. Combien de temps cela m'aura-t-il pris avant de pouvoir reconquérir la station verticale qui caractérise l'être humain ? Désormais que mon regard retrouvait de la hauteur, je sentais un vertige m'envahir. En oscillant, j'ai tenté de légèrement déplacer le poids de mon corps sur mon pied gauche, toujours enflé, et présentant toutes les nuances du bleuâtre. J'ai aussitôt senti un arc électrique me traverser le corps de la pointe des orteils jusqu'au sommet du crâne, du cent mille volts. Aaaah... Je n'ai pu retenir un long gémissement. Je n'étais pas près de retrouver mon pied gauche tel qu'il était avant d'avoir pris son coup de masse.

En boitant bas, je me suis avancé vers Yeong-rak.

— Et maintenant... Je fais quoi ?

À question simple, réponse simple.

— Eh ben, vous partez.

Voilà.

— Mais... le script... On va en faire quoi ?

Il ne m'a pas répondu, se contentant de me regarder avec un sourire. Bon, d'accord, qu'est-ce que ça peut me foutre ? Je comprends, c'est bon... En hochant la tête, j'ai lentement dépassé Yeong-rak et me suis dirigé vers la porte dont j'ai franchi le seuil. Puis, en m'appuyant contre le mur, j'ai descendu, marche après marche, l'escalier qui m'a conduit au rez-de-chaussée.

Au moment où j'allais ouvrir la porte d'entrée, j'ai entendu des pleurs de bébé... Ça chouinait... Ça chouinait... Ça chouinait... In-gyeong, bien sûr. Du coup, je n'arrivais plus à bouger. J'ai tourné la tête vers la chambre d'où provenaient les pleurs. A-t-elle du chagrin parce qu'elle a compris que c'est son vrai père qui s'en va ? Avant de partir, j'aurais voulu la regarder encore une fois. J'étais sans doute un père lamentable, mais j'éprouvais le besoin de graver son image dans ma mémoire. Peut-être était-ce la dernière fois que je la verrais ?

Et puis sa voix est tombée d'en haut.

— Partez sans la revoir.

Yeong-rak me regardait depuis le palier. La voix était basse, mais le regard dur et glaçant. J'ai de nouveau hoché la tête, je me soumettais. Tu as raison, en quoi ça me concerne... Tu as raison, pour qui je me prends...

Et tandis que ses pleurs redoublaient, j'ai quitté la maison.

Dehors, il faisait sombre. J'ai respiré profondément. L'air glacé m'a rempli les poumons. Le vent qui m'effleurait me paraissait d'une grande douceur, comme de caressantes mains. Le bruissement des feuilles, le pépiement des oiseaux me remplissaient d'un grand sentiment de paix. Je demeurais là un bon moment, debout, à savourer la part de ciel qui me recouvrait comme un manteau, et à contempler l'infini qui s'étendait au-delà.

La voiture était garée sur l'arrière du bâtiment. La portière était ouverte, et la clé posée dans le porte-gobelet situé entre les sièges avant. L'intérieur sentait le propre, comme si on l'avait nettoyée à la main. J'avais l'impression de monter dans une voiture neuve que viendrait de me livrer le concessionnaire local.

J'ai mis le contact, elle a démarré du premier coup. Dans le rétroviseur j'ai vu peu à peu s'éloigner la maison, jusqu'à ce qu'elle disparaisse, effacée par la forêt.

Les premières gouttes qui tombaient sur le pare-brise ont bientôt laissé place à un terrible orage, et en peu de temps le paysage était noyé d'eau. Les essuie-glaces avaient beau accélérer leurs allers-retours, ils ne parvenaient qu'avec peine à balayer les torrents de flotte. La lueur des phares fendait les ténèbres devant moi en dessinant un tunnel d'asphalte où se précipitait la voiture. Le ruban noir luisant de mille feux s'engouffrait à mesure sous les roues pour disparaître loin derrière dans la nuit, en même temps qu'au volant je voyais fondre vers moi un nouvel espace de matière noire et rugueuse éclaboussé de lumière. À part la route et la pluie prises dans le pinceau des phares, tout alentour n'était que profondes ténèbres. On ne croisait aucun véhicule sur la voie opposée. La nuit semblait aussi monotone et interminable que cette route nationale.

Et puis tout d'un coup, voilà que j'ai éclaté de rire. Cette fin qui me gênait, je venais de m'en dépêtrer, une bien meilleure idée m'avait traversé l'esprit. Je parle de la fin du *Film volé*. J'avais décidément été bien stupide... Ce n'était que maintenant que je m'en rendais compte. Depuis que je m'étais mis au volant, je n'avais pas cessé de tourner et retourner cette question dans ma tête. Je ne me demandais même pas pourquoi. J'étais pourtant désormais un homme libre, je n'avais plus aucune raison de me préoccuper de ce texte. Le bout de mes doigts me démangeait. Je les serrais et desserrais convulsivement autour du volant. Il faut que je retourne tout de suite dans mon bureau... Non, je viens de parler de « mon bureau » ? Quelle blague... Oh, oh, oh... Et si j'y retournais vite fait, juste pour corriger la fin ? Je ne suis pas très loin. Et puis, si je veux calmer mes palpitations, j'ai besoin de boire un peu de ce café que Yeong-rak me prépare si bien.

J'en étais là de mes cogitations lorsque j'ai entendu un bruit sourd qui semblait provenir du coffre. J'ai prêté l'oreille, pensant m'être trompé, mais cette fois, au bruit sourd se mêlait un gémissement que l'on aurait dit être les pleurs d'un bébé.

Je me suis garé. Je suis descendu sous la pluie, et me suis dirigé vers le coffre. Un pressentiment désagréable a suspendu mon geste au moment d'ouvrir le coffre. Mais ma curiosité était trop aiguisée pour que je retarde plus longtemps la révélation.

Déclic du verrou. Doucement, très lentement, j'ai soulevé le coffre. Je n'ai pas pu identifier d'emblée la chose qui se trouvait à l'intérieur. D'abord parce qu'il faisait nuit, ensuite parce que le tapis de sol était noir, enfin et surtout à cause du pelage noir du chien de berger qui était étendu là. Il était écroulé, sans force, couvert de sang. Des larmes luisaient dans ses yeux dont le pourtour était croûté de jaune. Il était essoufflé et tirait une langue qui n'en finissait pas.

Ah non, comment ce serait possible... ? Ce chien... Qu'est-ce qu'il fait là ?

Je me sentais vertigineusement devenir fou, tandis qu'au même moment un flot de sang se mettait à me jaillir du nez. J'ai rejeté instinctivement la tête en arrière. La pluie qui tombait de manière ininterrompue me trempait le visage et se mêlait au sang qui bouillonnait dans mes narines, formant une mixture qui s'écoulait dans ma trachée.

— Tu vois, c'est pas du symbole, ça...

Je murmurais tout seul en m'essuyant le nez et le menton du dos de la main. Il n'y avait pourtant pas de quoi, mais je ne pouvais m'empêcher de glousser de rire.

— Et alors, tu crois que c'est le moment ?

C'était sa voix. Cette voix familière, que je n'avais pas entendue depuis un bon moment. C'était l'« autre ». Le « moi du miroir ». Je ne sais pas depuis combien de temps il était installé sur le siège arrière. Selon sa désagréable habitude, il avait adopté la posture du patron arrogant avec son chauffeur. Il a tapoté deux trois fois du bout de son index le cadran de sa montre-bracelet, histoire de me rappeler que l'on n'avait pas de temps à perdre. Je n'éprouvais aucune affection particulière pour lui, mais comme je ne l'avais pas vu depuis longtemps, son retour me faisait plutôt plaisir. Pas question pour autant de le lui manifester. Et puis soudain, je me suis demandé pourquoi. Pourquoi il débarquait, là, comme ça, et pourquoi il n'était pas apparu plus tôt. Pourquoi n'était-il pas venu une seule fois me rendre visite durant les vingt jours que je venais de vivre, les plus solitaires et les plus épouvantables que j'aie jamais connus, histoire de papoter un peu ? Mais il ne m'a pas laissé le temps de l'interroger.

— Hé, il est encore en vie. Si tu te dépêches un peu, tu pourras peut-être le sauver.

Et il a haussé les épaules d'un air fataliste, histoire de me faire comprendre que si je continuais à traîner comme ça, il ne pourrait plus rien pour moi.

J'ai écrasé l'accélérateur. Le moteur s'est emballé. J'étais toujours sur cette nationale déserte. Il n'y avait toujours aucun autre véhicule sur la voie opposée. Le paysage qui se précipitait sur moi avant de disparaître dans les ténèbres ne variait guère. La voiture fonçait vers un point d'horizon qui sitôt atteint se propulsait toujours plus loin. J'avais l'impression d'être un hamster dans une roue géante.

Le chien que j'avais étendu sur le siège passager respirait difficilement, il s'essoufflait. Il devait avoir du mal à maintenir ouverts ses yeux qui restaient mi-clos. De ma main droite, je lui ai caressé le cou.

— Allez, tiens bon. Je fais le plus vite possible...

Je distillais ces paroles d'encouragement à mon camarade canin, mais je n'étais pas moi-même bien en point. La migraine me battait les tempes et je retenais péniblement des nausées. Sans parler de mon saignement de nez.

— Je connais parfaitement la route. C'est tout droit.

L'autre, bien installé à l'arrière, avait soulevé son buste pour se pencher sur mon siège et me murmurer ça à l'oreille. Le tout en tendant l'index dans la direction droit devant. Pour vous dire s'il était toujours aussi prétentieux.

— C'est encore loin ?

— Tout dépend de toi. Accélère. Encore. Encore. Encore. Ne lève pas le pied de l'accélérateur.

J'ai enfoncé de plus belle la pédale de droite. La voiture a bondi. La vitesse soudainement acquise a déclenché une nausée brutale et je me suis vomi dessus une bile brûlante et pâteuse. Une odeur de sang s'est répandue dans l'habitacle. Je ne parvenais plus à tenir les yeux ouverts et je sentais mon cœur battre à tout rompre. En me cramponnant au volant, je me suis battu pour parvenir à ouvrir les yeux. Et me suis engagé avec une volonté farouche vers les lumières de l'autoroute que je venais de voir briller non loin.

ÉPILOGUE

— Allô, madame Jang Bo-yun ? Oui, bonjour. Je vous appelle pour vous annoncer que le scénario est fini... Je suis impatient de connaître votre avis... J'aimerais aussi savoir ce que vous comptez en faire ? C'est juste pour vos archives ? En même temps, vu ce que ça raconte je peux comprendre... Mais je vous pose quand même la question parce que, au fond, je crois que ce serait vraiment dommage de le laisser moisir au fond d'un placard. Moi aussi, au début, étant donné les circonstances, je ne voulais pas en entendre parler mais, maintenant, quand on lit le texte achevé... Bon, vous avez raison, de toute manière, vous me payez la somme dont on a convenu l'autre jour et on n'en parle plus, pour moi c'est tout bénéfice. Mais au fond, personnellement, j'aimerais vraiment beaucoup que ce texte fasse l'objet d'une réalisation. Vous savez, ce serait la première fois que mon nom apparaîtrait en tant qu'auteur dans un générique. Et puis... ça a toutes les chances de plaire à un vaste public, croyez-moi. Les gens adorent ça : jalousie, meurtre, amour, trahison, menaces, calomnies, enlèvement, vengeance ! Tout y est ! Il y a même un peu d'érotisme, à un moment. Comment... ? Plutôt cinéma ou plutôt *TV drama* ? Ah non, je n'y ai pas encore pensé. Pas du tout, en tout cas pas encore... Non, pour l'instant, les seuls qui sont au courant, c'est moi et vous, madame Jang Bo-yun... Oui, évidemment, puisque ce texte vous appartient maintenant, il n'est pas question de le faire circuler à tort et à travers... J'ai bien compris. D'accord, le mieux est qu'on se voie pour en parler. Je vous recontacterai dès que je serai remonté à Séoul.

FIN

NOTE DE L'AUTEUR

Je pense que le charme de la vie réside dans le surgissement d'événements imprévus, lorsque les plans patiemment échafaudés s'écroulent comme châteaux de cartes pour laisser la place à des événements que nous n'aurions jamais planifiés ainsi et qui nous emportent. Quand je repense à la manière dont ma vie m'a fait devenir scénariste, puis réalisateur, puis homme marié et père de deux enfants que je vois grandir, tous ces épisodes ne sont que le fruit d'une succession d'événements surgis de nulle part, hors de toute élaboration programmée.

Et voilà qu'en cette année 2017 je me retrouve embarqué dans une autre de ces voies non balisées. Et que me voilà romancier.

Il faut que je vous raconte comment est né ce Film volé *que vous tenez entre les mains. À cette époque-là, il était prévu que je réalise un film, mais le projet était tombé à l'eau, et ma femme s'était retrouvée enceinte de notre premier enfant sans que cela ait été davantage planifié ; du coup, je me suis demandé ce que je pouvais faire, étant à la maison, pour aider ma femme à franchir sans trop de désagrément sa période de grossesse, et c'est ainsi que j'ai décidé de lui raconter une histoire qui me trottait dans la tête et dont j'inventerais chaque jour les péripéties. J'espérais lui offrir ainsi un petit plaisir quotidien, au fur et à mesure que son ventre s'arrondirait. En ce temps-là, je n'avais pas grand-chose de plus luxueux à lui offrir ! Bon, et puis je dois aussi reconnaître que je n'avais rien contre l'idée de supporter le carcan qui fait de vous un écrivain…*

C'est ainsi qu'a commencé le feuilleton du Film volé. *Oui, c'était comme un de ces romans-feuilletons qui paraissent dans nos quotidiens, jour après jour je m'appliquais à inventer un nouvel épisode. Qu'elle recevait par mail, et dont elle était l'unique lectrice. En y repensant aujourd'hui, je me demande encore ce qui pouvait me passer par la tête pour lui envoyer des récits qui semblent si peu enclins à pouvoir exercer une bonne influence dans le cadre d'une préparation prénatale. J'éprouve une grande reconnaissance envers ma femme qui découvrait chaque nouvel épisode et prenait plaisir à le lire sur son smartphone le matin en allant au travail et le soir sur le trajet du retour. Elle m'a prodigué non seulement de chaleureux encouragements, mais aussi de sévères, mais justes, critiques. Et s'il m'arrivait de lui faire faux bond un matin, elle m'en tenait rigueur et m'adressait les reproches d'une lectrice privée d'un plaisir promis, qui ressemblent fort à ceux que peut vous faire un créancier non honoré : j'étais en dette avec elle.*

Ces textes mis bout à bout m'ont permis de recevoir un prix dans le cadre du Concours national de scénarios, et c'est ainsi que Le Film volé *a été adapté sous forme de* webtoon[1]*, puis de pièce de théâtre. Mais je n'aurais jamais osé le publier en tant que roman. Il avait beau faire ses cent cinquante pages format A4 et suivre des règles de construction romanesque, je ne voulais pas l'appeler « roman », cela me gênait.*

Si j'ai ressorti tous ces feuillets laissés à l'abandon depuis de nombreuses années, c'est sur la demande expresse de M. Pak Gwang-un, directeur des éditions Son Aneui Chaek (Book in Hand), qui m'a dit vouloir publier Le Film volé *sous forme de roman. Ne me restait plus qu'à l'aménager.*

1. Les *webtoons* sont des *webcomics* sud-coréens ou des *manhwas* qui sont publiés en ligne.

Lorsque j'ai relu ces pages avec le recul du temps, les défauts qui m'avaient autrefois échappé m'ont littéralement sauté à la figure et je me suis dit que ce pouvait être une excellente occasion de tenter d'y remédier, et que le mieux pour cela était en effet de le couler dans la forme romanesque, ce qui rendrait ce récit beaucoup plus accessible. Et voilà comment je me suis cru devenir romancier.

Mais une fois que j'eus achevé la dernière version, j'ai cherché dans les dictionnaires la définition du mot « romancier ». Voici ce que j'ai trouvé : « Personne dont la profession est d'écrire des romans. » Cela m'a aidé à beaucoup relativiser. Je suis loin du compte. Il va falloir que je me mette sérieusement au travail, et sans relâche...

Au moment de publier ce roman, je songe à toutes les personnes sans qui ce Film volé *n'existerait pas. Je tiens à remercier particulièrement Jang Jeong-suk, directrice des éditions Haksan, qui m'a aidé à transformer mon scénario initial en* webtoon *puis en roman, Yi Gyu-hi, le dessinateur avec qui nous avons réalisé le* webtoon, *le sous-directeur Yi Jae-jeong, Pak Gwang-un, mon nouveau partenaire et directeur des éditions Son Aneui Chaek (Book in Hand), Byeon Jeong-ju, metteur en scène de la version théâtrale du* Film volé, *qui m'a beaucoup apporté, lui et tous ses acteurs qui m'ont fait l'immense cadeau d'animer comme par magie, devant moi, en chair et en os, mes fantômes de fiction, la présidente Jeong Yu-ran, véritable puits de culture, et le directeur Yi Jae-jin, le président Jeong Yong-uk « Rhythmical Green », ma professeure Kim Hi-jae, qui a su me repositionner dans une « posture d'écrivain », les réalisateurs Kim Seong-ho et Han Ji-seung qui m'ont guidé de leurs conseils amicaux, ainsi que Byeon Mi-yeong et Kim Il-jung, directeurs de projets à l'Agence coréenne de promotion de contenus, ainsi que tous les membres de l'équipe création de contenus.*

Je remercie vivement ma famille, qui n'a jamais cessé de m'encourager malgré mes évidentes faiblesses : je vous aime.

Je dédie ce livre à ma femme, qui fut ma première et sera ma dernière lectrice. Je ne sais pas si ce genre de livre est un cadeau idéal. Mais bon.

Et pour finir, je tiens à vous remercier, vous, qui êtes en train de me lire.

Parce que sans vous, je ne serais pas là.

Un jour de fin décembre où s'achève 2017.

You Sun-dong

CASTING

Seo Dong-yun : le narrateur.

Jeong Nam-hun : collaborateur des débuts.

Bae Seong-mi : ex-épouse du narrateur, épouse de Jeong Nam-hun.

Choe U-sik, « Président Choe » : patron de la boîte de production Les Films de Goryeo.

Jo Yeong-rak : étudiant du narrateur et membre de sa petite équipe de travail.

Choi Ji-yang : étudiante du narrateur et membre de sa petite équipe de travail.

Kim Yeong-hoe : étudiant du narrateur. Les scénarios qu'il a écrits avant de mourir mystérieusement sont au cœur de l'intrigue.

Jang Bo-yun : épouse de Kim Yeong-hoe, rockeuse.

FILMOGRAPHIE DE SEO DONG-YUN

La Villa des damnés, film d'horreur, son lointain premier et seul succès jusque-là.

Festival, film produit par un certain Pak.

Campus Baby, petite comédie érotique.

Campus Baby 2, suite du précédent.

Son idéal de femme, scénario sur lequel il rame avec son petit groupe.

Nuits blanches, « adaptation » d'*Andante Cantabile* de Kim Yeong-hoe.

Le Grand Bandit, « adaptation » de *Largo* de Kim Yeong-hoe.

Réinterprétation du désir, « adaptation » de *Vivace* de Kim Yeong-hoe.

TABLE

Seconde partie

PUBLIÉS CHEZ MATIN CALME

2020

Sang chaud de Kim Un-su
Traduit par Kyungran Choi et Lise Charrin

Bonne nuit maman de Seo Mi-ae
Traduit par Kwon Jihyun et Rémi Delmas

Le Portrait de la Traviata de Do Jinki
Traduit par Kyungran Choi et Delphine Bourgoin

Carnets d'enquête d'un Beau Gosse nécromant de Jung Jaehan
Traduit par Han Yumi et Hervé Péjaudier

Le Jour du chien noir de Song Si-woo
Traduit par Lee Hyonhee et Isabelle Ribadeau Dumas

Séoul Copycat de Lee Jong-kwan
Traduit par Koo Moduk et Claude Murcia

Parle-moi de ton crime de Ban Si-yeon
Traduit par Patrick Maurus et Marion Gilbert

2021

Été, quelque part, des cadavres de Park Yeon-seon
Traduit par Lim Yeong-hee et Mathilde Colo

L'Île des chamanes de Kim Jay
Traduit par Choe Ae-young et Jean Bellemin-Noël

Le Placard de Kim Un-su
Traduit par Kyungran Choi et Pierre Bisiou

Insectes de Minhye Zang
Traduit par Kwon Jihyun et Rémi Delmas

jetaime_Riah de Park Seo-lyeon
Traduit par Kyungran Choi et Delphine Bourgoin

Le Procès des otages de Park Eun-woo
Traduit par Son Mihae et Jean-Pierre Zubiate

Point de fuite par Hee-jai Kim
Traduit par Lee Hyonhee et Isabelle Ribadeau Dumas

BTS, au cœur des ARMY de Lee Jeeheng
Traduit par Kyungran Choi et Pierre Bisiou

Le Film volé de You Sun-dong
Traduit par Han Yumi et Hervé Péjaudier

Chut, c'est un secret de Seo Mi-ae
Traduit par Kwon Jihyun et Rémi Delmas

Les 4 Enquêtrices de la supérette Gwangseon de Jeon Gunwoo
Traduit par Kyungran Choi et Bessora

pcacmb
édition pré-presse
livres numériques
44400 Rezé

Cet ouvrage a été achevé d'imprimer sur Roto-Page
par l'Imprimerie Floch à Mayenne en septembre 2021
pour le compte de Matin Calme éditions.
Dépôt légal : septembre 2021 – N° d'édition : 01 – N° d'impression : 99039
Imprimé en France